子ども扱いしないでください!
～幼女化しちゃった完璧淑女は、騎士団長に甘やかされる～

佐崎咲

Saki Sasaki

Regina

RB

レジーナ文庫

×登場人物紹介×
ルーシェ
ロゼがストレスで
子どもになった姿。
ユアン
クラディス公爵家次男にして、
第二騎士団団長。
『微笑みの貴公子』と
称されながら、毒舌で
恐れられている。
ロゼ
リンゼンハイム伯爵家の次女。
わけあって幼少時代を田舎で
過ごしていたが、
努力で『完璧な淑女』と
呼ばれるまでになった。

メイシー
ロゼの幼馴染を
自称する令嬢。なにかと
他人のものに興味を示す。
エリーゼ
リーンヘイツ国第二王女。
ロゼの友人で、
よき話し相手。
ジーク
第一騎士団団長。
堅物で知られるが、
実は……？
リリアナ
ロゼの姉。猫を被るのが
得意で、たびたびロゼに
面倒ごとを押しつけてきた。

目次

子ども扱いしないでください！

～幼女化しちゃった完璧淑女は、騎士団長に甘やかされる～

第一章　完璧すぎて婚約破棄された結果

私には頭痛の種が三つ——いや、三人いる。

私、ロゼ＝リンゼンハイムの人生は、これまで彼らにかき回され、振り回されてきた。

だからこんな華やかで賑《にぎ》わう社交の場においても、その影響が色濃く及んでいる。

「ロゼ様、今日も素敵ですわ。橙《だいだい》色のドレスがストロベリーブロンドによくお似合いでいらっしゃいます」

「どうしたらそのような綺麗な髪の色になれるのでしょう。私もロゼ様のようになりたくて植物の染料を試したり、太陽に当ててみたりしたのですが、そんなお色にはなりませんでしたの」

「水色の瞳も理知的で素敵ですし、所作《しょさ》も美しく、ダンスは皆様の注目を一身に集める——。まさに『完璧な淑女』であるロゼ様には、憧れるばかりですわ」

ほうっと頬に手を当てて感心した様子の令嬢たちに、私は微笑みを返す。

「ありがとうございます。皆様にそうおっしゃっていただけて、光栄ですわ」

完璧な淑女――そう呼ばれるようになって、私に対する評価はガラッと変わった。

みんなが褒《ほ》めるこの髪も、以前は『下品な髪の色』と蔑《さげす》まれていたのに。

隣のテーブルから聞こえてくるあの声にも、さんざんなことを言われてきた。

「まったく近頃の若い方には呆れたものだわ。そのドレスはなんです？　透けた袖《そで》だなんて品のない……」

声の主《ぬし》はシルバーグレイの髪に茶色のドレスを着たアンダルソン伯爵夫人だ。

その目の前で縮こまっているのは、髪を高い位置でお団子結びにした令嬢。確かユナ様といったか。

放っておけば夫人のお小言はいつまでも続くと、身をもって知っている。令嬢たちに軽く挨拶《あいさつ》をすると、私はにこやかな笑みを作ってアンダルソン伯爵夫人に近づいた。

「お久しぶりです、アンダルソン伯爵夫人。あら、そちらのユナ様のドレス！　もしかして、ミール衣装室のものでは？　時代を先取りしたデザインとの評判に違《たが》わず、とても素敵ですわ。一ヶ月もすれば皆様が真似をして、新たな流行が生まれるかもしれませんわね」

私の言葉を皮切りに、周囲からも「まあ、斬新なドレスだわ」「素敵」と囁《ささや》きが聞こえはじめる。

「……ふん。田舎者の『元野生児』が、ご立派なこと」

 この場に味方はいないと悟ったらしいアンダルソン伯爵夫人は、私にだけ聞こえる小さな声で捨て台詞を吐き、立ち去った。

どんなに周囲が見方を変えても、彼女だけは相変わらずだ。

『田舎者』『元野生児』――まだ幼い頃、王都に暮らす家族のもとから離れ、それから六年間も遠方の領地トルハインツで暮らしていた私は、かつてそんな風に呼ばれていた。

一年のほとんどを王都で過ごす貴族の人々は、田舎への偏見が強い。

昔は地方の衛生状況が悪かったせいだろうけれど、土も空気も健《すこ》やかになったいまでもその価値観は根強く残っている。

どれくらい強いかというと、そこで育った人も作られた食べ物も受け入れないくらいだ。

なぜいたいけな少女だった私がそんな田舎の領地へ一人追いやられるはめになったのか――

それこそが頭痛の種の一人目、姉リリアナの所業によるものなのである。

きっかけは六歳の時、私たち姉妹の跡継ぎ教育がはじまったことだった。

　我がリーンヘイツ国では女も爵位を継ぐことができる。となれば大抵の父親は『婿《むこ》になど爵位を譲るものか』と考えるわけで、我が家も例に漏《も》れず、第一子であるリリアナを跡継ぎに、という運びとなったのだ。

　その跡継ぎ教育を、ついでだからと私も一緒に受けることになった。真面目に勉学に取り組んだからか、一つしか年が違わないせいか、私は姉よりいい成績を取ることが多かった。

　それが気に食わなかったらしい。リリアナは、両親に『ロゼが私の邪魔ばかりして勉強に集中できないの』と泣いて告げ口をした。

　周到なのが、まず家庭教師の悪行を捏造《ねつぞう》してクビにさせ、真実を知る者を追い出したこと。おかげで私がいくら弁明しても、怒られるのが嫌で嘘をついているのだと見られた。

　それに両親も、まさかまだ七歳の娘が滔々《とうとう》と涙を流しながら人を貶《おとし》めるような嘘をつくとは思わなかったのだろう。

　姉は幼い頃からの日常的な猫被りで堂に入っていて、父は仕事で家にいないことが多く、母は病弱で臥《ふ》せってばかりいたから、姉の本性に気づいていなかった。

　リンゼンハイム伯爵家として最も重要なのは、跡継ぎであるリリアナに教育を受けさせること。結果として私はトルハインツで一人家族と離れて暮らすことになった。

その経験から、私は幼いながらも『真面目に励《はげ》んだからといって、いい結果に繋がるわけではない』ということを学んだ。

だから私は、自由に生きることにした。

近くの町の子どもたちと一緒に野を駆け山を駆け、近くで剣術を教えている人にならって剣を振り、それはもう充実した日々を過ごした。

母は私が一人きりになってしまうことを気にかけて、病から回復した合間に会いに来ようとしてくれたけど、その度にたまたまリリアナが病気になったため、それが叶うことはほとんどなかった。

寂しくないわけではなかったけど、領地にいる使用人たちや近くの町の人たちがとてもよくしてくれたから、辛くはない。

むしろ毎日が楽しくて、私はトルハインツでのびのび育った。

だから姉のことは恨《うら》んでいなかった。

それなのに。

私が十二歳の時、今度は姉が跡継ぎ教育に嫌気が差してトルハインツにやってきたのである。

『淑女教育だけでも大変なのに、領地管理にこの国の基本法？　跡継ぎ教育って、そこまで覚えなきゃならないの？　そんな面倒なこといい加減やってられないわ！』

そう言ってリリアナは、表向きには病気療養ということにしてトルハインツの屋敷に引きこもった。

人を追い出しておきながら、六年も経っていまさらなにを言っているのか。

せっかく楽しく暮らしていたのに、振り回すのもいい加減にしろとさすがに腹が立ったけれど、そうして仮病を使って領地に逃げ込まれては、私が王都に戻るしかない。

『跡継ぎなんてどちらかがなればいいだけの話なのだから、あなたがなればいいのよ』

そう言って部屋から出てこないものはどうしようもないから。

その時母はすでに亡くなっており、父には『あれ、仮病ですよ』と手紙で伝えたものの、『真偽がどうあれ、部屋から出てこないものはどうしようもない』と私と同じ意見が返ってくるのみだった。

どうやらほとんど家にいなくても、十数年父親をやっているうちになんとなく姉が猫被りであることは察したらしい。

だったら、こんな時くらい娘のために動いてほしいものなのだが。

ただ、私とていつまでも奔放《ほんぽう》に遊び回っていてはロクな大人にはなれない。これもいい機会かと開き直った。

かくして王都に戻った私は、田舎者だの元野生児だのと揶揄《やゆ》されながらも、サボっていた淑女教育と跡継ぎ教育の六年分の遅れを取り戻すため勉強とレッスンに明け暮れた。

幸いにも遊び惚《ほう》けて空っぽだった頭は物事をよく吸収してくれたし、野山を駆け回っていたおかげで体幹がよくなったせいなのか、ダンスもマナーもするすると身についた。

もちろん、たった五年でここまで至るには血の滲《にじ》むような努力が必要だったけれど。

おかげで今度は頑張った分だけ正当に評価され、私に向けられる目も変わっていった——その結果与えられたのが、『完璧な淑女』の称号なのである。

「ロゼ様、助けていただいてありがとうございました」

ユナ様がぺこりと頭を下げると、お団子に結んだ髪がぽよんとかわいらしく弾んだ。

「私は正直な感想をお伝えしただけですわ。それに、皆様もユナ様のドレスが気になる様子でしたもの」

そう言うと、近くにいた令嬢たちがにこやかに歩み寄る。

「ええ、本当に素敵ですもの。私も作っていただきたいわ」

「アンダルソン伯爵夫人には困ったものですわね。『近頃の若い方は』って、いつもそればかり」

価値観を時代に合わせることができないのだろう。茶色ばかりを身につけているのも、夫人が社交界デビューした頃に流行っていたからなのだという。

ドレスコードやマナーに違反しているわけでもないのにああして他人のドレスに文句をつけるのは、そんな自分が脅《おびや》かされるようで怖いのかもしれない。

自分が身につけるものにこだわるように、他人だってそれぞれに価値観や好みがあると認められたら、楽になれるだろうに。

「ロゼ様がお店をはじめた時も、うまくいくわけがないなどとアンダルソン伯爵夫人はとやかくおっしゃっていましたものね」

「夫人にはおあいにくですけれど、皆様のおかげでお店のほうも順調にいっておりますわ」

彼女らが話しているのは、私が王都に構える店『ロニアーナ』のことだ。

貴族相手の商売が軌道に乗り、いまではなかなかに評判の店となっている。

その店の経営も、領地に引きこもったリリアナが好き勝手に散財したせいで、家が傾きかけたからはじめたのだけれど。

『なぁーんにもないこんなところで心を健《すこ》やかに保つには、美しいものを愛《め》でるほかないのだから、仕方がないでしょう？』

そう言ってドレスだの宝石だのを買い集め、その他にはなぁーんにもしなかったから、その尻ぬぐいも私がやるしかなかったのだ。

私にとっては当主代理も店の経営も楽しくはあったし、得るものもあったからそれはそれでいい。

けれど、いつまたリリアナがなにかやらかすかと思うと、不安で頭痛がしてくる。

「ところでロゼ様。ジョセフ様の姿をお見かけしませんけれど、私たちお邪魔してしまいましたかしら」

気がついたように周囲を見回した令嬢に、笑みを浮かべてみせる。

「お気遣いありがとうございます。彼はまだ挨拶《あいさつ》回りをしているのだと思いますわ。皆様もそろそろお時間かしら」

「そうでした。久しぶりにロゼ様とお話しできて、つい時間を忘れてしまいましたわ」

「私はまだ婚約相手もおりませんので、どなたかいい人を見つけなくては」

令嬢たちがそれぞれに去っていくと、私はその場に留まり、飲み物をもらって喉を潤《うるお》した。

わざわざあの陰鬱《いんうつ》な顔を捜し出すつもりなどない。

『完璧だの、淑女の憧れだのと過剰に騒がれる君の隣にいると、窮屈《きゅうくつ》だ』

私の顔を見るとそんな風に言うのが私の婚約者、ジョセフ＝ロガート。私の頭痛の種の二人目だ。

彼は私との婚約を納得していない。

元婚約者であるリリアナに、いまも想いを残しているからだ。

『リリアナならロゼよりもっと素晴らしい淑女になっていただろうに。病弱なせいで跡継ぎの座だけでなく、婚約相手まで妹に渡さなければならなかったなんて……』

そう呟《つぶや》き、ため息をついてみせるジョセフだけれど、まさかそのリリアナが『あんな陰鬱《いんうつ》な男と結婚なんて嫌！』と私に押しつけたのだとは、いまだ知らずにいる。

知らないほうが幸せなこともある。

私とて誰かに押しつけたいが、そうもいかない。この婚約は、うちの父がジョセフの父であるロガート伯爵に恩があり、彼の三人もいる息子の一人を婿《むこ》として引き取ることになったという、いわば家と家との約束だ。

それでも結婚すれば一生をともに過ごさねばならないのだし、いつも陰鬱《いんうつ》な顔でため息ばかりつかれていてはこちらの気が滅入《めい》るから、歩み寄ろうと努力をしてきた。

しかし一方の努力だけでどうにかなることではない。ジョセフとの溝は埋まらないまま、私が十八歳になる一年後に結婚式を挙げることになっていた。

だがここにきて彼は、去っていった元婚約者の幻ではなく、現実を見るようになったらしい。

ただしそれが目の前の私ではないというところがさすが頭痛の種である。

「ロゼ。話がある。ついてきてくれないか」

グラスを置いたところで、後ろから唐突にそう声をかけてきたのは件《くだん》の婚約者だ。

茶色のくせっ毛に茶色の瞳。その顔には相変わらず覇気《はき》がないばかりか、今日はなにか後ろめたそうに視線が落ち着かない。

「それはわざわざ人様のパーティで、場所を変えてまで話さなければならないことなの？」

「いや、そういうわけではないが、こういう話は早いほうがいいから」

それはそちらの都合だろう。

私はため息を押し隠して頷いた。

「わかったわ」

どんな話かは察しがついている。

向かった先に誰が待っているのかも。

了承を伝えると、ジョセフはふいっと視線を逸《そ》らして「こちらだ」と背を向けた。

横に並ばず後をついて歩くと、中庭へ出た。

ここにはいま、他に人はいないようだ。

予想した通りの彼女を除いては。

「あっ……、ロゼ様」

「ごきげんよう、メイシー。お待たせしてしまったようね」

そこにいたのは、頭痛の種の三人目、メイシー＝ソフィアス男爵令嬢だ。

彼女は両の手を組み合わせ、うるうるとした瞳で私を見つめる。

肩までの黒い巻き髪がふわふわと輪郭を覆い、甘い顔立ちを引き立てていた。

見事なまでに物語のヒロインに浸《ひた》りきっている。

「ごめんなさい、ロゼ様！　お怒りになるのはごもっともです。それでも、私――！」

まだ私はなにも言っていないというのに、この盛り上がりよう。すでに彼女は舞台に立っているようだ。

「いいんだ、メイシー。ここは私が話すから」

親しげにそう呼びかけたジョセフはメイシーの隣に立つと、私に陰鬱《いんうつ》な顔を向けた。

「ロゼ。君は完璧だ」

そんなため息まじりの声で言われて、それを褒《ほ》め言葉だと捉える人間はいない。

「王都から遠く離れた田舎で六年間も無為《むい》な時間を過ごしたものの、遅れていた教育を取り戻して見せた。冷たい水色の瞳と、それとは対照的に品がなく見える赤みがかった金髪も、君の淑女らしい態度で補えていると思う。つまり、君は非の打ちどころのない存在だ」

こんなにも褒《ほ》めているようで褒《ほ》めていない、認めたくない気持ちが溢《あふ》れる言葉を聞いたことはない。

「そんな君の隣に私の居場所はないし、なにより息苦しい。比較されるのもたまらない」

うんざりしたようにそう言うと、ジョセフは苦々しげに顔をしかめた。

田舎から戻ってきた私に侮蔑《ぶべつ》の目を向けていたくせに、努力で評価を得たらこれだ。それもそれなりの努力をした人に言われるならばまだしも、貴族の名にあぐらをかいて、ただ家でだらだら過ごしているだけのジョセフに言われたくはない。

「それにロゼは事業も興《おこ》しているし――」

私への賛辞はまだ続く。

本題が言い出しにくいのはわかるが、まどろっこしいのは面倒だ。

「ご用件は？」

単刀直入に促《うなが》すと、彼はためらいながらも顔を上げた。

「だから、ロゼは一人でも生きていけるだろう？　でもメイシーはそうじゃない。私が支えてやらねばならないんだ。だから……」

彼はこの期《ご》に及んで言い淀《よど》む。決定的な言葉を下さねばならない自分たちを哀れむように、隣に立つメイシーと悲愴な目を見交わす二人は、さながら舞台役者のようだ。

自分に酔っている彼らに付き合うほど暇ではない。

「私との婚約を解消したいと、そういうことですね？」

「そうです！　仕方がないことだと諦めてください、ロゼ様。私とジョセフ様は惹かれ合ってしまったのですから」

メイシーはジョセフを見つめ、ぽっと頬を染めてみせる。対してジョセフは陰鬱《いんうつ》な顔で続けた。

「すまない。君のような完璧すぎる女と結婚したがる男などいないだろう。代わりの婚約者探しは難航するかもしれない。それでも私は、メイシーを見捨てることができないんだ……恨《うら》んでくれていい。ただ、私を自由にしてほしい」

恨《うら》んでくれていい、とは、自分がどれほどの人物だと思っているのだろうか。

こちらとしてはあまりに想定内すぎる展開で、ため息をつく気にすらなれない。

彼が最近、メイシーにご執心なことは知っていた。

そして、メイシーは他人のものが大好きなのだということも知っている。

いろいろ言いたいことはあったけれど、彼らにそれを放つことに意味はない。

私の人生にはもう関わりがないのだから。

そしてなにより、自由を得られるのは彼らだけではない。

「承知しました。どうか一生その愛を貫き、二人仲睦《なかむつ》まじく、健《すこ》やかに生きてくださいね」

完璧な淑女の仮面を被り微笑みを浮かべると、私はくるりと踵《きびす》を返した。

「ロゼ様、ありがとうございます！　私、きっと今度こそ幸せになりまーす！」

背後にメイシーのそんな声が聞こえたけれど、振り返りはしなかった。

事実を知った後も、同じことが言えるといいけれど。

リンゼンハイム家に婿《むこ》入りしなくなったからといって、ジョセフがロガート伯爵家を継ぐことはない。

ロガート伯爵の三人いた息子のうち、確かに長兄は残念ながら数年前に亡くなっているけれど、ジョセフの弟トマスが跡を継ぐ前提で、侯爵家三女と婚約を結んでいるのだから。

彼らが独断で突っ走ってくれて助かった。ロガート伯爵が知ったら止めたはずだから。伯爵は私のことをいたく気に入ってくれていて、正式に結婚する日を心待ちにしていたから、勝手なことをしたジョセフを許すはずがないし、尻軽で有名なメイシーを伯爵家に迎え入れるとは思えない。

そんな行き場を失ったジョセフに、あのメイシーが喜んでついていくとも思えないのだが。

まあ、彼らがこの先どうなろうと、私の知ったことではない。

私はさっさと屋敷へ帰ると、まずは父に宛てて手短に手紙を書いた。もともと父も乗り気ではなかったから、この婚約解消には承諾してくれることだろう。

これで、ロガート伯爵が後から事実を知ってもなかったことにはできない。

私は自由になったのだ。

やることを済ませるとベッドにぼすりと横になり、大きく息を吸った。

もう陰鬱《いんうつ》な婚約者に気を使うことも、メイシーにつきまとわれることもない。

頭痛の種が一気に二人片づいたのだから、その解放感は大きい。

思えば、メイシーとは腐れ縁だった。

私がトルハインツへ行く前、確かに面識はあったが、友人になったつもりは一度もない。

それなのに私が王都に戻り、やっと足場が固まってきた頃、パーティで令嬢たちと親交を深めていると、いつの間にか隣にいて『私たち、幼馴染なんです』と話に入ってきたのだ。

まあ別に無害だし、と放っておいたのがいけなかったのか。それから彼女は私につきまとうようになった。そしてなにを思ったのか、私の真似をしはじめた。いつの間にか上目遣いや甘ったるい喋り方をやめ、私の仕草や喋り方をぎこちない動きで模倣《もほう》する。

そのうち人目がある中で同情を誘うように指輪やネックレスを欲しがり、挙句ドレスまでねだってくるに至り、私もさすがに断って、なんとか距離を取ろうとしたものの、逃げれば逃げるほど詰め寄られた。そしてメイシーはどこで見つけたのか、はたまた作らせたのか、似たようなデザインのものを身につけるようになった。

私とメイシーは顔立ちも違うし、髪も瞳の色も違う。だから似合うものは違うのに。

違うのは外見だけでなく、中身もだ。

私がよく事業のことなどを話していた子息たちに、メイシーが片っ端から声をかける姿も見たが、思ったような成果はあげられなかったようだ。

どうやらメイシーは私の真似をして、手っ取り早く同じような地位を築こうとしたらしい。

『生まれが違うだけで私はなにも持っていないだなんて、不公平だわ。ロゼ様はなんでも持っているのに。早く男爵家から抜け出したい……』

うまくいかないと嘆《なげ》きながら、メイシーは深いため息を吐き出してそう言った。

伯爵家に生まれた私が恵まれているというのは事実だ。苦労はあれど、毎日美味《おい》しいご飯を食べられるのだから。

けれど、メイシーがなにも持っていないなんてことはあるだろうか。

メイシーの濡れたように黒く光る大きな瞳は庇護《ひご》欲をそそるし、甘い顔立ちは人目を惹く。声も高くてかわいらしい。

メイシーにはメイシーの魅力がある。

なにより、いまもご両親が健在だ。見かける度にいつも穏やかに笑っていて、メイシーが愛されているのは傍目《はため》にもわかった。

だから私はある日、メイシーにこう告げたのだ。

『メイシー。ないものを求めるのも大事だけれど、自分が持っているものに目を向けるのも大切よ』

すると、彼女は『私は間違っていました』と目を輝かせた。

そしてその日を境に私の真似をやめ、今度は自分に似た令嬢の相手を奪うようになった。

自分に似た人を好きになった相手なら、自分のことを好きになると思ったらしい。

以来、メイシーの噂はあっという間に広まった。

令嬢たちはメイシーを遠巻きにするようになり、婚約者や恋人には『メイシーには決して近づかないで』と、きつく言い渡すようになった。

それでメイシーも大人しくなるかと思いきや、今度は自分と似ているかどうかは判断基準から外してとにかく人のものを狙い、対象を広げていった。誰かが好きになったり婚約を結んでいたりするということは、それだけの価値があると考えたようだった。

そうして巡り巡って、私は再び彼女のターゲットになったわけだ。これまでさんざん私につきまとっていたのだから、もっと早くジョセフをもらっていってくれたらよかったのに。

たぶんジョセフはあまりメイシーの好みではなくて、噂が広まりすぎて誰にも相手にされなくなり、仕方なく妥協《だきょう》したのだろう。私がジョセフに『メイシーに近づかないで』なんて言うわけもなく、無警戒の彼は簡単に篭絡《ろうらく》されたわけだ。

これまでの歩み寄りはなんだったのか、私の努力はどこへ行くのかと徒労感がのしかかるけれど、これでやっとメイシーが落ち着くなら、それでいい。令嬢たちも一安心だろう。

今日はなかなかに疲れた。貴族がたくさん集まる社交の場は、何度出席しても苦手だ。

ごろりと寝返りをうち、赤みがかった髪を手に取る。

今日一日で褒《ほ》められも、貶《けな》されもしたこの髪は、社交界の評価なんていい加減なものだという象徴だろう。

私への評価が変わったことで、それまで悪し様に言われていたものまでくつがえる。

私の本質も、髪も瞳も変わってはいないのに。

私はベッドから起き上がると、クローゼットを開けた。

端に立てかけてあるのは、一本の木剣。手に取ると肌に馴染《なじ》むような感覚がある。

これをくれたのは、子どもの頃にトルハインツで剣術の稽古《けいこ》をしていたおにいさんだ。

顔も名前も忘れてしまったけれど、とにかく綺麗な人だったことだけは覚えている。

そのおにいさんの剣を振るう姿がとにかく格好よくて、私はそれに憧れた。

剣術の先生に私も剣を習いたいとお願いすると、親の許可もなく貴族の令嬢に剣を教えることなどできないと、困ったように断られた。

それでも諦めきれず、稽古《けいこ》の様子を遠くから眺めていた私に、おにいさんが渡してくれたのがこの木剣だ。もうこれは体に合わなくなったからと言って。

おにいさんも私が剣術に興味を持ったことに驚いてはいたけれど、ダメだと遠ざけることも、『貴族の令嬢のくせに』と笑うこともなかった。

それから先生は、私が勝手に真似ているだけ、という体裁で、そこで一緒に木剣を振るうことを許してくれた。

うっかり日暮れまで稽古《けいこ》に夢中になってしまったある日。おにいさんは私を屋敷に送り届けてくれながら、地平線近くに浮かぶ赤い月を眺めて言った。

『その髪はあの月と同じ色だね。瞳も、暮れたばかりの透き通るような空と一緒だ。暗くなってもなお輝こうとしているような色で、家族と離れて暮らしていても明るく笑っているロゼによく似合っているよ』

おにいさんは、領地に一人飛ばされた私が野を駆け山を駆け遊び回っているのを、ただただ能天気なわけでも、自棄《やけ》になっているのでもないことをわかってくれていたのだと思う。

その言葉は私の胸にしんと沁《し》みて、強く残った。

だから私は生まれ持った容姿を悪し様に言われようと、表面的に褒《ほ》められようと、本質ではないところで語られる言葉なんてどうでもいいのだ。

木剣を一振りすると、いまの私には少し短いのに、重く感じる。

中身は変わらないのに、あの頃が遠い。

私は木剣をクローゼットに戻し、再びベッドに横になった。

自分勝手な人たちに振り回され、徒労感ばかりがのしかかるこんな日は、どうしても思ってしまう。

野山を駆け回り、剣を振り回していたあの頃に戻りたい。おにいさんのように、ありのままの私を見てくれた人がいたあの地に帰りたい。

ロクにお別れも言えないままだったし、どこの誰かも知らないあのおにいさんがいまもトルハインツにいるかなんて、わからないけれど。

そんなことを思いながら眠りについた。


翌朝目覚めると、全身がむずむずと痒《かゆ》かった。

これはまずい。あの前兆だ。

頭痛の種から解放されてスッキリしたと思っていたけれど、それでも心身ともに疲れはあったのだろう。

なのに、今日は城に行かねばならない。年の近い第二王女エリーゼ様の話し相手として、定期的に城へ呼ばれているからだ。

せめて明日だったらよかったのに。

タイミングの悪さに、ため息を吐き出す。

――もう少し、もってくれるといいけれど。

おそらく今日のうちにそれは起こるだろう。

自分の体なのに、いくら努力をしてもこればかりはどうにもならなかった。

いや、努力をすればするほど、悪循環に陥《おちい》っていくのだ。

そうはわかっていても、頭痛の種たちが私に絶えずストレスを送ってくるのだから、いかんともしがたい。

疲れた体を引きずってなんとか無事に王宮に入ったのだけれど、運の悪いことに令嬢方の一群に出くわしてしまった。

リーナ様とサンドラ様の一派だ。

「あら、ロゼ様ごきげんよう。本日もエリーゼ様とお茶にいらしたのですか？」

すでに無意識にかいてしまいそうなほどに痒《かゆ》みが強くなっている。時間がない。

早く人目のないところに行かねばならないのに。

焦りを押し隠し、『完璧な淑女』の仮面をしっかり被り直してから、声をかけてくれたサンドラ様に笑顔を向ける。

「ええ、これからお伺いするところですの」

「王女様の信頼も篤《あつ》いだなんて、さすがロゼ様ですわ。今日のドレスも素敵ですし」

「ありがとうございます。皆様はどちらへ行かれるところだったのですか？」

矛先《ほこさき》を私からズラそうと話を向ければ、いつもは堂々としたお姉様風なサンドラ様が、珍しく恥ずかしそうに頬を染めた。

「第一騎士団の修練場に見学に行ってまいりましたの」

代わりに隣のリーナ様が扇《おうぎ》で口元を隠しながらそっと教えてくれた。なるほど、と察する。

「第一騎士団というと……ジーク騎士団長、ですか？」

「は、はい！　あの凛々《りり》しいお姿を一目見たいと……」

サンドラ様をはじめとして、皆様一様に頬をぽっと染めて恥ずかしがるのがかわいらしい。

「私は婚約者がおりますので、そういった対象ではないのですけれど、やはり見ているだけで、その、目に潤《うるお》いがあると言いますか……」

言い訳をするように恥じらうリーナ様に微笑んで、「わかりますわ」と一つ頷く。

「ジーク騎士団長は騎士団一の強さと言われていますし、筋肉も隆々としていますものね」

「ロゼ様、わかってくださいます⁉　そうなんですの！　いえ、お顔だけでしたら第二騎士団長のユアン様のほうが整っていらっしゃいますし、『微笑みの貴公子』と呼ばれている通り素敵な方なのですけれども、ユアン様は、その……」

「いえ、ユアン様は心に決めた方がいらっしゃるという噂もありますし、ね……」

　リーナ様は言いかけて言葉を濁《にご》し、サンドラ様も曖昧な笑みを浮かべたけれど、言わんとしていることはわかる。

　筋骨隆々、寡黙《かもく》で生真面目な第一騎士団長ジーク様と対をなしてよく語られるのが第二騎士団長のユアン＝クラディス様。史上最年少で騎士団長の任に就いた実力の持ち主《ぬし》だ。

　加えて『微笑みの貴公子』と呼ばれている通り、整った顔に笑顔を浮かべれば令嬢方がふらりとよろめくほどの麗《うるわ》しさな上に、公爵家次男という文字通りの貴公子。だというのに、とある理由から令嬢方の憧れの対象にならないでいる。

　サンドラ様はいらぬ話をしてしまったというように軽く咳払いをすると、話を切り上げた。

「エリーゼ様のところへ向かうところでしたのに、お引き止めしてしまい申し訳ありません」

「いえ、また今度、ゆっくりお話しさせてくださいませ」

令嬢方と挨拶《あいさつ》を交わし合い、解放されたことにほっとしながらも、胸中で一人、ぽつりと呟《つぶや》く。

——ユアン様のほうが格好いいのに。誰も本当のユアン様を知ろうとはしないのね。

おかげで第二騎士団の修練場はいつもガラ空きだから、私にとっては助かるのだけれど。

急ぎエリーゼ様のもとへ足を向けるが、痒《かゆ》みはいつの間にかかきむしりたいほどに強まっている。

私は淑女らしさをかなぐり捨てぬよう注意を払いながら、少しずつ足を速めた。

——まずい、まずい、まずい！

痒《かゆ》みを我慢しながらひたすら足を動かし、やっと目的の部屋に辿り着くと、侍女のシンシア様が迎え入れてくれた。

「ロゼ様、どうぞこちらでお待ちください」

「シンシア様、まずいです。早く扉を——」

部屋に通され、なにごとかを察したシンシア様が素早く扉を閉めた瞬間。

思わず肌をこすってしまいたいほどむずむずしていた体から、突然痒《かゆ》みが消えた。

「──あ」

小さな呟《つぶや》きが漏《も》れるのとともに、驚いたようなシンシア様の顔が消える。

いや、そうではない。私の視界ががくんと下がったのだ。

いま私の目の前に見えるのは、シンシア様の紺色のスカート。先ほどまで着ていたドレスが肩にぶら下がっていて、いまはとても重い。

シンシア様は動じることなく、「あらあら」と頬に手を当てる。

「ロゼ様。なにか大変なことがおありだったのですね？」

「ええ、昨日抱えていた面倒ごとが片づいて大変スッキリしたのですが、徒労感もその倍でして。いままでの苦労はなんだったのかと思ってしまったら、もうダメでした」

「なるほど。なんとなくお察ししました」

「エリーゼ様がいらしたら根掘り葉掘り聞かれるかと思いますので、その時にお話ししますわ」

「そのおかわいらしい姿ではなにかあったことが一目瞭然《いちもくりょうぜん》ですから、ご覚悟なさったほうがよろしいでしょうね」

そう。いまの私は七歳くらいの子どもに縮んでいるのだ。

初めてこんなことが起きたのは、いまから一年半ほど前。

その時は確か、リリアナの散財で家の財政が大変なことになっているのが発覚して、立て直すべく商売をやろうと一念発起したものの、店を建てるための資材を買い付けたら資金を持ち逃げされ、ジョセフやメイシーは相変わらず面倒で、あれこれ重なって「もう嫌だ！　子どもの頃に戻りたい！」と痛烈に思うくらいに疲労感が溜まっていて。

なんだか全身が痒《かゆ》くてむずむずするのを、疲労のせいだと思い我慢しているうちに、突然子どもの姿に変わっていたのだ。

居合わせた侍女と二人で頭を突き合わせても、どうしたらいいかわからないまま一日が経ち、医者を呼んだところで姿が戻った。

おかげで『子どもの姿に変化した』なんて荒唐無稽《こうとうむけい》な話を信じてもらえて、何度か問診を繰り返し、原因はストレスや疲労だろうということになった。

心身のエネルギーを過剰に消耗《しょうもう》したことで、体が消費を抑えようと子どもの体に縮むのではないか、と。

その理屈には頷きがたいものがあったけれど、魔法や呪いの類であると言われるよりはよほど信憑性《しんぴょうせい》がある。大昔にはそんなものがあったという言い伝えもあるけれど、確かな記述は一切残っていないから。

それに、ストレスと言われれば納得せざるを得ない部分もある。

私は野山を駆け回っていただけあって体力に自信はあったけど、のびのび育ったおかげでストレスには弱いのだ。

特に頭痛の種であるあの三人のような価値観の違いすぎる人間といると、話の通じなさに無力感を覚えるし、努力は簡単に水の泡にされるし、とかく振り回され、心身ともにぐったりする。

ただでさえ店の経営や当主代理としての仕事で多忙だったし、常日頃からストレスが溜まっている自覚もあった。

それになにより、子どもの姿に変わるのを繰り返すうち、ストレスが薄れていくと体が元に戻るということもわかったから、納得はできる。

ただ原因がわかったところで、自由に駆け回れる野山はなく、せめて庭で無心に草取りでもと思っても、仕事熱心な庭師が根こそぎ抜いている。

この王都では私がストレス解消する方法など見つからず、姿が元に戻るには、ただ時間が解決してくれるのを待つしかなかった。

このことを知っているのは父と屋敷の一部の使用人、それからエリーゼ様とシンシア様だけ。

エリーゼ様はこんな私の体質を気味悪がるどころか、ただ一人面白がっている。

それは受け入れてくれたということでもあり嬉しかったけれど、出かけた先で姿が変わってしまうかもしれないと思うと外出が不安だった。

だから今後はお茶会を辞したいと伝えたところ、エリーゼ様は言ったのだ。

『リスクがあるからと閉じこもってばかりいては、ストレスは溜まる一方よ。それよりも安全な場所を増やして、安心できる相手を増やして、居心地よく過ごすほうがよほど建設的でしょう？』

ぐうの音も出ないほどの正論だった。

それにその言葉通り、エリーゼ様は城内で私が駆け込める場所をいくつか教えてくれた。

困った時はシンシア様を呼ぶようにとまで言ってくれて、現にこうして助けてもらっている。

そこまでされて引きこもるわけにはいかない。

そうして城に通って話をするうち、それがストレス解消となり、元の姿に戻りやすくなったから、エリーゼ様には感謝している。面白がられているのもやっぱり事実だけれど。

さらにシンシア様はシンシア様で、私が子どもの姿になるのを楽しみにしている節がある。

「ロゼ様、まずはお着替えをお手伝いいたしましょう」

キラキラと目を輝かせたシンシア様にそう声をかけられ、私は慌てて「いえ、こちらを脱ぐだけで済みますので」と笑みを返した。

シンシア様は子どもの姿となった私を着せ替え人形にして遊ぶのが大好きなのだ。とっても愛《め》でてくださっているのはわかるのだけれど、中身は十七歳だからあまりに子ども扱いされるのは辛いものがある。

そもそもシンシア様は侯爵家の三女で、エリーゼ様のお付きの侍女だ。手を煩《わずら》わせるわけにはいかない。

「そうですか？」

残念そうなシンシア様を横目に、私はぶかぶかになって脱げ落ちたドレスの中から、よいしょと短い足を持ち上げて抜け出した。

中にはシンプルでストンとした短いドレスを重ね着しているから、着替えと言ってもそれだけで終わりなのだ。

脱げたドレスも子どもの力で持ち運びできるよう、見た目は華やかながらも軽い素材で、畳んで袋に収納できるようになっている。

「器用なものですわね。あまりにおかわいらしい姿なので、つい手助けしてさしあげたくなってしまいますけれど」

「短い手足でも、慣れると大抵のことはできるのです。中身まで子どもになったわけではありませんから」

脱げたドレスを小さな手でなんとかまとめたところで、ドアがノックされる。エリーゼ様の用事が長引いているため、二時間ほど待ってほしいという言伝《ことづて》のようだ。

相変わらずエリーゼ様は多忙だ。

「城内を散策されますか？　こちらでお待ちいただくのであれば、私が退屈しのぎにお付き合いいたしますが」

シンシア様はどこかわくわくした期待の目で見ているけれど、私は「では、少々出てまいります」と笑顔でやんわり断る。

「残念ですわ。またお時間のある時に、私とも遊んでくださいませ」

私は名残惜《なごりお》しそうなシンシア様の視線を感じながらも、そそくさと部屋を出た。

さて、ぽっかりと時間が空いてしまったけれど、そんな時にいつも行く場所がある。

第二騎士団の修練場だ。

小さな歩幅でぽてぽてと歩いていると時折迷子と間違えられるから、目的を持って歩いているとわかるように堂々とした顔をしていなければならない。

今日も、「ちょっとそこまで」という顔でなにげなさを装い、なんとか誰にも止められずに目的地——第二騎士団の修練場へ辿り着く。

修練場は試合も行われる場所で、周囲にはぐるりと観客席が設《しつら》えてあった。

試合がない時は見学自由なのだが、今日もそこには誰もいない。

私は一番前の特等席によじ登るようにして座り、修練場に巻き起こる砂埃《すなぼこり》の中心に目を向けた。

そこにいるのは、スラリとした長身で長い金髪を一つに束ね、涼やかに木剣を振るう一人の騎士。

今日も第二騎士団長であるユアン＝クラディス様は『微笑みの貴公子』の通り名に違《たが》わず、切れ長の紺色の瞳に麗《うるわ》しい笑みを浮かべている。たとえ、そこに数人の騎士が剣を構えて突進していたとしても。

「うわあぁぁぁ！」

「せいやあ——！」

勇ましい掛け声の中に、ユアン様の涼やかな笑い声が響く。

「ははははは、勇ましいのは掛け声だけだね。脇がガラ空きだし、踏み出す足に全然力が乗っていないよ。もうへばったのかい？」

「う、うらあぁぁぁ！」

図星を指されたらしい騎士が奮起《ふんき》したように飛びかかるが、一瞬で横に吹っ飛ぶ。

「武器が剣だけだと思うなと、いつも言っているだろう？」

繰り出されたのはその長い足による華麗な蹴り。

他の男たちはあっけなく散った同胞にちらりと目をやると、ごくりと唾を呑み込み、覚悟を決めたように続く。

だが次々と軽く剣でいなされ、息も切れ切れになっていく。

ユアン様だけがいつまでも一人涼しい笑顔のまま。

「あっけないねえ。もう終わりかな？　それじゃあ腕立て伏せとスクワットをそれぞれ三十回十セット、最後は柔軟体操もしておくように。屍《しかばね》相手にこれ以上やっても意味がないからね」

変わらぬ笑顔でさらりと辛辣《しんらつ》なことを言う。

「お……鬼……」

ぽつりと漏《も》れ聞こえた呟《つぶや》きにも、ユアン様はにっこりと笑顔を向けるだけ。

そう。令嬢たちがユアン様に群がらない理由は、これだ。

その笑顔は確かに麗《うるわ》しいが、涼やかな口元からこぼれる言葉には容赦《ようしゃ》のないトゲが含まれている。

『毒舌』『腹黒』、それが令嬢たちのユアン様への評価だった。

しかし私は知っている。その毒舌だとか腹黒だとか言われているのは誤解で、ユアン様はいつでもどこでも誰にでも、ただ正直なだけなのだ。

そして大抵のことを楽しんでいるから、いつも笑顔なだけ。

よく見れば、その笑みにも種類があるし、様々な感情が表れている。

とはいえ、私も最初はユアン様の笑顔をうさんくさいと思っていたのだけれど。

訓練を終えてスタスタと扉のほうへ歩いていくユアン様を追いかけるため、私は椅子からぴょいっと飛び下りた。気配を感じたのかユアン様は振り返ると、嬉しそうな笑顔でひらひらと手を振り、口をぱくぱくと動かした。

『待ってて』

そうして互いに修練場の出口へ向かい、落ち合う。

けれど彼と会うのは私であって、私ではない。

「お待たせ、ルーシェ。今日も時間があるなら、一緒にお茶をしないかい？」

「はい、ぜひ」

私が笑顔で答えると、ユアン様は嬉しそうに「今日はアップルパイがあるよ」と笑った。

こうして私が子どもの姿で『ルーシェ』としてユアン様に会うようになったのは、一年ほど前から。

きっかけは、父にこの体質を相談したことだ。

初めて子どもの姿になってから、それが一度ならず二度三度と断続的に起こることがわかり、私は意を決して父に打ち明けることにした。

だが父は、子どもの姿の私を『ロゼ』だと信じなかった。

必死に説明し、侍女たちも間違いなく真実だと口添えしてくれたけれど、イタズラだと決めつけるばかりでまともに取り合わず、私を追い出そうとした。

父とは子ども時代をほとんどともに過ごしていないのだから無理もないけれど、どこからどう見ても幼かった頃の娘の姿だろうに。

結局、姿が変わるところを目《ま》の当たりにさせて無理矢理信じてもらったのだが、すると父は予想外の行動に出た。

見た目は子どもで中身は大人な私を、利用することにしたのだ。

父は子どもの姿になった私をパーティに連れていき、動向を探りたい一団の近くに一人置き去りにした。子どもの姿なら警戒されないからと、スパイにしたのである。

鬼畜か。

転んでもただでは起きないところが私の父であり、人の心中などおかまいなしなところがリリアナの父だなと思った。

けれどいざ会場に入ってしまえば、案外誰にも怪しまれることはなかった。『社交』のために参加している大人にとって、子どもなんて視野に入らないのだろう。

だがざわついた中で、しかも自分の背よりはるか高いところで交わされるおじさんたちの会話などロクに耳に入るわけがない。私は早々に任務を放棄し、自棄《やけ》食いに走った。

パーティとなると体型を気にする淑女たちのために、必ずティルニーという葉野菜などを使ったサラダが器に盛られていて、令嬢たちが退屈しのぎと空腹をごまかすために食べるのだけれど、そんなものでお茶を濁《にご》す私ではない。

目と同じくらいの高さのテーブルに並ぶスイーツにうんしょと手を伸ばし、端から口にがふがふと突っ込んだ。

そんなところに声をかけてくれたのが、ユアン様だった。

「君は不思議だね。こんな美味《おい》しいスイーツを口にして笑顔にならずにいられるなんて」

じっと顔を覗き込み、本当に不思議そうな顔をされて、私は思わず黙考してしまった。

いまのは嫌味だろうか。それともただの疑問だろうか。

彼が微笑みの貴公子と呼ばれる第二騎士団長でクラディス公爵家のユアン様だとすぐにわかり、なおさら悩んだ。常々彼をうさんくさいと思っていたから。

とはいえ、相手は公爵家の人間だ。ここは無難にやりすごそうと、態度を淑女らしく改めて向かい合った。

「これはお恥ずかしいところをお見せしてしまいました。実は、あまりにも腹立たしいことがあったものですから。食べ物に罪はないというのに、作ってくださった方にも失礼をしてしまいました」

言ってから気がついた。いまは子どもの姿なのだ。あまり大人ぶった話し方をしては怪しまれる。

はっとして、どうしようと固まったけれど、ユアン様は気にする素振りもない。それどころか、心底疑問というように首をかしげた。

「ふうん。甘いスイーツを食べながら別のことを考えられるなんて、器用だね。私だったらいま食べているスイーツのことか、次にどのスイーツを食べようかくらいのことしか考えないな。一体なぜそんなに腹を立てているんだい？」

　とにかくユアン様がスイーツ好きなことはよくわかったけれど、促《うなが》されるまま真実を話すわけにはいかない。父の鬼の所業を洗いざらい話せば、この体のことに触れざるを得ないのだから。

　実の親ですら信じないのだから、他人ならなおさらだ。話してみたところで、また一笑に付されるに決まっている。

　なんと返せばいいか迷っていると、ユアン様は「それなら代わりに楽しい話を聞こうじゃないか」とにっこり微笑んだ。

「愚痴《ぐち》を吐くのはストレス解消になるけれど、逆のことを考えるのも手の一つ。スイーツを美味《おい》しく食べるなら、そっちのほうがいいしね」

　楽しい話と言われても急には出てこない。王都に来てからの日々はひたすら教育を受けたり足場固めに奔走《ほんそう》したりするばかりで、楽しいことなどないに等しかったし。

　仕方がなくトルハインツでの思い出話をしてみると、ユアン様は公爵家次男なのに

「懐かしい気持ちになるね」と微笑みながら話を聞いてくれた。トルハインツのことを田舎と馬鹿にしたり、私を蔑《さげす》んだりすることもなかった。

それでだんだん調子に乗り、どうせいまの私はロゼではないのだし、と素が出てくるのに任せて、いつもメイシーが私のものを欲しがる話だとか、わがままな姉の話をした。

「ははは、人のものを奪って手っ取り早く幸せになれると思うところが短絡的だよね。しょせん人から奪ったものなんて、それだけの価値しかないのに。むしろ、奪ったことで価値が下がるんだってそろそろ気づかないのかな？」

「自分の我《が》を押し通して周りを振り回す人の視野ってどうなっているんだろうね。馬くらい視野が広ければまともな行動がとれるのかな。まあ、他人なんてどうでもいいと思ってるんだろうから無意味か」

などなど、にこやかなユアン様の口から次々と辛辣《しんらつ》な言葉が出てきて、私はつい笑ってしまった。

『毒舌』『腹黒』と恐れられる『微笑みの貴公子』と聞いていたから、てっきり温和な仮面に本性を隠しているような人なのかと思ったけれど、笑顔も毒も、そのままこの人なのだ。

最後に名を聞かれて、とっさに従姉妹《いとこ》のルーシェの名を借りた。

完璧な淑女として名の知れたロゼ＝リンゼンハイムの名を語ったところで、笑われるだけだから。

「どこかで会ったことがある気がしたんだけれど。こんな小さな知り合いはいないし、人違いだったようだね」

そう言われてドキリとした。

ロゼとして、ユアン様と社交場で挨拶《あいさつ》や短い会話を交わしたことはある。けれど私《ロゼ》の顔など覚えてはいないだろうと高《たか》を括《くく》っていた。

脳裏に、子どもの姿で「自分はロゼだ」と打ち明けた時の、父の顔が浮かんだ。なにを言っているんだ、とばかりにこちらを見下し、歪《ゆが》んだ顔。

あんな顔は何度も見たくない。

「ロゼ＝リンゼンハイムの従姉妹《いとこ》なのです。似ておりますでしょう？」

にっこり微笑むと、ユアン様は「ああ、なるほどね」と納得したような笑みを返してくれた。

やはりこの姿で迂闊《うかつ》に誰かと関わるものではない。

――そう思ったのに。

数日後、エリーゼ様とのお茶会で城を訪れた日のこと。その日も時間が空いて、気づけば私は第二騎士団の修練場へ足を運んでいた。

先日騎士団長であるユアン様に会ったことで、久しく剣術に触れていないなあと懐かしくなったからだ。

『おや、ルーシェ。見学かい？　ゆっくり見ていくといい。……ところで、この後少し時間はあるかな。来客の予定がなくなってね。焼きたてのスコーンがむくわれないのはしのびないと思ってるんだけど、付き合ってくれないかな？』

私を見つけたユアン様は、いいことを思いついたというように嬉しそうな顔をすると、今日のように私をお茶に誘ってくれた。

以来、時間が合えば私たちは一緒にお茶をするようになった。

私はユアン様に愚痴《ぐち》を聞いてもらって、スッキリする。

ユアン様は甘いものが好きすぎて普段は禁止されているけど、私という来客を理由に大好きなスイーツを食べられる。

私たちは互いに利益のある関係になったのだ。

騎士団の人たちもそれがわかっているから、七歳ほどの子どもにしか見えない私《ルーシェ》に、「ユアン様は働きすぎなので、ぜひ休憩に付き合ってあげてください。ただ、おかわりは禁止ですし、一口ちょうだいと言われても断ってくださいなどとお願いしてくるのだ。

史上最年少で騎士団長に上り詰めた二十三歳のユアン様は、訓練中こそ鬼と呼ばれているけれど、騎士団員にはとても慕《した》われている。

ユアン様より年上の人たちも、その誰もが彼の実力を認めていた。なにより、悪気なくものを正直に言いすぎるユアン様を憎めない――というか、見守っているといった感じだろうか。

私には第二騎士団の関係性が少し不思議で、それから羨《うらや》ましくもあった。仲間という感じがして、見ていると領地にいた頃を思い出す。

王都に来てから私にそんな居場所はなかったから、そこに自分を投影して満足しているのかもしれない。なにより騎士団の中にいる時のユアン様は、いつも生き生きとしている。

そんな姿を見るのが好きだった。

「今日ルーシェが来てくれてよかったよ。来客がなければ、せっかくのアップルパイが無駄になるところだった」

そう言って隣を歩くユアン様を見上げると、それはそれは嬉しそうに口元が緩《ゆる》んでいる。

「アップルパイ、お好きですものね。でもわかっていると思いますが、おかわりは禁止ですよ」

私も好きだけれど、淑女としてはアップルパイほど食べにくいものはない。こんな時だけは子どもの姿でよかったと思う。

「いつまでも口調は硬いままだね。子どもなんだから、もっと楽にしていいんだよ?」

「子どもでも礼儀は礼儀ですから。それに、これでもずいぶん気楽に話させていただいていますし」

ユアン様はぴたりと足を止めると、くるりと私を振り返り、目の前にしゃがみ込んだ。

「本当にルーシェは生真面目だよね。だからいっつも眉間にそんな皺《しわ》が寄ってるんだって」

言いながら、ぶすっと鋭く私の眉間を突き、ぐりぐりともみほぐす。

「……いたいです」

「だろうね」

わざとか。

「さて、じゃあ私の執務室へ行こうか」

そう言ってユアン様は、私をひょいと抱き上げた。

唐突な浮遊感に、思わず声を上げる。

「うわあ！」

元野生児でハリボテの令嬢な私は、ここでとっさに「きゃあ」は出てこない。

「うーん。ルーシェは小さいねえ、軽いねえ」

そんなことは気にもせず、ユアン様は私を片手で軽々と抱き上げたまま、執務室へ歩き出す。

ここで短い手足をジタバタさせれば服の中が見えてしまいかねない。

それでも大人しく連れ去られるわけにはいかない。恥ずかしすぎる。

「下ろしてください、ユアンさま！」

「ルーシェの小さな体で歩くより、こっちのほうが早いだろう」

ゆらゆら揺れるのが怖くて思わずしがみつくと、ユアン様がふっと笑ったのがわかった。

そんな優しい笑い方をされるときゅんとしてしまうからやめてほしい。

いつも私が子どもの足と体力には広すぎる城内をてこてこ歩いてやってくるから、疲れていることに気づいているのだと思う。

言葉は辛辣《しんらつ》だし、つまらないイタズラもよくするけれど、やっぱりその気遣いも行動も、『微笑みの貴公子』そのものだ。

その通り名は、見た目と身分を表すだけのものではないのである。

ユアン様は誰も騙《だま》してはいないし、なにも偽ってはいない。

ただ人間というものが、人を表面で判断しやすい生き物なだけなのだ。


団長用の執務室に、第二騎士団の補佐官が茶器とスイーツを運んでくれると、ユアン様は手慣れた手つきでお茶を淹《い》れはじめる。

私がやりますと言っても、これだけは譲らない。

「ユアンさまはわたしを甘やかしすぎだと思います」

「そんなことはない。当然のことをしているまでだよ」

「お茶だけではありません。先ほどのこともです！　あんな、子どものように抱き上げないでください」

「ルーシェは実際に子どもなのだから、気にすることはないのに」

笑みを浮かべながらも至極真っ当というように言うから、からかっているのではなく本心からそう思っているのだとわかるけれど、それでも恥ずかしさが消えるわけではない。

ユアン様がカップにお茶を注ぐと、いい香りが立ちのぼった。

ユアン様が淹《い》れるお茶は正直とても美味《おい》しくて、結局私は素直にカップを受け取る。

「ありがとうございます」

用意してくれたカップは、私の小さな手でも持ちやすい。それも、私にだけ『子ども用』として出すのではなく、ユアン様も同じものを使っている。さもこれがこの執務室では当たり前に使うものだというように。

そんな細かい気遣いが嬉しいし、ユアン様が淹《い》れるお茶とスイーツのいい匂いで満たされたこの空間は、とても居心地がいい。

カップを口元に運ぶと、スッキリとした、でも華やかな香りがする。

私はあまりお茶に詳しくないのだけれど、いつもスイーツに合わせたものを選んでいるようで、お茶とアップルパイを交互に口に運ぶと至福だ。

アップルパイはリンゴの酸味を残しながらも砂糖で煮詰めた甘さが口に広がり、それをお茶がスッキリと流してくれて、延々と食べ続けられそうだ。これはユアン様が食べすぎてしまうのもわかる。

「それで、あれからリリアナ嬢の様子はどうかな？」

「いまはリンゼンハイム伯爵が動いたおかげで大人しくしているようですが、それもいつまでもつやらですね」

「まさに眠れる獅子だね」

それは言い得て妙だ。

「まったく、病で臥《ふ》せっているはずの人間が夜会へ行くようなドレスを何着も買い集めて、いつ着るのかと問い詰めたいところです。大量の指輪はどこに嵌《は》めるんでしょうか」

「ドレスは家でも着られるし、指は二十本あるからね」

「普通、病弱を装って領地に引きこもったなら大人しくしてますよね」

「普通はね。普通じゃないから家を潰しかけるし、家族が苦労しているんだろう」

思わず大きなため息とともに頷く。

そんな私の愚痴《ぐち》の最中にも、ユアン様はくすくす笑いながらアップルパイをさくさくと優雅に切り分け、口へ運ぶ。

その顔がとろりと笑み崩れるのを見ると、餌付《えづ》けしたくなる公爵家シェフの気持ちもわかる。

けれど、そのせいで家と騎士団の監視の目があるところではスイーツが食べられなくなったそうなので、両者ともお気の毒にとしか言えない。

つまり、こんなとろけた笑顔を見られるのは、いまや私くらいなわけで。独り占めである。

「領地が暇で耐えられない、綺麗で素敵なものに飢《う》えて心を慰《なぐさ》める必要があるとか言ってるんだろう？　それなら、代わりに領地経営を行って税収を上げる工夫でもすればいいのにね」

「そんな話が通じたら、苦労しないんですけどね」

アップルパイはこんなに美味《おい》しいのに、ため息しか出なかった。

ジョセフとメイシーのことが片づいても、血縁であるリリアナはそう簡単にいかない。いまは父の命令で、リリアナが商人を呼んでも屋敷に入れないようになったのだけれど、このままいつまでも大人しくしているとも思えない。

それにリリアナの散財に気づいた父が動き出しても、失われたお金はほとんど戻らなかった。父がトルハインツの屋敷に踏み入る前に、買い込んだ宝石は綺麗に隠されており、どれだけ邸内を探しても見つけられなかったのだ。

隠し財産を作るにはまだ若すぎるだろうに。

隠しようがないほど部屋を占拠するドレスはごっそり売り払ったけれど、それだけでは先行きの不安は拭えなかった。

それで私が興《おこ》した事業というのが、リンゼンハイム家の領地トルハインツの特産物を扱うお店。領地の経済も回せるし、我が家も利益が得られるし、一石二鳥だ。

ただし、田舎を蔑《さげす》む王都の貴族たちはそこで作られた食べ物すら受け付けないから、イメージ戦略が大切だった。

幸いにも、王都のお店のほとんどは王都のものを扱うのが当たり前ゆえに産地なんて明示しない。だから、わざわざトルハインツ産であることは示さなくて済んだ。

ただし長く隠すほど明るみに出た時に騒ぎになるから、信頼が築けた人からトルハインツ産なのだと明かしていき、少しずつ受け入れられるようにしていこうと考えている。

やっと軌道に乗り、いまはほとんど支配人に店を任せているけれど、そういう理由もあって定期的に様子を見に行っている。

「本当にロゼ嬢は真面目だよねえ。そんなものは本人に穴埋めをさせればいいのに、自分でお店を起ち上げてしまうとは」

「ただ腹立ちを原動力に変えているだけですよ。どうせ動かぬ石《あね》にどれだけ労力をかけても無駄骨です。それよりも、継続して収益が入ってくる路《みち》を整えたほうが建設的ですし、家全体のためにも、自分自身のためにもなりますから」

「そこまで現実が見えているのに、腐らずまっすぐに動くだろう？　そういうところがすごいと思うよ」

「腐っても自分に利益はありませんし、なにも解決はしませんから……と、わたしも思います」

うっかり自分のことのように話してしまい、慌てて言い足す。ごまかすように足をぶらりとさせれば、地面ははるか遠く心許ない。

感心するように言われてしまうとむず痒《がゆ》いものがあった。

別に褒《ほ》められるようなことではない。

うまくストレスも解消できずに体が縮むなんて非現実的な事態を招いてしまうし、こうしてユアン様やエリーゼ様にさんざん愚痴《ぐち》を聞いてもらったりして、なんとかやれているのだ。

「で。姉君が変わりないということは、今回は誰にどう振り回されたのかな？」

そう言ってユアン様は面白そうに頬杖をつき、私の目を覗き込む。

「ちょっとわくわくしてません？」

「今日はいつにも増して饒舌《じょうぜつ》だし、ため息も多いだろう。相当のことがあったんだろうなと思ってね」

ご明察である。

「婚約破棄ですよ」

投げやりにそう答えると、ユアン様は驚いたように目を見開いた。

「なにがどうなって、そうなったんだい？」

少し動揺した様子で聞き返されて、はっとした。

まだ子どものルーシェが婚約破棄をされたなどというのは不自然だ。慌てて再び口を開く。

「わたしの話ではありません、いつものロゼの話です」

「完璧と称されるロゼ嬢が？　普通、彼女を自ら逃す婚約者なんていないだろう」

「その完璧さが彼にとっては欠点だったようですよ」

「そんな馬鹿な！」

それが本当のことなのである。

「隣にいるのが窮屈《きゅうくつ》だとか。君のような完璧すぎる女と結婚したがる男なんていないだろうからこれから婚活に苦労するだろうが、それでも自分は新しい恋人《メイシー》を支えたい、というようなことを言っていたそうです」

「そうか、馬鹿なんだな……」

ややと呆然としていたユアン様が納得したように呟《つぶや》いた。

その様子がおかしくて、その言葉が嬉しくて、思わず笑ってしまう。

人がこれまでしてきた努力の結果を欠点のように言われて少々腹が立っていたから、気が晴れる。

「最初はロゼ嬢をまともな教育を受けていない田舎者と見下していたくせに、努力をしたら今度は完璧すぎて自分が見劣りするようになったから苦痛だと？　まったくもって彼には宝の持ち腐れだね。彼は一生幸せにはなれないよ。自分がなにを求めているのかもわからず、自分が何者かもわかっていない。その上自分はなにもしていないのに、他人を批判することで一端《いっぱし》の人間になったつもりでいるのだから」

その口調は硬い。ユアン様も若くして騎士団長を務めるくらいに努力をしてきた人だから、それを否定するような言葉に腹が立つのだろう。

しかしふっと笑みを浮かべると、口調を改めて椅子にもたれた。

「しかし、虫よけとしてちょうどいいかと思っていたけれど、自らこんな流れを用意してくれるとは感謝しきりだよ。おかげで手間が省《はぶ》けた」

虫よけ？　手間？

なんの話だろうと思ったけれど、ユアン様はなぜかとても楽しそうに笑みを浮かべていていつになく饒舌《じょうぜつ》だったから、小さな疑問は流れてしまった。

「彼にはずいぶん入れ込んでいる相手がいるらしいと噂で聞いたけれど、どうやら本当だったようだね。目の前にロゼ嬢のような人がいるのに、よくよそ見なんてできたものだ」

「彼女を守ってあげたいのだそうですよ。そしてロゼにはそういう隙がないから、彼にとって『いい婚約者』ではないのだろうと、以前エリ……、王女様もおっしゃっていました」

危うくエリーゼ様の名前を出しかけて、言い直す。ロゼならぬルーシェの身としても、王女の話し相手に呼ばれて城へ来ているのだと話しているけれど、年の離れたエリーゼ様では不自然なので、第四王女様の相手ということにしているからだ。

メイシーとジョセフに関する噂を聞いた時エリーゼ様は、『男とは庇護《ひご》欲をそそられる相手を好きになるものなのよ。まあ彼の場合は単なる逃げでしょうけれど』とも言っていた。

リリアナは病弱だから守ってあげたい。メイシーは一人では生きていけないから守ってあげたい。ジョセフが好きになった相手を思い浮かべると、なるほどと思う。

私はそんな弱点のような『隙』があるのなら、極力潰したい。誰かに頼って生きなければならないのは窮屈《きゅうくつ》だ。性に合わない。

　ユアン様は、「わかってないなあ」と楽しそうに笑った。

「そんな誰にでも見えるようにさらけ出している隙なんて、私は魅力には感じないけどね。どんなに完璧に見えても、仮面を被っていても、好きになると隙は見えてくるものだし、自分にだけそれを見せてくれるから嬉しい。私はそう思うな」

「本当に完璧な人間なんていませんしね」

「そう。だから人は支え合って生きるんだよ」

　その言葉に、私はどこか救われた気持ちになった。

　これまで私を助けてくれる人はいなかったから、自分のことは自分でなんとかしなければと思い生きてきた。

　だから必死に勉強し、必死に淑女の仮面を作り上げたけれど、中身はいつまでも野山を駆け回っていた頃のまま。本当の完璧になんてなれるわけがない。

　けれど、完璧でなくても、すべて自分でどうにかできなくてもいいのなら。

　婚約者がジョセフのような人間だったからなにも求めていなかったけれど、もし自分で相手を選べるのなら、ユアン様が言うように、お互いに支え合える人と結婚できたらいい。心が通じ合えたらなおいいけれど、そんな人が都合よく現れはしないだろう。

そんなことを考えてぼんやりしていると、ユアン様が「それで、その婚約の解消は決定したのかな?」と話を戻した。

「いえ、まだです。彼の様子ではロガート伯爵の許しを得ていないでしょうから。ただ、乗り気ではなかった父――いえ、叔父にロゼから手紙を出したそうなので、くつがえることはないでしょうね」

相手から言い出したことで、しかも浮気が原因だと知ればこれ幸いとさっさと解消手続きをしてくれるに違いない。ロガート伯爵とて息子のしでかしたことなのだから受け入れるほかはないはず。

「そう。彼が愚かな男で本当によかったよ」

ユアン様のそれはそれは楽しそうな笑みを見ながら、小さな手で思わず目をこすってしまった。とても瞼《まぶた》が重い。

「眠くなったかな?」

「はい、申し訳ありません。そろそろお暇《いとま》させていただきます」

さくさくのアップルパイでお腹が満たされたせいだけではない。

実は私は、長く人と喋っていると眠くなってしまうのだ。もちろん、アップルパイに薬が盛られていたとかそういうことでもなくて、相手が誰でも、どんな場所でも、いつもそう。

おそらく、人付き合いに慣れない私は疲れやすいのだと思う。子どもの体だからなおさらかもしれない。

ユアン様と話すのはとても楽しくて、その分たくさん喋ってしまうせいもあるだろう。

相手がユアン様だとどこか気が緩《ゆる》んでしまう。しっかりしなくてはと自分を戒《いまし》めてみても、だんだん瞼《まぶた》を持ち上げられなくなっていく。

慌てて椅子から飛び下り、退室の礼を執ろうとしたけれど、あっという間にひょいっと抱きかかえられていた。

「子どもが遠慮《えんりょ》するものではないよ。王女との約束の時間になったら起こしてあげるから、少し休むといい」

「そんなわけにはまいりません」

「疲れているから眠くなる。眠いから寝る。シンプルな話だろう？」

「ですが――」

なお言い募《つの》ろうとしたけれど、ユアン様は私をソファにそっと寝かせた。

「疲れている子どもをこんなだだっ広い城の中に放り出したら、部下たちから冷たい上司だと思われてしまうだろう？　気が咎《とが》めるなら、『優しい騎士団長』という印象向上に一役買ってくれていると思えばいい」

なにか言おうとしても、言葉はもごもごと口の中に沈んでいく。横になってしまえばもはや眠気には抗《あらが》えない。

いつもいつも、ユアン様は私に甘い。

だから、つい私もユアン様に甘えたくなってしまう。

そんな風に思える人は、私にとってただ一人だった。


優しく頭を撫《な》でながら声をかけられ、はっとして目覚めると、約束の時間の少し前だった。

がばりと体を起こそうとしたら、ユアン様の長い指がどすっと額に突き刺さり、ぐえっとソファに押し戻される。

「いきなり頭を起こすと危ないよ。ゆっくり起きるように」

「はい……。本当に眠ってしまい、ご迷惑をおかけしました」

「なんの迷惑もないよ。ただ子どもが一人ソファで寝ているだけで、私はいつもと変わらず書類仕事をこなしていたのだから」

「ですが――」

「むしろ私は、先ほど美味《おい》しいアップルパイをいただいたからやる気に満ちているくらいだ。それに、早く仕事を片づけなければならない理由もできたしね」

急な用事でもできたのだろうか。そう言ってにっこりと笑まれれば、丁重にお礼を伝えるしかない。

「多忙な折に休ませていただき、ありがとうございました」

「送ろうか？」

「めっそうもありません」

向かう先がエリーゼ様のもとだとバレてしまう。

慌てて全力で首を振ると、ユアン様は「もっと甘えてくれればいいのに」と苦笑して見送ってくれた。

そうして私は再びエリーゼ様とのお茶へ向かったのだけれど。

「完璧すぎて婚約破棄されたなんて、さすがロゼね。本当にあなたの話は飽きないわ」

話を聞いたエリーゼ様は、思った通りそれはそれは楽しそうに微笑んだ。

整った目鼻立ちに、口元のほくろが女性でも見惚《みと》れてしまうような色気を添えている。

鮮やかな青のドレスにエリーゼ様の明るい金髪がよく映えて、他の令嬢たちとは圧倒的に存在感が違う。

こうして話していると、ただ好奇心が強い女の子のようだけれど。

「時間の問題だとは思っていたし、理由も想像していた通りではあったけれど。『完璧すぎて婚約破棄』という言葉が衝撃的でいいわ。思い出すだけでしばらくは笑っていられそう」

ユアン様もエリーゼ様も遠慮《えんりょ》なくズバズバ言うところは同じだけれど、ただ違うのは、エリーゼ様は完全に私を面白がっているということだ。

第二王女であるエリーゼ様のほうが私よりもよほどストレスを受けていると思うのだけれど、こうしてそれを解消しているのかもしれない。

私がエリーゼ様に呼ばれてお茶をする時、部屋にはお付きの侍女シンシア様と三人だけ。

つまり、エリーゼ様が飽きるまで遠慮《えんりょ》なくあれこれ聞かれるということ。

そんな相手に「婚約解消を突きつけられました」などと言えば面白がって根掘り葉掘り質問攻めされることはわかりきっていた。

けれど隠したところで婚約解消したことはいずれ知れ渡ることだろうし、耳の早いエリーゼ様ならなおさらだ。

後から噂を聞きつけて、黙っていたことを迫力のある笑顔で咎《とが》められるより、自ら話してしまったほうがいい。

　そうして素直に聞かれるまま一通り話し終えると、エリーゼ様は満足そうに微笑んだ。

「ロガート伯爵も息子の勝手を聞いたら激怒するでしょうね。たいそうロゼを気に入っていたもの。あとは、これまで見えていなかった都合の悪い事実が見えてきた時に噂の彼女がどう立ち回るか、見ものだわ」

　輝かんばかりの笑顔だ。完全にジョセフとメイシーの行く末を面白がっている。

「ロゼもよかったわね、やっとうだつの上がらない婚約者を捨てられて」

「はい。ただ、徒労感がすごいです。次の婚約者はこうならないよう慎重に選ばなければ」

「世間には、鍛えすぎて婚約破棄された令嬢もいるというわ。人の婚約事情なんて様々なのだから、また次もきっと――いえ、きっと次は大丈夫よ」

　また次も楽しいことになるわ、とでも言おうとしていたのだろう。もはや平然としているエリーゼ様にツッコむ気にもならない。

「一から探さなければならないとなると少々途方に暮れてしまいます。これまで婚約者がいる身でしたから、社交界にいる異性は取引相手としか考えたことがありませんでした」

先ほど、ユアン様の言葉で一瞬結婚に夢を見てしまったけれど、そんな相手は身の回りにいない。となれば条件のいい相手を見つけて、そこからまた関係性を築いていかなければならないわけで。

「あら。呑気《のんき》なことは言っていられないわよ。ちょうど今夜は舞踏会があるわね」

「この姿では、今日は行けませんよ」

「戻るかもしれないじゃない。戻ったら必ず出席すること。ああ、楽しみだわ。周りはロゼを放っておきはしないわよ。もちろん、子息たちがね」

「これまで声をかけられもしませんでしたよ。あっても事業の話ばかりですし」

「婚約者がいる相手にあからさまなアプローチなどできないからよ。それに、ロゼは仕事の話が終わるとさっさと切り上げてしまうのだもの」

「喋ると眠くなるので」

エリーゼ様は一瞬眉を吊り上げ、それから思い出したように笑みを浮かべた。

「面倒なら、手っ取り早く身近にいる人を結婚相手にすればいいじゃない」

「ですから、そんな人がいたら苦労はしませんせん」

ため息まじりに返すと、エリーゼ様は「ふうん？」と面白げにお茶をすする。

身近といったら、私にとっては王都と領地トルハインツだけ。トルハインツで仲良くしていたのは、古くから別邸を管理してくれている使用人たちや、町の子どもたちだ。剣術を一緒に習っていたあの綺麗なおにいさんにはもう一度会いたいと思うけれど、そもそもどこの誰かも知らない。

王都に戻ってからは、利害関係が常につきまとう貴族社会の中で、心を許せる相手を見つけるのは難しかった。

ふとユアン様が頭に浮かんだけれど、すぐに『ナイ、ナイ』とその考えを振り払う。ユアン様は公爵家の子息で、しかも騎士団長だ。

対してリンゼンハイム伯爵家は特に誉《ほまれ》もないどころか、姉によって傾きかけているのだからまったく釣り合いが取れない。ユアン様には心に決めた人がいるという噂だってあるし。

そもそもユアン様が接しているのは子どものルーシェであって、ロゼではない。

「心配することはないわ。きっと、時間の問題でしょうから」

今日のお茶会は、そんなエリーゼ様の先を見通すような言葉と微笑みでお開きとなった。

疲れたけれど、話したことでどこかスッキリした。それに私のくだらないストレスもエリーゼ様が面白がって笑ってくれると、まあいいかと思える。

私の大変さなんて、王女であるエリーゼ様に比べたら小さなものなのだろうけれど。

そう思えたからか、エリーゼ様、ユアン様と話して膿《うみ》を出し切ったからなのか、屋敷に帰り着いたところで私は元の姿に戻った。

これで舞踏会に出席できることになってしまった。苦手だと避けてばかりもいられないし、エリーゼ様に釘《くぎ》も刺されている。

腹をくくり着替えてから、はたと気がついた。

これまでジョセフと出席していたけれど、その婚約は解消されることになったばかりだ。

こんな時に頼める友人も身内もいないし、一人で出席するわけにはいかない。今日はやはり諦めるしかないだろう。

そう思っていた時だった。

「ロゼ様！　大変です、お客様です」

慌てた声になにごとかと部屋を出ると、自分の目が信じられないというような顔をした執事がそこに立っていた。

「お客様って、こんな突然に一体……」

「クラディス公爵家のユアン様がおいでなのです！」

「――ユアン様が⁉」

なぜ、私を訪ねてきたのか。

驚き、慌てて玄関へ向かうと、私の顔を見たユアン様は輝くような笑顔を浮かべた。

いつもの騎士団の制服とは違い、黒のジャケットに、胸には一輪の薔薇。

見慣れないせいかどぎまぎして心臓が痛いくらいにドクドクと鳴る。

「やあ、ロゼ嬢。舞踏会に出席するかどうかわからなかったけれど、間に合ってよかった」

「あの、ユアン様。なぜこちらに――?」

いまの私はルーシェではないのに。

「ルーシェは従妹《いとこ》だそうだね。仲良くさせてもらっていて、ロゼ嬢が婚約を解消したと聞いたんだ。よければ私にエスコートさせてもらえないかな?」

「そんな……、でもユアン様には想い人がいらっしゃると耳にしたことが」

「うん、いるよ。だけど問題ない」

別に友人同士で参加することもあるのだから、それはそうかもしれないけれど。ためらう私に、ユアン様は口元に笑みを広げて言った。

「だって、それはロゼ嬢のことだから」

「──え？」

「これまでは婚約者がいたから告げられなかったし、親しく話すこともできなかったけれど。それがなくなったから、慌てて駆けつけたんだよ。でないと、他の有象無象《うぞうむぞう》が寄りつきかねないからね」

「いえ、あの、でも、私とユアン様はご挨拶《あいさつ》程度しか……」

「ずっと前からロゼ嬢のことは見ていたよ。ルーシェからもよく話を聞いていたしね。それに、リンゼンハイム伯爵にも話はつけてあるんだ。前から、ロガート伯爵を納得させられれば許可すると言われていたのだけれど、まさかジョセフが自ら手放すとは僥倖《ぎょうこう》だったね」

ユアン様が、私のことを？　それに許可って一体なんの？

突然すぎて、まったくついていけなかった。ただただ驚きで言葉が出ないし、頭も働かない。

それなのに、ユアン様は「だから──」と続けた。

「ロゼ嬢。私と結婚してくれないかな？」

「けっ──こん、ですか⁉　なぜ私と」

「好きだからだよ」

シンプルながら破壊力抜群な言葉をそんな妖艶《ようえん》な笑みを浮かべながら言われて、平常心でいられる人なんていない。

熱に浮かされるまま、思わず「はい、喜んで」とその手を取ってしまうだろう。

しかし私は必死に自分に待て待てと言い聞かせた。

結婚となれば、この体質のことも話さなければならなくなる。

けれど、子どもの時の姿を知る父ですら信じなかったのに、いまここで話しても信じてもらえるわけがない。それこそ姿が変わる瞬間でも見せなければならないだろうけれど、そんな都合のいい日がいつくるかはわからない。

黙ったまま結婚はできないし、かといっていつまでも返事を待たせるわけにもいかない。なによりユアン様は公爵家の子息で、しかも微笑みの貴公子で、騎士団長で――そうだ。ユアン様は騎士団に勤める人なのだ。

そう考えたら、熱に浮かされていたような頭がすっと冷えた。

「返事は急がない。ただ、言っておかないとすぐに横からかっさらわれてしまうと思ってね。私のことは、これから知ってくれればいい」

「ユアン様。ありがたいお話ですが、お断りしま――」

「待って。聞きたくない。どうして？」

ユアン様は驚きに目を見開き、次いで眉をひそめる。

自分でももったいないことをしているとは思う。けれど、ユアン様とは結婚できない。

「我が家は伯爵家です。格が違いすぎますし、ユアン様にメリットがありません」

「家格の違いといっても結婚できないほどではない。なにより、好きな人と一生を過ごせる以上に求めることなんてないよ」

そんな風に言われて顔が赤らまない人はいないと思う。慌てて顔をうつむけ、努めて冷静に返す。

「ルーシェからもお聞きでしょうけれど、我が家にはリリアナという不安要素がありますす。いまは眠れる獅子のごとく大人しくしていますが、公爵家の方にご迷惑をおかけしかねません」

「姉君のことまでロゼ嬢が抱え込むことはない。そうは言っても割り切れないことも知っているけれどね。だからこそ、そんなロゼ嬢と結婚して支え合いたいんだよ」

ここまで言われて嬉しくないわけがない。ユアン様との結婚なんてあまりに理想的で、これ以上の申し出なんてないこともわかっている。なにも考えずこの夢みたいな話に飛びついてしまいたくなる。

けれど、どうしても私は現実を見てしまう。その結果断るとして、そのまま理由を伝えるわけにはいかないけれど。

「社交界での私はただのハリボテです。『完璧な淑女』という仮面を被っているだけです。いつか幻滅なさるかもしれません。そうなって私が傷つきたくないのです」

ユアン様のことは好きだと思う。恋愛として、というのは婚約者がいる身だったから考えたことはないけれど、人として好きだし、いま一番身近で親しい異性だ。

だけど、だからこそ、リリアナのことで迷惑をかけたり、この体質のことを知られたりして嫌われたくないと思ってしまうのも本音だった。

体質について父に打ち明けた時の顔が頭にチラつく。

ユアン様にあんな冷たい目を向けられたら。そう思うと、耐えられそうにない。

そんなことを考えていると、ユアン様は小首をかしげ、私の顔をじっと覗き込んだ。

「ねえ。思うんだけどさ。いまロゼは、私に幻滅されて傷つきたくないと言ったよね。それって私のことが好きだからじゃないのかな?」

いきなり核心をつかれ、言葉に詰まった。しかしごまかすことに意味はない。

私は小さく息を吐き出しながら、頷いた。

「ユアン様を嫌いなわけがありません」

「そこは『そうです、好きです』って言ってほしいな」

そんな言葉、簡単に言えるわけがない。いまだっていっぱいいっぱいなのに。

私が言葉にできずにいると、ユアン様は弾けるように「ははは」と笑った。

それから落ち着いた目で私をまっすぐに見る。

「わかってる。たとえいまロゼからそんな言葉を聞いたとしても、きっとそれは私の『好き』とは違う『好き』だ。だから求婚を受け入れてもらえたとしても、同じ温度になってもらえるまで頑張るつもりだよ」

「いえ、ですから――」

「それとも、他に決めた人がいる？」

「いえ！　そんな人はいません」

思わず反射で答えてしまうと、ユアン様はにっこり笑った。

「それなら私は、ロゼが安心して私を信じられるよう努力をしよう」

そう言って、ユアン様はその笑みを妖艶《ようえん》なものに変えた。

「ただ、他の男は当然蹴散《けち》らすし、必ず振り向いてもらうから、覚悟しておいて」

なんだかすごい宣戦布告をされた気がする。

それと、さりげなく途中からロゼ嬢ではなくロゼと呼ばれている。

青ざめるやら熱くなるやら、わけがわからなくなりそうだ。

そんな混乱したままの私にふっと笑うと、ユアン様は首をかしげて手を差し伸べた。

「ひとまず、今夜は一緒に舞踏会へ行ってくれるかな？」

「いえ、でも——」

求婚を断ろうとしたのにエスコートを頼むなんて、できるわけがない。

「他の人にエスコートなんてさせたら、妬《や》いてしまうよ？」

綺麗な顔でそんな風にかわいらしく言われて、断れる人がいるだろうか。

「——ユアン様を断って、他の人だなんて。そんなことできるはずありません」

もはや欠席かユアン様と一緒に参加するかの二択しかない。

けれど。

「じゃあ、問題ないね」

そう言って手を取られれば、もはや前者を選ぶなんてできるわけがなかった。

向かい合って座った馬車の中で、ユアン様はこれまでに見たことがないほどご機嫌だった。

私は求婚を断ろうとしたのに、まるで気にもしていないように。

対して私はいまだ混乱の中におり、にこにこと話しかけられても返事をするのでいっぱいいっぱいだ。

どうしてこうなった？

頭の中はそんな言葉ばかりでまともに働いていない。

そんなだったから、会場に入りざわめきが起こりはじめてやっと我に返った。

「ロゼ様がいらっしゃったわ。大丈夫なのかしら――って、お隣にいらっしゃるのは⁉」

「ユアン様だわ！　どうしてロゼ様と一緒に……」

「ジョセフ様がメイシー様と一緒で、ロゼ様がユアン様と一緒？　どうなっているの？」

どうやらジョセフは早速メイシーを伴《ともな》っているようだ。そこに私たちが来れば、騒ぎになるのは当然だろう。

やはり今日は出席を見合わせればよかった。

そう思ったけれど、ユアン様はまったく気にした様子もなく、戸惑う人々の中を笑顔のまま突き進んでいく。

こちらはユアン様の腕に触れているだけでどぎまぎしているというのに。

そんな中に、聞き慣れた声が飛び込んできた。

「――ロゼ様はなんとかジョセフ様の心を得ようとなさっていましたけれど、涙を呑んで許してくださいましたの。これでやっとジョセフ様と結ばれるのだと思いましたのに、ロガート伯爵がまともに取り合ってくださらなくて。皆様からもお口添えいただけませんか？」

どうやら少し先にある小さな人垣の向こうにメイシーとジョセフがいるようだ。二人そろって現れたことで、どういうことかと取り巻かれたのだろう。しかし聞こえてきた話からすると、案の定ロガート伯爵からはいい反応がもらえなかったようだ。

これは関わらないに越したことはない。方向転換をしようとユアン様を見上げたところに、「ごきげんよう、ロゼ様」と声をかけられた。

振り返ると、眉間に皺《しわ》を寄せ、嫌悪を露《あら》わにしたリーナ様が立っている。

「メイシー様の今度の標的はロゼ様でしたのね。しかも、婚約まで破棄させるだなんて」

「まあ、警戒する必要性を感じておりませんでしたので……」

微笑みとともにそう返すと、リーナ様は驚いたようだったけれど、斜め上を見上げるようにした後、「なるほど」というように一人頷いた。

メイシーにジョセフを取られたことはショックでもなんでもないけれど、ジョセフとの婚約が我が家にとって無用なものだったとこの場で公言すれば、ロガート伯爵家を貶《おとし》めることになる。自信満々で放っておいたとも取れる言葉だったが、リーナ様は正しく理解してくれたようだ。

少し遅れてやってきたサンドラ様も、小さく声を上げて笑った。

「それならば問題はありませんわね。驚きましたわ。それよりもロゼ様、まさか、その、ユアン様と一緒においでになるだなんて」

一体いつから？　と興味津々《きょうみしんしん》な目が問いかける隣で、リーナ様がいまさら気がついたようにユアン様を見上げ、声にならない声で驚く。両目に「！」が見えるようだ。

「ユアン様は私が婚約解消したと聞きつけて、一人では舞踏会に出席できないだろうと気遣ってくださったのです」

だいぶ端折《はしょ》ってそう説明すると、ユアン様が二人に向けてにっこりと微笑んだ。

「ロゼ嬢はずいぶんと見る目のない方に長年捕まっていらっしゃいましたが、やっと解放されましたので」

あ。『ロゼ嬢』に戻った。

公の場で過度に親しく見えないよう配慮してくれているのだろう。

さすがユアン様だ、と感慨に浸《ひた》っていると、少し離れたジョセフとメイシーにも私の声が聞こえたらしい。

「あ……、ロゼ様。ごめんなさい、ジョセフ様と私が一緒にいたら、目の毒ですよね……、って、ユアン様⁉」

「え？」

メイシーとジョセフはそろって驚いたようにユアン様を見つめ、私の顔と交互に見比べた。

「やあ、お邪魔してしまって申し訳ない。どうぞ続けてください」

「なぜユアン騎士団長がロゼと一緒に？」

問いかけたのは、怪訝《けげん》そうに眉根を寄せたジョセフ。

「なぜもなにも、もうロゼ嬢がどこの誰と舞踏会に出席しようと自由なはずですよ。あなたとメイシー嬢が自由なのと同じようにね」

ユアン様の言葉に戸惑うジョセフに、私は『完璧な淑女』の顔を向けた。

「父にも早々に婚約解消の手続きを進める旨、手紙をしたためております。今後、そのように親しく名を呼ばれる覚えはございませんので、お控えくださいますよう」

ジョセフは眉をひそめて口をつぐんだけれど、メイシーのほうは黙っていなかった。

「それなら、ロゼ様からもロガート伯爵におっしゃっていただけませんか？　私とジョセフ様の結婚を認めるようにと」

「自分の信用を他人に埋めさせても、その先はどうするの？　義父となる人との関係は一生続くのだから、まず認めてもらえるように努力するのが先ではないかしら」

それに、私からロガート伯爵にメイシーを押しつけるようなことは言えない。

「ロガート伯爵は誤解されているのです。私はただ、たくさん恋をしてきただけなのに……尻軽だなんて、ひどい」

それは弁解のしようもない。

「これでは、また別の相手を探さなくてはならないかも……」

メイシーがそう呟《つぶや》いた時、周囲にいた全令嬢がぴたりと動きを止めた。

――いや、もう勘弁して。

誰もがそう思っているのがわかる。このままメイシーがジョセフと結婚して丸く収まってくれるのがみんなの幸せだ。

こうなると面倒だとも言っていられない。メイシーがまたふわふわと相手を求めてジョセフのもとから離れてしまう前になんとかしなければ。

しかし話はそこまでとなった。

「ユアン様、少々よろしいでしょうか。最高指揮官殿がお呼びでして……」

そう声をかけたのは、いつもお茶を運んでくれる第二騎士団の補佐官だ。

「――いま？　このタイミングで？　また意地の悪い」

「いえ、あの、自分におっしゃいましても……」

「まあ八つ当たりしても仕方がないね」

ため息をつきながらそう呟《つぶや》くと、ユアン様は私に向き直った。

「ロゼ嬢。申し訳ないけれど、リーナ嬢とサンドラ嬢と一緒にあちらのほうで待っていてくれないだろうか」

私をジョセフとメイシーのそばに置いていくと面倒なことになると読んだのだろう。

その気遣いがありがたい。

「わかりました。どうぞ私のことはお気になさらず、お話をなさってきてください」

「気にしないでいられるわけがないんだけどねえ。極力早く切り上げてくるよ」

そう言って、ユアン様は名残惜《なごりお》しそうに腕を離す。

しかし私がその場を離れることはできなかった。

「ロゼ嬢！　お話が聞こえましたが、婚約を解消されたとは本当ですか？」

「次のお相手は決まっていらっしゃるのですか？　ユアン様は――その、ただエスコートされただけですよね？　これまで親しい様子も見かけませんでしたし」

そう言ってやってきたのは、私がいつも事業の話をしている子息たちだ。

「ええ、今日は急なことでしたので、ユアン様のご厚意に甘えさせていただきました」

「そうでしたか！　その、聞こえてきたお話がお話でしたので、つい聞き耳を立ててしまってお恥ずかしい。ですが、この機を逃すわけにはいかないと――」

一人が言いかけたところに、ぬっと頭上に影がさす。

振り返ると、黒髪に短髪で長身の男が立っていた。

「ジーク騎士団長……！」

後から後から人が集まってくる上に、なぜジーク騎士団長まで？

子息たちが驚き声を上げる中、ジーク騎士団長は私の正面に立った。鎧《よろい》を脱いでもゴリゴリの筋肉を纏《まと》っているから、舞踏会とあっても普段の印象とあまり変わらない。

「すまない。邪魔をする」

偉ぶったところはないけれど、いつも眉をひそめたような生真面目な顔で、声も低いから威圧感がある。

頬には、やっとふさがったばかりに見える刀傷が一つ。騎士団長という位についていても、やはり騎士の務めには命の危険もあるのだと、まざまざと思い知らされる。

「ロゼ嬢。いまの話は本当か」

「はい」

静かな、けれど低く響くその声に淡々と返すと、ジーク騎士団長の肩に力が入ったのがわかる。

「焦るあまり、唐突に声をかけてしまった無礼を許してほしい。傷心のところにつけ込むような真似はしたくないのだが、黙って見ていることもできなかった」

「私の身も心も傷一つついてはおりませんわ。お互いによりよい未来を手にするための選択ですから」

「そうか。傷ついてはいないのだな？」

「ええ、毛ほども」

にっこりと微笑んで強調する。

「では、話したいことがあるのだが、少し時間をもらえないだろうか」

そう言ってジーク騎士団長が目をやると、子息たちは諦めたようにため息を吐き出した。

察するに、ジーク騎士団長も子息たちも、婚約が解消されるなら次の相手に自分はどうか、と。そういう話なのだろうか。

完璧すぎる女と結婚したがる男なんていないだろうとジョセフは言ったけれど、なにがしかの理由で彼らは私を妻とすることにメリットを見出してくれたのだろう。

だとすればありがたいことだが、ユアン様への返事を保留にしているのに受けるわけにはいかない。

いや、ジーク騎士団長は侯爵家の長男だ。跡継ぎ同士で結婚などできないのだから、違う話かもしれない。それとも、次女である私が家を継ぐ予定であることを知らないのか。

これまでも時折あちらから声をかけてくれることはあったものの、「いい天気ですね」とか「いい音楽ですね」とか、ロクに会話が続いたためしはないから、互いによく知らないというのが実情だ。

ジーク騎士団長は、過去に婚約が破談となってしまった経験があると聞いた。婚約者が他の男のところに逃げてしまったそうで、三十歳に近いいまも独り身なのはそのせいだというのがもっぱらの噂だ。だから似たような状況の私を見て放っておけなかったのかもしれない。

どうしたものか。

もし結婚にまつわる話だったら、これだけ周囲の目がある場で聞いてしまうと、格下である伯爵家の私は断れなくなる。人目のない場所での求婚だったユアン様の時とは違うのだ。

かといって、とっさにこの場をかわすような言葉も出てこない。

考えあぐねている私の沈黙を了承ととったのか、ジーク騎士団長は真面目な面持ちでじっと見下ろし、意を決したように口を開いた。

「ロゼ嬢。私はこれまで、婚約者のいるあなたと親しくしてはならぬと己を律《りっ》してきた。何度も諦めようと自分に言い聞かせてもきた。だが、それをする必要がなくなったいま、聞いてもらいたい」

やはりそういう話だったか。

まずい。

「私は、ずっとあなたのことが――」

決定的な言葉が放たれようとした瞬間。

「おや、ジーク騎士団長ではありませんか」

背後から聞こえた明るい声に、私はほっと胸を撫《な》で下ろした。

ユアン様だ。

「見れば、そろいもそろって令嬢方からダンスの相手にと熱い視線を向けられる方々ばかりお集まりで。こんなに注目が集まっている中で、ジーク騎士団長が深刻そうにロゼ嬢に話しかけているものだから、一体なにごとかと人垣がいっそう厚くなっていますよ。まあ、いつも真面目なあなたが深刻そうなのは、いまにはじまったことではありませんけどね」

確かに、こちらに向けられる視線は、先ほどよりも増えている気がする。

「あ……。いや、私は……」

「ほら、もう少々場に合わせて頬を緩《ゆる》められてはいかがですか？　このように耳目《じもく》を集めている中で大事な話をする人なんて、まさかいるわけがないのですから」

笑顔で周囲を見回し、「ね？」と小首をかしげたユアン様に、ジーク騎士団長ははっとして口を閉ざした。

――よかった。

もっとうまく立ち回るべきだったのに、経験値が足りなすぎてとっさの判断ができなかった。ユアン様に感謝するしかない。

「いや、すまない。軽率だった。ロゼ嬢、話はまた改めて――」

そこにジーク騎士団長の声を遮《さえぎ》るような甲高い声が飛び込んできた。

「ロゼ様、喉が渇いてはいらっしゃいませんか？　お詫《わ》びに飲み物をお持ちいたしましたの」

「メイシー……」

さすがの私もうんざりである。

「あら？　もしかしてなにかお話し中でした？　ごめんなさい、飲み物をいただいている間にたくさんの人がお集まりだったから、様子がよく見えなくて」

私が注目されるとメイシーは必ず絡んでくる。

自分がより目立ちたいのか、その状況が気に食わなくて荒らしたいのかわからないけど、今日はいつも以上にパチパチと目を瞬《またた》かせ、アピールがうるさい。早速ジョセフを捨てて新しいターゲットを見繕《みつくろ》うつもりかもしれない。

ぽかんとしたジョセフが後ろで見ているというのに、相変わらずの心臓の強さだ。

しかし対するジーク騎士団長は顔色一つ変えず、ただじっとメイシーを見ていた。

さすがのメイシーも、あまりに歓迎されていない冷えた空気に気がついたらしい。誰も一言も発さない中、慌てたようにわたわたと周りを見回した。

「ごめんなさい、私、失礼しました」

そうしてぺこりと頭を下げ――

両手にグラスを持った状態でそんな勢いよく動いたらどうなるかは、誰の目にも明らかだ。

どうやら作戦を切り替えたらしい。邪魔な私にジュースをかけて退場させるつもりなのだろう。

だが、甘んじてジュースを浴びるつもりはない。

完全には避《よ》け切れないだろうけれど、私はとっさに足を動かした。

と、そこへ、すっと目の前を影がよぎった。

「本当にすべてが軽率にすぎるね。そんなことをしても君に利益なんて生まれはしないのに。張り合う相手を間違えているよ」

一瞬のことだった。

ユアン様は私の肩へ傾きかけていたグラスを流れるような仕草で奪い取ると、私とメイシーの間に立ちはだかるようにして笑みを浮かべた。

ユアン様の手にしたグラスからは一滴もこぼれていない。

だがその笑みは冷ややかで、空気が一段と冷えた気がする。

「え。あ……」

呆然としたようにメイシーが足元に目をやると、救われなかったもう一つのグラスからこぼれたジュースが、彼女のドレスへ葡萄《ぶどう》色の染みを広げていた。

「おっと、ロゼ嬢のドレスに染みができてしまった。これは私のせいだ、このままにはしておけない」

芝居がかったユアン様の言葉にドレスを見回すものの、私のドレスには染み一つ見当たらない。ユアン様が「ここだよ」と示すけれど、いや、わからない。

「ユアン様？　私のドレスはどこも……」

「ジーク騎士団長、ロゼ嬢になにかお話があったようですが、淑女の緊急事態ですのでご理解いただきたい」

そう言ってユアン様は私の手を取り、つかつかと歩いていく。

やや強引に引っ張られて私も歩き出すと、背後にメイシーの声が響いた。

「ユ、ユアン様！　ドレスが汚れてしまったのは私のほうですわ！」

「それは失礼、まったく目にも入っていなかった」

前を行くユアン様の声はなぜか楽しそうだ。

振り返ると、ジーク騎士団長が給仕に「メイシー嬢のパートナーを呼んでやれ」と渋い顔で告げているのが見えた。

ジョセフは出ていくに行けなくなり、すぐそばにいながら影のように身を潜《ひそ》めている。

ジーク騎士団長は私と目が合うと、気にしなくていいというように頷いてくれた。

「またの機会に」

低く響く声に、私がなんとか「はい」とだけ返したところで、メイシーもジーク騎士団長も人垣に紛れ見えなくなった。

そうしてあれよあれよという間に公爵家の馬車に乗せられると、ユアン様はくすくすと笑い出した。

「話には聞いていたけれど、実物はすごいね。彼女の思考回路の突飛《とっぴ》さには驚かざるをえないよ」

「短期的な目的に向かって進む根性だけがすごいので」

「成功しているとは言い難《がた》いけどね。目の前にあるものにすぐ飛びついてしまうんだろうなあ。本能に振り回されているように、まるで自分の芯《しん》がない」

「だからせっかく幸せを掴んでも、それを持ち続けることが難しいのかもしれません」

思わず呟《つぶや》くと、ユアン様は声を上げて笑った。

「考えが浅い人間というのは、とかく厄介だね。もう関わらないでいてくれるといいけれど」

あの様子ではそうはいかないだろうな、と思いながらも、ユアン様に改めて頭を下げた。

「お礼が遅くなりましたが、先ほどは助けていただきありがとうございました。ジーク騎士団長のことも」

「意外だね。ジーク騎士団長が言わんとしていたことはわかっていたんだ？」

「あそこまで言われればさすがに察します」

「はは！　ロゼ嬢との会話は気持ちがいい。この手の話になると、普通なら気づいていないふりをしたり、恥じらったり、話が進まなくて面倒だからね」

それほど恋愛に長《た》けていなくとも、あの状況であそこまで言われればさすがにわかる。

だからこそ、うまく立ち回れたらよかったのに。

「かまととぶるつもりはありませんので」

ユアン様は声を上げて笑い、それからぽつりと言った。

「やっぱり好きだなあ」

そんな風に言われると、どう反応したらいいかわからない。

表情を動かさないよう努めていると、ユアン様は笑いを収めて頬杖をつき、じっと私を見た。

「ねえ。もしもあの場じゃなかったら、ジーク騎士団長の求婚に応えていた？」

「いえ。もし今後そのようなお話をいただいたとしても、お断りするつもりです」

「そう。ならよかった」

先ほどのジーク騎士団長の姿を思い出す。あの頬の傷は痛々しかった。本人に気にした様子はなかったけれど、喋ると傷が引き攣《つ》れるようだった。

騎士である限り、ユアン様もあんな風に傷つくことがあるのだろう。いまは平和で戦争も内紛もないけれど、いつ起きるかはわからない。

「これからは私が会いに行くよ。ロゼに私のことを知ってもらえるように。ロゼのことを知るために」

ユアン様が私を『ロゼ』と呼ぶと、ただそれだけのことなのに胸がどきりとする。揺れてしまう。

いつの間にか屋敷に着いた馬車がゆっくりと動きを止めた。

「おやすみ、ロゼ」

ユアン様が私の手の甲にそっと触れるばかりのキスを落とす。

思わず顔を上げれば、そこには妖艶《ようえん》な笑み。

夜の暗さがなければ私の真っ赤な顔を見られてしまっていたことだろう。

いや、笑みを深めていたところを見るに、気づかれていたに違いない。

別れを告げ、屋敷に入り、熱が冷めないままベッドにバタリと倒れ込む。

誰よりも甘えられる相手で、いつまでも話していたいと思える人から求婚されたことは嬉しい。なのに、どうしてもそれを受け入れる勇気を持てない。

自分がままならない。こんなことは初めてだった。

ベッドに横になっても浮かぶのはユアン様のことばかりで、いつになっても眠気は訪れなかった。


まんじりともせずに朝を迎えた。

頭はまだ混乱しているのに、体は自然と習慣通りに動くのだから不思議なものだ。

そうして見かけ上はいつも通りの日常がはじまり、来客を迎えたのだけれど。

「申し訳ない!」

開口一番にそう言って頭を下げたのは、ジョセフの父であるロガート伯爵。

ユアン様のことで頭がいっぱいで、すっかりジョセフとのことなど忘れていた。

いま振り返ってみると、婚約破棄された翌日に求婚されたのだから、一年分をぎゅっと凝縮したような二日間だった。ユアン様からの求婚のほうが断然衝撃的だけれど。

応接室のソファに向かい合って座ると、ロガート伯爵は謝罪と悔悟の念を繰り返し口にした。いつもは闊達《かったつ》な笑みを浮かべている顔は痛恨《つうこん》の極みといったように苦み走っていて、初めてジョセフとよく似ているなと思った。

こんなにも親をうなだれさせるとは、ジョセフは親不孝者だ。私との婚約を解消するにしても、もっとうまいやり方があっただろうに。

「もうお気になさらないでください。正直に申し上げれば、ジョセフと私は相性もよくありませんでしたし」

なにを言っても謝罪が返ってくるためそう言うと、ロガート伯爵は深いため息を吐き出した。

「私も二人が合わないことは気づいていたのですが、そこに目をつむってでも結婚してほしかったのですよ。ジョセフは残念ながらあの通りの、自分ではなにも動かない、なんの努力もしない男ですから、しっかりした人と結婚してもらえればなんとかなるかと――」

「それでしたら、メイシー嬢のバイタリティはずば抜けていますから心配ありませんわ」

メイシーの名に、ロガート伯爵はやや遠い目になった。

「はあ……。あちらのご両親はとても良識のある方だったのですがね。ロゼ嬢にも謝罪したがっていました。娘の素行を知っていたのに止められなかった自分たちのせいだと」

「彼女が聞く耳を持たなかっただけだと存じておりますから、謝罪は必要ありません」

なぜこんなまともなご両親たちからあの二人《ジョセフとメイシー》が生まれたのだろう。

まあ、我が家にもリリアナという姉がいるのだから、よその家のことは言えない。

「ジョセフも首根っこを掴まえて改めて謝罪させたかったのですが、ロゼ嬢もいまさらアレの顔は見たくないかと」

「ええ、彼にもう用はございませんので」

「ははは！　手厳しいことだが、まあ、そうでしょうな。昨日の舞踏会には私も遅れて出席したのですが、いやはやどこもかしこもロゼ嬢とユアン殿の話でもちきりでしたよ」

「……そうでしたか。婚約解消の直後ですのに、お騒がせしてしまい申し訳ありません」

ユアン様の名を聞いて、いちいち昨日のことを思い出してドキリとしている場合ではない。

私は表情を崩さぬよう頬に力を入れた。

「いやいや、こうなることはわかっていましたから。バカ息子は親同士の約束にあぐらをかき、自分がどんなに恵まれていたかも気づいていない。ここにきて彼に横からかっさらわれるのも仕方のないことです」

　横からかっさらわれるもなにも、先に放棄したのはジョセフなのだが。

気になったものの、次の言葉でそれどころではなくなった。

「バカ息子も早く正気に戻してやらねばな」

「やはり、二人を別れさせるおつもりですか？」

「ええ、もちろんです」

　別れさせられてしまっては困る。この国の令嬢のほとんどが困る。

　ロガート伯爵家にとっても、いい結果にはならない可能性が高い。

「それは考え直されたほうがよろしいかと。メイシー嬢の話をご両親からお聞きになったのであればいろいろとご存じかと思いますが……。次はトマス様が狙われかねません」

「なに？　なぜそんな……」

　トマスはジョセフの弟だ。侯爵家の令嬢と結婚が決まっていて、明るく誠実な人柄だからジョセフよりもよほど当主に向いている。

「彼女は、自分よりも地位の高く、かつ相手のいる方をターゲットにしてきたので」

「確かにご両親もそんなことを話しておられたが……。この期《ご》に及んでまだ乗り換えるつもりだと？」

「私もいい加減落ち着いてくれるかと思ったのですが、どうやらジョセフ様を得ても満足はしていないようでして……爵位を継ぐのがトマス様の予定であることは、しばらくは黙っていたほうがよろしいでしょうね」

頭を抱えてうなだれたロガート伯爵の心中は察するに余りある。

「もちろんご忠告の通りにいたします。……本当に愚かな息子だ。一体なにを見ているのか」

同感である。

「だがジョセフが跡を継がぬことはいつまでも隠し通せることでもない。どうしたものか」

顎に手を当ててうめくロガート伯爵に「それなのですが……」と声をかける。

彼らの今後について、考えていたことがあるのだ。協力をお願いしていいものか迷っていたけれど、この様子なら受け入れてくれるかもしれない。

意を決して計画を打ち明けると、ロガート伯爵は何度も頷いてみせた。

「なるほど。それならばトマスが狙われる心配もなくなる。家としてはメリットもあり、痛みを伴《ともな》うのは当人たちだけ……。あちらのご両親もかなりの覚悟をしておられたようだし、その話なら呑んでくださるでしょう。ロゼ嬢、ご助言痛み入る。あちらとも早急に話を進めるとします」

ロガート伯爵はいつもの闊達《かったつ》な笑みを見せ、快諾してくれた。

「ありがとうございます。多くの令嬢方にとっても吉報となるでしょう。ジョセフ様を人身御供《ひとみごくう》にするよう申し上げているようで心苦しいですが」

「いや。ロゼ嬢を失ってしまった我が家にとって、いま一番大事なことはトマスが無事結婚をして跡を継いでくれることですからな。それにどうせ二人だけで放り出せばロクなことにはならなかったでしょうから、衣食住を確保できる上で他の方々の迷惑にならない方法があるのであれば、私としても安心です」

そう言ってくれてほっとした。

少し時間はかかるけれど、これでメイシーのことはなんとかなる。

だから、あとは自分自身のことを考えなければならない。

第二章　騎士団長が甘やかしてきます

それから三日が経つ間にジョセフとの婚約解消手続きは無事済んで、父からはさらに一通の手紙が届いた。

内容は、『ユアン＝クラディス公爵子息との結婚を許可する』というもの。

どうやらユアン様はすでに私との結婚についての打診を父にしていたらしい。

まさかの外堀を埋められていた。しかも行動が早い。

いや、私だって嬉しくないわけがない。むしろ好きだと思うからこそ、今日も堂々巡りの思考を繰り返して、ため息を吐き出している。

あれからユアン様は毎日仕事帰りに訪ねてきてくれるようになった。

ただ、お茶でもどうぞと誘っても玄関ホールから先に上がろうとはしない。

本当に顔を見に来ただけというくらいに、少しの時間だけ話をして帰ってしまうのだ。

来るのが夜になってしまうから、私が疲れているのではという気遣いなのだと思う。

ユアン様も仕事で疲れているだろうに、それでもこの少しの時間のために来てくれているのだと思うと、なんだか胸の辺りがそわそわする。

それなのにロゼのままの私は、つい『完璧な淑女』の仮面を被ってしまう。

「今日の花は五本に留めたよ。赤い薔薇もロゼのストロベリーブロンドによく似合う」

「もったいないお言葉でございます。昨日の花とあわせて飾らせていただきますわね」

こんな風に。

昨日も私は、毎日花束を贈られる恥ずかしさと申し訳なさに、「毎日こんなにたくさんの花は飾りきれませんわ」などと、ついかわいくないことを言ってしまったのだ。

それでも悪くとったりせず、こうして花を贈ってくれる。

そのことが嬉しいし、ほっとしているのに、私の顔は貼り付けたような笑みしか返せない。

ユアン様は変わらず、ルーシェと話す時のように砕けて話してくれているのに。

「飾ってくれているんだね」

「はい。寝室の枕元に置きましたら、とても心地よく眠れました。お恥ずかしながらあまり花を飾る習慣がなかったので、新鮮です」

トルハインツでは花なんてそこら中に咲いていたから、わざわざ部屋に飾ろうという発想がなかったし、王都へ戻ってからも買ってまで飾ろうとは思えなかった。

ほのかに甘い香りに包まれながら眠ると、野原で寝転がっていた時のことを思い出す。

そんなことを考えてしまったせいか、今日の溜まった疲れのせいか、瞼《まぶた》が重い。

「今日は疲れているようだね」

「あ……。申し訳ありません。お店のほうでいろいろとありまして」

「まばたきが多いから。眠いのを我慢しているんだろう」

相変わらずユアン様は鋭い。仮面を被っていても、いともたやすく見破ってしまう。

「触れても？」

いつもはわざわざ聞いたりしないのに、ユアン様は微笑みを浮かべ、首をかしげてみせた。

帰りの挨拶《あいさつ》をするのだろうと、返事をしながら手を差し出す。

今日はもう帰るのだ。

そう思うと、なんだか少し――寂しい。物足りない。つい、そう思ってしまう。

次の瞬間、そんな思いは一気に吹っ飛んだ。

差し出した手は、よいしょ、とばかりにユアン様の肩に回される。

「え？」

と思ううち、私はひょいっと横抱きにされていた。

「キャーッ!!」

確かに触れてもいいとは言ったけれど、抱き上げられるとは思いもしない。

慌てる私に、ユアン様はとびきりの、弾けんばかりの笑顔だ。

「はははは！　初めて悲鳴を聞いた。まるで人さらいにでもあったようだね。まあ、当たらずとも遠からずだけど」

「……ユアン様？」

「無理をさせてしまったお詫《わ》びに部屋まで送ろう。この廊下はどちらに進めばいい？　それとも階段を上るのかな？」

「いえ、あの、下ろしてください！　歩けます！」

「このまま邸内を一周してもいいよ」

「階段を上って右！　右です！」

横抱きにされるとユアン様の顔が近くて、慌てて首をすくめる。

ユアン様がふっと笑うから、吐息が頬にかかり、背中から熱が這《は》い上がった。

もう……

なぜユアン様はこうも私を甘やかしたがるのだろうか。

いやいや、いまの私はルーシェじゃない。

身長だって成人女性の平均か少し高いくらいだし、ドレスは滑って抱きにくいはずだ。それなのに階段もすたすた上がり、難なく部屋まで辿り着くと、ユアン様は大事なものを扱うように、そっと私を扉の前に立たせてくれた。

その時浮かべていた笑みが、なにかを惜しむようで、胸のどこかがきゅっとなる。

「今日はこれで失礼するよ。もちろん、見送りもいらない。もう一往復したいのなら止めないけれど」

「ありがとう……ございました」

強引なことをされたのにお礼を言うのも変だなと思いながら、他に言葉もない。

「疲れている時に、私のエゴで押しかけてしまったね。明日は来るのを遠慮《えんりょ》しよう」

「いえ！　――あの、大丈夫です」

思わず慌てて声を上げてしまった自分に、また顔が赤くなる。

だめだ。こんな時こそ仮面が必要なのに、どこへいった！

ユアン様はそんな私に楽しそうな笑みを浮かべる。

「じゃあ、また明日」

去り行くユアン様の背中で金の髪が尻尾のように揺れるのを見ながら、なんか悔しい、と思った。

私の頬の熱は、なかなか冷めてはくれなかった。

このところ忙しさが続いたせいか、ユアン様のことで悩んでいたせいか。

昨日の夕方、痒《かゆ》みに襲われ、ほどなくして子どもの姿になってしまった。

そんな時にエリーゼ様からの呼び出しがあった。

タイミングからして、なにが起きたのかすでに察しているのだろう。

できればこんな状態で出かけたくはないのだけれど、ワクワク状態で待っているエリーゼ様にそんな理由が通じるわけもなく、私は仕方なく準備をして馬車に乗り込んだ。

子どもの短い足では馬車が揺れても踏ん張れないから、天井から吊り下げられた紐《ひも》に両手でしっかりと掴まっていなければならない。これが非常に体力を使うのだ。

城に辿り着くだけでややぐったりした私を、エリーゼ様は満面の笑みで見下ろしながら迎え入れた。

「ずいぶんと楽しいことになっているわね」

舞踏会でなにが起きたのか、エリーゼ様の耳に入っていないわけがない。

その前後にあったことも知っていそうな気はしたけれど、下手に勘繰《かんぐ》られるよりはと自ら洗いざらい話したのだった。

私の話を聞き終えると、エリーゼ様は「なるほどねえ」とその顔を楽しそうに輝かせた。

「これだからロゼは面白いわあ。あの微笑みの貴公子の求婚を断ろうとするだなんて。この国でそんな選択をするのはロゼくらいよ」

「そんなことありませんよ。他の令嬢方だって、普段から毒舌だとか腹黒だとか言って、ユアン様を遠巻きにしていますし」

「わかっていないわねえ。そんな毒舌な人が自分に求婚してくれたと思ったらコロッといくのが乙女心というものよ」

「ええ……？」

シンシア様もお茶を淹《い》れながら、エリーゼ様に同意するように頷いた。

「そもそも普通は、いきなり見目麗《うるわ》しい公爵家子息から求婚されたら、そんなことを考える余裕もなく頷いてしまうかと思います」

きっと私は、他の令嬢たちよりもユアン様の魅力をたくさん知っているからこそ悩んでしまう。いまだって真剣に悩んでいる。

「しかし――私とユアン様とのこと、いつからご存じだったのですか？」

ルーシェとしてユアン様と親しくしていたことは、エリーゼ様にもシンシア様にも話したことがない。それなのに二人ともこの話のどこにも驚く素振りがなかった。

「そうねえ。ロゼが子どもの姿で父親に強引に連れていかれたパーティで偶然ユアン＝クラディスと仲良くなって、その後第二騎士団の修練場に足しげく通いはじめたあたりからかしら」

「つまり。最初から全部ご存じだったのですね」

「きっとロゼが知らないことも知っているわよ」

そうかもしれない。

脱力するやら恐ろしいやらで、ものも言えなくなった私に、エリーゼ様はにっこりと微笑んだ。

「私の情報網を甘く見ないことね」

やはりエリーゼ様に隠しごとはできない。

苦笑いする私に、エリーゼ様は言った。

「茶化されたくなかったのでしょう。それだけ大事に築いてきたのだから、大事になさいな」

「はい……。私にとってユアン様はただ一人甘えられる大きな存在で、特別な人です」

「それなのに、なぜ迷っているの？」

エリーゼ様の問いに、シンシア様も黙って控えながらも気になるようで、こちらに顔を向けている。

私は束の間言葉に迷った。

「……私とでは釣り合いが取れませんから」

「『完璧な淑女』と『微笑みの貴公子』の結婚に文句をつける人なんていないわよ」

「それに、この体質のことを隠したまま結婚するなんて、騙《だま》すようでできません」

「話してしまえばいいじゃない」

「ただ話して信じてもらえるはずがありません。実の父親とて信じなかったのですから」

子どもの手にティースプーンは大きくて、音を立てないようかき混ぜるのが難しい。逃げるようにカップに目を落とす私を、エリーゼ様は頬杖をついて覗き込む。

「姿が変わるところを見れば信じざるをえないでしょう？　私とシンシアもそうだったじゃない。あの時はたまたまだったけれど、前兆があるのならその時を狙えばいいではないの」

「ユアン様にもお勤めがありますし、その時に都合よく会えるとは」

「嘘ね」

言葉の途中でいきなりそう断言したエリーゼ様に、私は戸惑った。

「……嘘なんてついていませんよ」

「それも理由の一つであることは確かでしょうね。でも、本当の理由はそれではないはずよ。だって、ロゼらしくないもの」

「らしくない、ですか……」

「いつものロゼだったら『問題を解決するためにどうするか』を考えるでしょう？　なのに、先ほどから後ろ向きなことしか言っていないもの。父親のことがトラウマになっているのもわかるけれど、まるでできない理由を探して必死に言い訳しているようにしか聞こえないわ」

エリーゼ様の指摘に、言葉が出なかった。もはやこの方に本心を隠し通すことはできないだろう。でも王女であるエリーゼ様に言っていいものだろうか。

そう戸惑っているうちに、さらに追い打ちをかけられる。

「さっさと吐いたほうが身のためよ。どうせ聞き出すのだから」

そのほうが傷が浅く済むわよ、と聞こえた。

それはその通りかもしれない。

ユアン様の求婚に、首を縦に振れなかった理由――それは、彼の騎士団長という立場に関わることだ。脳裏によみがえるのは、修練場で屈強な兵士たちの突進を受けるユアン様の姿。そして頬に刀傷を負ったジーク騎士団長の顔。

観念してその理由を話すと、エリーゼ様は「なるほどねえ……」と細い顎に指を添えた。

「それを私に言ってはならないと考えるあたりが、馬鹿がつくほどの真面目よね。ちなみに褒《ほ》めてはいないわ」

「ええ……？」

「どうせ国がどうの、騎士の理念がどうのと考えたのでしょうけれど、私にとってはロゼの話を聞くことのほうが楽し――重要なのだから、そんな気遣いは無用よ」

楽しいって言った。ほとんど言った。

「彼だって、受け入れられない理由がわかるほうがいいに決まっているし、話したところで侮辱《ぶじょく》だなんて思いはしないわ。そんなことはロゼが一番知っているはずではないの？」

「いえ、あの、足を引っ張るようなことはしたくないと――」

「そう、それよ。断る理由を言いたくないのは、それなら騎士団を辞めるとか言い出されたらどうしようと恐れているのよね。自分が他人の人生を変えてしまいたくないから。

それと、言葉で彼に勝てる気がしないから。自分でもふわふわとまだ迷っているところがあるから、言いくるめられて、流されるのが怖いのでしょう?」

そう……なのだろうか。

そうかもしれない。

「自分の意思がはっきりしているようで、なんだかんだロゼは押しに弱いもの」

それも、そうかもしれない……

「まあね、世の令嬢たちならコロリとやられる地位や容姿に惑わされないところは、とてもロゼらしいわ。けれど、ずいぶんと理性的ではないわね」

「確かにその時とっさに思ったことではあります。でも、よく考えても結論は同じで……」

「体質のことを明かせないのも、結婚を受け入れられないのも、本質ではないわ。もっと根本に意識を向けなさい。ロゼにとって本当に大事なものはなに?　あなたはどう生きたいの?」

大事なもの。

それはたくさんあるけれど、エリーゼ様が言わんとしていることがなんなのかわからない。

途方に暮れる私に、エリーゼ様は「ふふ」と小さく笑った。

「これまでどんな状況にあっても、どんなに少ない選択肢の中でも、自分の意思をはっきり持って突き進んできたロゼがそんなところで迷子になるだなんて、珍しいこともあるものね」

「完全に迷宮入りです。もう少し助言をください」

「お断りするわ。適当な理由で私をごまかそうとした罰《ばつ》よ。一人でよく考えなさい」

やっぱり怒っていた。

思わず肩を落とすと、エリーゼ様は笑みを浮かべてカップを持ち上げた。

「わからないなら、自分自身と相手ときちんと向き合うことよ。後悔しないように、ね」

私は一体なにを見落としているのか。エリーゼ様は私の中の、なにを見ていたのだろう。

部屋を出てからも、エリーゼ様の言葉が胸の中をくるくると回っている。

そんな風にしてぼんやり城の廊下を歩いていると、不意にトントン、と肩を叩かれた。

思わず振り向いた瞬間、頬に、にゅっ、と長い指が突き刺さる。

「やあ、ルーシエ」

「ユアンさま。痛いです」

うっかり普通に返してしまった。ルーシェの姿でユアン様に会うわけにはいかないと、第二騎士団の修練場を避けていたのに。

けれど見つかってしまった以上、急によそよそしくするのも違う。どういう態度をとるべきか迷う私に、ユアン様は私と目線を合わせるように屈《かが》んだまま、にっこりと笑みを浮かべた。

「なぜこんなところを歩いているのかな？　もしかして、第二騎士団の修練場を避けてでもいるのかい？」

ご名答だ。

これまで『ロゼ』はユアン様にとって無関係な人だと思っていたから、自分のことも遠慮《えんりょ》なく話すことができた。けれどいまの状況でルーシェを介して『ロゼ』の話をしたり、ユアン様から『ロゼ』の話を聞いたりするのはズルだ。

もう無遠慮《ぶえんりょ》に甘えることはできないのだと思うと寂しかったけれど、いままで正体を隠して会っていたこと自体がズルなのだから、仕方がない。そう自分に言い聞かせたのに。

「そ……そういうわけでは」

「今日も王女様のところへ呼ばれてきたんだろう？」

「そうですけど……」

「ではまったくもって遠回りの東廊下などを歩いている理由はなにかな？」

「いえ、あの……」

「なぜ目が泳ぐんだろうね？」

泳ぎ出した私の目はいっそう忙しく右往左往し、戻ってきてくれない。

その間もユアン様の指はぷにぷにぷにぷにと間断《かんだん》なく私の頬をぷにぷにしてくる。

「いえ、たまには気分転換にと」

ぷにぷに。

「いつもこのかわいらしい足で、この広い城内を歩くのに苦労しているのに？」

前から思っていた通り、それに気づいていたから、いつも私を抱き上げて運んでくれていたのだ。

しかし私が次の言葉を口にする前に、いきなり体がふわりと浮いた。

「よいしょっと」

「っ！」

いつものごとく突然抱き上げられたものの、なんとか声を出さずに耐えた。

「今日は無反応か。つまらないな」

……やっぱり、私を驚かせたいだけかもしれない。

「しかし顔は相変わらず人さらいに遭ったみたいに引き攣《つ》っているね。大丈夫だよ、私の執務室に行くだけだから。いつも通りだろう？」

ユアン様は私を片腕で抱え、すたすたと歩き出した。

いつになく強引だけれど、そうはさせない。

「ユアンさま、あの」

「あんまり抵抗するとお姫様抱っこで運んじゃうよ？」

それは嫌だ。

あれはもう、一回でいい。

恥ずかしくてキュン死しすぎてもうユアン様のところ以外お嫁に行けなくなる。

それでも、必死で最後の抵抗を試みた。

「あのあの、今日は用事が――」

動揺しまくり、いかにも言い訳だと丸わかりのことを言う私に、ユアン様はにっこりと微笑んだ。

「では、三十分。それくらいの時間ならあるだろう？」

三十分。

お喋りをするにはあっという間だが、尋問を受けるには長い時間だ。

そうしてユアン様の執務室に運ばれた私は、囚《とら》われた罪人にしてはふかふかで座り心地のいいソファに座らされた。おまけに目の前にはスッキリした香りのハーブティーと、焼き菓子。

「さて。ロゼ嬢に結婚を申し込んだんだけど、断られそうになってね。どうして彼女は落ちないのだと思う？」

「落ち……、ええ？」

私の向かいに座ったユアン様は、焼き菓子を一口かじり、「なぜだろうか」と首をかしげる。

「それはわたしにはわかりません。ロゼに聞いてください」

「そうだね。それが筋だね。だけどどうにも打ち解けてもらえないんだ。どうしたら求婚を受け入れてくれると思う？　一人の女性として参考意見を聞かせてほしい」

すごい難題がきた。

「いえ、わたしはまだ恋とか愛とか、そういったものはよくわかりませんので」

見た目も恋愛経験値も七歳だし。

私は動揺を落ち着けようとカップを手にし、ハーブの爽やかな香りを吸い込んだ。

「嫌われてはいないと思うんだ。ただ恋愛相手として見られていないことくらい、私にもわかる。そこはこれからじっくり時間をかけて攻め落としていくつもりだからいいんだけど」

すでにこれ以上の猛攻には耐えられそうにないんですが。

ユアン様は考えるように斜め上を見上げながら続けた。

「ただ、ロゼなら自分の感情よりも相手の条件で決めると思ったんだよね。だから時期尚早《しょうそう》でもなんとかなると思っていた。もちろん、打算的だという誹《そし》りは甘んじて受けるよ。でもすぐに恋に落ちてくれるとは思っていなかったから、まずは結婚相手として見てもらいたかったんだ」

「ユアンさまは公爵家の方ですから、伯爵家の自分では釣り合わないと考えているのかもしれません。というか、普通は思います」

「そうかな？　条件がよいとなれば、ロゼなら身を引くよりも周囲の煩《わずら》わしい声など自力で跳ね返してしまうだろう。これまでも、不名誉な通称を塗り替えてみせたのだから」

確かに。エリーゼ様もユアン様も、私よりも私のことがわかっている気がする。今日は自分のことなのに言い当てられてばかりだ。なにも言えなくなった私をよそに、ユアン様は続けた。

「それに、なにか引っかかるんだよね。ロゼは最初、ただ驚いている様子だった。そのうちあわあわと顔が赤くなって」

自分の様子をこんな風に聞かされるとは、これはいたたまれない。なんの辱《はずかし》めか。思わず手で顔を覆いたくなったけれど、『ルーシェ』が恥ずかしがるわけにもいかず、ぐぬぬぬっと渾身の力で表情を保つ。

「それが、なにかを思い出したように急に顔が曇《くも》ったんだ。それから一気に真顔になってしまって」

「そう……なんですか」

「彼女は私が現実のロゼをよく知らないからだと言った。幻滅されたくないからだと。まあ、それも悶《もだ》えるほどかわいい理由なんだけれど」

「かわ……」

これはなんの責め苦か。顔色を変えずにいられる人がいたら代わってほしい。

「でもそれだけが理由なら、いきなり断りはしないんじゃないかと思うんだよね。返事は急がないと言っているのだから、時間をかけて互いを知っていけばいいだけだ」

「まあ、確かに……」

「彼女には、まだ私に隠している、明確な理由がある気がするんだ。それがなんなのか、知りたいんだよね」

どんどん核心に迫ってきている気がして怖い。

ユアン様は一人考えるように天井にじっと目を向け、さらに続けた。

「ジーク騎士団長だって条件はいいはずだけど、ロゼは彼に求婚されても断ると言った。ということは、共通項である騎士団長、もしくは騎士団員であることにその理由があるのかもしれない」

思わず、はっと身を硬くしてしまう。

あれだけの会話でそこまで読み取られてしまうとは。

いつもはさすがユアン様と惚れ惚れするところだけれど、それが自分の身に迫っていると思うとどぎまぎしてしまう。

じっと見られているのを感じて、顔を上げられない。

「……ねえ、ルーシェ」

笑いを含んだような、けれどどこか静かでゆっくりとしたその声にさらに身を硬くする。

「――はい」

「ルーシェはなにか知っている？」

ぶんぶんぶんぶんと激しく首を振る。髪の毛がぱしんぱしんと顔を打つ。

「ふうん」

うんうんうんうんと首を縦に振る。髪の毛がわしゃわしゃに乱れてもかまうまい。

「知ってるね？」

ぶんぶん……と横に振りかけた頬をむにゅっと両手で挟み込まれた。

万事休す。

くいっと顔を上げられ、探るような視線を真正面から浴びる。

「知ってるねえ……。ロゼは一体なにが引っかかっているのかな？」

頬をむにむにされて、思わず悲鳴が上がる。

「いひゃああ、かおがへんになる、かおが！」

「大丈夫。むにむにでもルーシェはかわいいよ。いつまでもむにむにしていられる」

「で、でしゅからしょういうことは、ちょくせつロゼに」

おかげで赤ちゃん言葉みたいになってしまった。屈辱だ。

「だってロゼは鉄壁の守りだろう？　簡単に口を割りそうにないじゃないか。そうするとルーシェから攻めるのが近道だ」

　確かに。

　しかもこの場を逃れるためとはいえ、自分《ルーシェ》が自分《ロゼ》に押しつけても結局自分の首を絞めるだけだということにいまさらながら気がついた。

　しばらく飽きる様子もなくむにむにを続けていたユアン様も、良心が咎《とが》めたのかやっと手を放し、ため息を吐き出した。

「本当は正攻法でいこうとしたんだよ。だけどね、私はロゼのことになるとどうにも余裕がない。空回りしているような気がして、焦った挙句に手段も選ばなくなってしまう」

　長い足を組み、ため息をつくユアン様に申し訳なくなる。

　こんな風に悩ませてしまうくらいなら、いっそのこと打ち明けてしまったほうがいいのだろうか。エリーゼ様の言葉が頭をよぎる。

　しかしユアン様は不意に「よし」と声を上げると、にっこりと笑みを浮かべた。

「質問を変えよう。もしもルーシェだったら、私の求婚を受けてくれる？」

　頬杖をついたユアン様が少しだけ首をかしげると、肩にかかった金色の髪がさらりと流れる。

そんな麗《うるわ》しい笑顔を向けられたら、思わず『はい』と言ってしまいそうになる。

だがそんなわけにはいかない。

「ええと、それは――」

「その反応。即答しないということは、ルーシェも断るということだね？　理由は？」

にこにことした笑顔を浮かべつつも矢継ぎ早に聞いてくるので、たじろぐ。

ロゼと同じ答えでは納得しないだろう。なんと答えるべきかと悩み、はっとした。

そうだ、ルーシェは七歳だ。

「わたしとユアンさまでは、年の差がありすぎますから」

誰も傷つかない答えを見つけてほっとしたものの、ユアン様は悩ましげに長い指で膝《ひざ》をトントンと叩く。

「まあ確かにルーシェとは十六歳も差があるからそれはそうだけど、ロゼはたった六歳差だし。いや、そう思うのは私の感覚であって、ロゼにとっては私などおじさんなのかな」

「いえ！　ユアンさまがおじさんなんて、わたしから見ても絶対にそんなことはありません！　ユアンさまなら年を取っても格好いいでしょうし、そんなことは気になりませんよ」

思わず全力で否定してしまった。

だって、ユアン様がおじさんだったらもっと年上のおじさんたちがむせび泣く。

「うーん。じゃあ、何歳くらいまでならいいの？」

「あくまでわたしの場合は、ですけど。健康な人なら、特に何歳までというのはありません」

しまった。『年の差がありすぎる』と言ったそばから矛盾している。

「健康……？　それはもしかして、年上だと先に亡くなってしまうから嫌だっていうこと？」

「……はい」

頷き、おずおずとユアン様の顔をうかがうと、考えもしなかった、というように黙り込んでいた。どうやら私の発言の矛盾には気づいていないらしい。

「いえ、あの、別に政略結婚でしたら、年上だろうが不健康だろうが別にいいのです。でも、望んだ相手と結婚して家族になれたのなら、ずっと一緒に生きていきたいじゃないですか」

「かわいいか！」

ユアン様がなぜだか天を仰《あお》ぐ。

「ええ……？　だって、そう思いませんか？　好きな人に置いていかれて、長い時間を一人で過ごすのは寂しいです」

「とにかくかわいすぎるが、その時は再婚すればいいだろう？」

「いやです。幸せに暮らした後に、他の人なんて考えられないと思います」

「健気か！　一途か！」

ユアン様は顔を覆った。

泣いている……？　いや、泣いてはいないようだ。

「それに、二度も結婚する必要はないですよね。子どもがいれば跡継ぎも問題ありませんし」

「そうだ、子どもがいるだろう。子どもがいれば一人じゃない。寂しくはないだろう？」

少しだけ考えて、やっぱり首を横に振った。

「子どもがいたら、初めて歩いたとか、喋ったとか、そういう嬉しさや大変さを共有できない時に、寂しいし、悲しいと思ってしまいそうで」

ユアン様は言葉もなく、顔を覆ったまま肩を震わせた。

ええ……？　わりと普通のことを言っているつもりなのだけれど。

そんなにおかしいだろうか。

もしかしたら私は、家族への憧れが強すぎるのかもしれない。

両親と離れて育ったことがまったく寂しくなかったかと言われれば、やはり子ども心に思うところはあった。嫌いなわけではないし、憎んだり恨《うら》みがあったりするわけでもないから。

領地に一人追いやられて、ほとんど会えないまま母が亡くなったことは、いまだって悲しくなることがある。

だから、やっぱり家族はみんな元気で一緒に暮らせたらと思ってしまう。

それにトルハインツで過ごしている間、私は仲のいい家族をたくさん見てきた。町の人たちは『家族』という単位で暮らしている人が多くて、その当たり前のような絆を見て育ったから、自然と自分もそうありたいと思うようになったのかもしれない。

貴族の家庭はそれほど愛に溢《あふ》れているようには見えないところが多い。だからユアン様も私がこんな風に考えることが意外なのかもしれない。

普段私《ルーシエ》が家族の話をする時もため息まじりなことが多いから、なおさらだろう。

考え込んでいるうちに、ユアン様が、はあ、と息を吐き出すのが聞こえた。

顔を上げると、そこにあったのはユアン様の明るい顔。

いまの話で一体なぜ？

「なるほどね……自分がなにをすべきかよくわかったよ。ありがとう、ルーシェ」

「なにをすべきか、ですか？」

「うん」

にっこり笑ったユアン様は、さっぱりとした表情だった。それどころか、どこか嬉しそうだ。

困惑する私を「そろそろ時間だね」と見送ったユアン様は、最後まで上機嫌だった。


それから屋敷に戻ると、私はユアン様に手紙を出した。大人の姿に戻るまでユアン様に会うわけにはいかないから、体調が悪いということにした。ある意味事実だ。

するとユアン様は、お見舞いに来る代わりに短い手紙に花を一輪添えて送ってくれた。

『体調がよくなったら、デートをしよう』

手紙に書かれていたそんな言葉に心底動揺する。

求婚の返事を保留にしている身の上で、デートだなんて行けるわけがない。

これまでは毎日玄関口で他愛もない話をするだけだったのに、いきなりどうしたのだろうか。

ルーシェと話した時に、自分がなにをすべきかわかった、と言っていたけれど、その結論がデートなのだろうか。

いやいや、なにがどうしてそうなった。

戸惑いながらも丁重に『お断りします』という旨の返事を出すと、『どうやら大事な手紙が風に飛ばされて消えてしまったようだ。もう一度考えて返事が欲しい』というような手紙がきて、これは了承するまで延々終わらないやつだな、と察した。

どうしようと迷ううちに体は元に戻り、ある夜ユアン様が久しぶりに訪ねてきてくれた。

「ロゼ。求婚を断るなら、きちんと私を知ってからにしてほしい。それなら納得できる、かもしれないしね？」

そこまで言われては頷くしかなかった。

それにエリーゼ様に言われたことも気になっていて、求婚されてからずっとユアン様に対して逃げ腰だったと気づいたから。きちんと向き合おうと覚悟を決めたのだ。

返事をすると話はとんとん進み、次の休みの日に出かけることとなった。

場所は、私が経営する店、ロニアーナ。

行きたいところを聞かれ、特にないと答えたら、ロニアーナを案内してほしいときらきらの笑顔で言われたのだ。そんなの、断れるわけがない。

そして約束の日。

クラディス家の豪華な馬車に乗り込んだ私は、緊張でなにをどうしていいかわからなかった。

だって、考えてみたらデートなんて人生で初めてだ。

王都に戻った時から婚約者がいたから恋人なんていたことはないし、そのジョセフとは一緒に出かけたことなどなかったから。

「晴れてよかった。こんな日にはピクニックもいいね」

「ええ。久しぶりに野原の匂いが恋しいです」

「それなら、次はナーガの丘に行こう。いまの季節なら暖かいし、花も咲き誇っているだろう」

「はい。ぜひ」

こちらに来てからというものピクニックなんて楽しむ余裕がなかったから、それはあまりに魅力的なお誘いだった。

だから思わず了承をしてしまったのも、返ってくる微笑みにいちいち胸が高鳴ってしまうのも、仕方がないことだと思う。

「お昼にはなにを持っていこうか」

そうして互いにあれこれ食べたいメニューを言い合っていると、ゆっくりと馬車が止まった。

「ロゼと話しているとあっという間だね」

「ええ、本当に」

通い慣れた道が、いつもより時間を感じなかった。

ユアン様に手を取られて馬車を降りると、目の前には小さいけれど貴族が好みそうな装飾をこれでもかとふんだんに取り入れた建物。

「こちらが私のお店、ロニアーナです」

店名はトルハインツの言葉で『山の恵み』という意味だ。いまではトルハインツでもご老人くらいしか使わない言葉だけれど。

ロニアーナでは、私が幼少期を過ごした領地トルハインツの特産品を扱っている。王都にはない物珍しいものが買えると評判だけれど、産地を大っぴらに謳《うた》ってはいない。

トルハインツの名前を出すと、『田舎の食べ物なんて貴族が口にするものではないわ』なんて言う人がいるからだ。

貴族も王都の人々も、毎日その田舎で作られた野菜や肉を食べているというのに。畑も牧場もない王都で、毎日口にしているそれらは一体どこで作られたんですかと問いたくなる。

王都ができたばかりの頃は川も町も綺麗だった。反対に地方は医療が行き届かず、衛生状況も悪かったと聞く。

それで王都のものはなんでも良い、田舎のものは悪いとする風潮が生まれたのだろうけれど、いまは地方の衛生状況は昔と違ってなにも問題はないし、むしろ田舎のほうが空気も土も健《すこ》やかだ。

それがわかっている貴族だってたくさんいるはずなのに、口にすれば社交界からのけ者にされてしまう。

一度できあがった偏見をくつがえすのは簡単なことではない。

そんな貴族の人たちに、田舎と揶揄《やゆ》される場所から産地直送の品物を扱うお店が人気になったら面白いなと考えて、このお店のコンセプトを決めた。領地を愛する私からの最大級の皮肉である。

ただ、お店の準備を進めるうちに、良いものは良いのだと知って、トルハインツをはじめとした田舎のことを受け入れてほしいという気持ちが大きくなっていった。

だから近いうちにリーナ様やサンドラ様など、親しい人から打ち明けていくつもりだ。

そのために商品の品質にもこだわった。

特に人気があるのは、王都では珍しいヤギのチーズだ。匂いにクセがあるヤギのチーズは、貴族にはあまり好まれず出回っていないから、食べ慣れない人にも馴染《なじ》みやすい臭みが少ないものを厳選した。

特にチーズは生産者によって味も匂いもかなりの違いが出る。

商品名も考えに考えて、貴族の好奇心を煽《あお》るため『アルナンヤギの長期熟成チーズ　～スティルウッドの燻製《くんせい》～』というように、とにかく王都の貴族にとって馴染《なじ》みのない、目新しさを感じさせる言葉を使って珍しさを前面に押し出している。

おかげですぐに軌道に乗ったけれど、物珍しさだけではいつまでもやっていけるはずがないので、放っておくと転がり落ちかねない。

だから自分で定期的に店を覗き、品物の流れや人の流れを見て商品を入れ替えている。

「これは貴族が好みそうな店構えだね」

「はい。それが狙いですので」

中に入ると、ユアン様は面白そうに商品を見て回った。

店内はごちゃごちゃとものを置かず、品数を限定して空間を広く使っている。一つ一つの価値を高めるためだ。

その分レイアウトにも装飾にもこだわっていて、どれもトルハインツから持ち運んだものを使っている。棚やテーブルの木材はもちろん、装飾を彫り込んだのもトルハインツの職人。レースのカーテンも、商品名を彫り込んだプレートもそう。よさを知ってもらうついでに、トルハインツの経済も回せて一石二鳥だ。

「ああ、これ。これが気になっていたんだよね。これはヤギのチーズなの？」

「はい。王都では珍しいかと思いますが、召し上がってみますか？」

話していると、支配人がお皿をさっと差し出してくれた。

皿の上には小さく切ったパンと、その上に溶けたヤギのチーズがかかっている。

「ありがとう。これは、火で炙《あぶ》ってあるの？」

「ええ。ヤギのチーズが持つ独特の匂いは、火で炙《あぶ》るとまろやかになって食べやすくなるのです。うちで扱っているアルナンヤギのチーズはあまり臭みがないのですが、それでも慣れない方は嫌がることもあるので、まずは火を通して召し上がるのをおすすめしています」

ユアン様は皿を受け取ると、迷いなく口に運んだ。

「うん。なるほどね。牛とは確かに違う。少し酸味があって、あとなんだろう、ほのかに香るね。初めて食べたけれど、なかなかに美味《おい》しいよ」

「ありがとうございます。アルナンヤギは厳選された餌《えさ》を使い、特別な環境で育てているために、手間暇がかかっているのです。商品の運搬時も状態に気をつけていますし、長期熟成でコクがあるので、味には自信があります。もし他でヤギのチーズを口にして苦手意識を持った方でも、こちらのチーズならお気に召していただけると自負《じふ》しております」

私も初めてトルハインツでヤギのチーズを食べた時は、「なんかクサッ！」と思った。けれど、作る人や牧場によって味が全然違うことに気がついた。

保存状態でも味が変わってくるし、しっかり研究しているところのチーズは本当に美《お》味《い》しい。それでトルハインツの中でも一際美《お》味《い》しいチーズを作るアルナンさんが育てるヤギをアルナンヤギと呼び、ここで売り出すことにしたのだ。

ユアン様にも一度食べてみてほしいと思っていたから、こんな日がきて嬉しい。

自然と言葉に熱が入る。

「うちで取り扱っているのはヤギのチーズだけではありません。こちらのトゥリスという根菜は、サラダにしても美《お》味《い》しいですよ。収穫後に半年ほど地中で保存したトゥリスは、ほどよくしんなりして食感がよく、甘味も増しますから」

「そうか。それもぜひ食べてみたいな」

「では、いま試食を」

「いや、屋敷に帰ってからの楽しみとしよう。支配人、先ほどのチーズとこのトゥリスを包んでもらえるかな？　それからこれとこれ」

「ありがとうございます。オススメの食べ方を記載したメモがありますので、取ってきますね」

普段お客様に渡しているのは商品ごとのメモなので、それを何枚も渡すと邪魔になってしまう。

お店の宣伝用に一通りの商品説明などをまとめたものが裏にあったはずだ。

カウンターの奥にある小部屋に向かい、整理された棚の中から木造りの箱を取り出す。

「ええと……あったわ」

一枚の紙を見つけ出し、お店に戻ろうと箱を閉めた時、裏口のドアがコンコンとノックされた。

確か今日は、トルハインツから納品があったはずだ。

「はい」

返事をしながらドアを開けると、そこに立っていたのは、思いも寄らず懐かしい顔だった。

「アンガス！」

「おお、ロゼじゃん！　まさか本人に会えるとは思ってなかったよ」

よく日に焼けた頬に皺《しわ》が寄る、見慣れた笑顔に嬉しくなる。

アンガスは、トルハインツにいた頃の友人の一人だ。王都に戻ってからも何度か領地に足を運んでいるけれど、アンガスとはもう五年も会っていなかった。

「それ、納品物よね。ということは、今日はアンガスがヨークさんの代わりに来てくれたの？」

「そうなんだよ。腰をやっちゃったらしくてさあ。よくはなってきたんだけど、とても王都まで来られる状態じゃなかったから」

「そうだったのね。今週は売れ行きがよくて品切れが出そうだったから、来てくれて助かったわ、ありがとう」

「ロゼも毎日店に出てるのか？」

「できればそうしたいんだけれど、実際は数日に一度ってところね」

「じゃあ、会えたのは本当に運がよかったんだな」

みんなにも会いたかったし、たまには領地に帰りたいけれど、なんだかんだと王都でやることが山積みだった。

「アンガスはいまもまだ剣を習ってるの？」

「いや、仕事がはじまったらさすがにそんな暇はねえよ。俺たち庶民は剣が上達したところで、騎士になれるわけじゃねえしさ」

トルハインツにいた頃、私が剣を振るっているのを見て、アンガスたちも興味を持ったらしく習いはじめたのだ。

あの綺麗なおにいさんは、どうしているのだろうか。

明らかに町の子たちとは身なりも振る舞いも違ったから、おそらくどこかの貴族の子息だったのだと思う。だとしたら、いま頃は騎士団にいるのかもしれない。

アンガスはなにか知らないだろうか。

そう思ったけれど、アンガスが口を開くほうが早かった。

「なあ、ところでさ、大丈夫なのか？」

「大丈夫って、なにが？」

「リリアナ様だよ。全然屋敷から出てこねえけどさ、結構噂は広まってるぜ？　使用人に当たりが強いとか、わがまま放題だとか」

「ああ……大丈夫ではないんだけど。なかなか、ね……」

これまでいい子ぶりっ子していた反動なのか、親の目の届かないところではリリアナはやりたい放題だった。

私に優しくしてくれた使用人たちが辛い思いをしているのを放ってはおけないと、再三リリアナに改めるよう言ったけれど、聞く耳を持つはずもない。

それでいて領地の管理人から報告を受けた父が様子を見に訪ねれば、途端にいつもの優等生に戻ってみせる。

まあ、使用人たちも強いもので、さりげなーくリリアナに意趣《いしゅ》返しをして発散しているらしいし、「あれくらいは大丈夫です！」とにっこり笑っていたけれど。

「とてもロゼと同じ貴族とは、いや、血を分けた姉妹とも思えないよな。貴族なんてみんなあんなもんなのかもしんないけどさ。ロゼがああだったから、後から来たリリアナ様がアレで、最初はみんな相当驚いてたぜ」

「私のほうが貴族としては珍しい部類よ」

「そりゃそうかもな。令嬢がスカートたくし上げて野原を駆け回ってた衝撃もすごかったぜ。そんなロゼも、いまじゃすっかり立派なお貴族様だな」

「中身はあの頃のまま、なにも変わってないけどね」

肩をすくめてそう言うと、アンガスは弾けるように笑った。

「ああ、そうみたいだな。あんまり綺麗になってるからびっくりしたけど、話してちょっと安心した。サナもみんなもロゼに会いたいって言ってるし、たまにはゆっくり帰ってこいよな」

「そうね。お姉様のことも放ってはおけないし」

最近はなにも報告は聞いていないけれど、またこっそりなにかやらかしているかもしれない。

「そういえばさ、思い出したんだけど」

「なに？」

ちょいちょい、と手招きされて近づくと、アンガスは肩を組み、私の耳元に顔を近づけた。

「ちょっと小耳に挟んだ話なんだけどよ、アルナンさんのところにさ、この間――」

アンガスがなにかを言いかけた時、店のほうからドアベルがカランと鳴って来客を知らせた。

そういえばユアン様を待たせたままだった。

「ごめん、アンガス。また今度ゆっくり」

「おう、商品はここに置いとくな」

店に戻ると、男がキョロキョロと店の中を見回していた。身なりは貴族のようだが、どこか垢《あか》ぬけない。髪は無理矢理撫《な》でつけたように横分けにされている。

「いらっしゃいませ」

声をかけると男はびくりと肩を揺らし、はっと振り返った。途端に驚いたように目が見開かれる。

「ロゼ様……⁉」

思わずというように呟《つぶや》き、男はさらに挙動不審にあたふたとうろたえた。

見覚えはないが、私やアンガスと同じくらいの年頃だろうか。

不意に目の前が暗くなって見上げると、私を守るかのようにユアン様の高い背が眼前に立ちはだかっていた。

「お買い物ですか？　それともなにかご用が？」

「あ、いやオレは、ちょっと、あの――」

思わず眉間に皺《しわ》が寄る。どうにも貴族っぽい話し方ではない。身なりのちぐはぐ感からしても、貴族を装っているように見える。だとしたら、なぜ？

男はしばしまごついていたものの、なにかを諦めたようにぺこりと頭を下げると、「失礼しました！」と勢いよく店から飛び出してしまった。去っていく男の姿を、用心するように窓から眺めながら、ユアン様が半分だけ振り返る。

ろう。


「知り合い？」

「いえ、それが見覚えがなくて……」

「ふうん。なんとも気にかかるね」

男は私のことを知っていた。おそらくここが私の店だということも知っていたのだろう。


「いまの男、どこかで見たような……」

思い出すようにぽつりと呟《つぶや》く声が聞こえて、振り返る。アンガスだ。

「だとしたら、トルハインツの人なのかしら？」

「そうだと思うけど。でも、なんでロゼの顔を見て逃げたりしたんだろうな」

そう。そこが気になるのだ。とてもロクな用事とは思えない。

「しばらく身の回りには気をつけたほうがいいかもしれないね」

隣に立ったユアン様を見上げて返事をしようとしたところ、「ええ!? ユアン様!?」

とアンガスの声がひっくり返った。

あっちでもこっちでも、人の顔を見てそんなに驚かないでほしい。

というか、なぜアンガスがユアン様のことを？

「アンガス、ユアン様を知っているの？」

「いやロゼ、知ってるもなんも……」

「やあ。ロゼの友人かな？」

「は、はい！　今日はたまたま納品に来てて――」

「そうか。それはご苦労様だったね」

そう声をかけたユアン様に、アンガスはなぜか頬を引き攣《つ》らせた。

「いやあ、あの、えっと。じゃあ、オレはこれで。ロゼ、またな、体には気をつけて頑張れよ！」

「え？　アンガス？」

「じゃあな！」

そう言って雑に手を振ると、アンガスはそそくさと裏口から出ていってしまった。

結局聞けずじまいだ。私はユアン様のほうにくるりと振り返る。

私の位置からはユアン様がどんな顔をしていたのか見えなかったけれど。

「ユアン様。なにか圧をかけました？」

「いや？　私はただロゼの友人なら仲良くしなければと愛想笑いを浮かべていただけだよ」

自分で愛想笑いと言い切ってしまうところが潔《いさぎよ》い。

「だけどどうにも本心が滲《にじ》み出てしまったようだ。ごめんね？　積もる話もあっただろうに」

そう言われて思い出した。

「そういえば、アンガスがアルナンさんのところにどうとか言いかけていたような……」

「ああ、なんだかやけに親しげだったね」

にこにこ。

ユアン様は確かに笑っているのに、なんだか目が笑っていない。

「怒ってます……？　というよりも、見ていたんですか？」

あまりに久しぶりの再会だったから、子どもの頃の感覚で接してしまった。

確かに貴族の令嬢としては迂闊《うかつ》だったと思う。見られたのがユアン様でまだよかった――と言えるのかどうかわからないけど。

「声と空気でわかるよ。幼馴染というのは勝てないところがあるよね。私にも彼に対するみたいに、もっと気楽に話してくれたらいいのに。妬《や》いてしまうね」

「いえ、アンガスにはサナという恋人がいますし、本当にただの友人ですよ！」

「いまは、だろう？　本当にロゼは人たらしだなあ」

「ですからこれまで誰かに好かれるとか、そんなことはありませんでしたから。ユアン様が初めてですよ、私に、その……」

恥ずかしくて言えないけども。

私がごにょごにょと言葉を濁《にご》していると、ユアン様はにこっと微笑んだ。

「そう？　ならよかった。これからも他人に記録と記憶を塗り替えられることがないように、数を重ねておこうかなあ。ロゼ、好きだよ」

「いえ、あの……」

もうお腹いっぱいだ。

顔を真っ赤にしながら返事に苦慮《くりょ》していると、ユアン様はその笑みを妖艶《ようえん》なものに変えた。

「私にこれ以上攻め込まれたくなかったら、気をつけたほうがいいよ。嫉妬《しっと》してしまうと、どうにも遠慮《えんりょ》してあげられなくなってしまうから」

遠慮《えんりょ》……してくれていたのだろうか。

これまでだっていっぱいいっぱいだったのに、遠慮《えんりょ》がなくなったらどうなってしまうのだろう。

赤くなるやら青ざめるやら、平常心を必死に取り戻そうとする私にユアン様はふっと笑い、それから気がかりそうに窓を振り返った。

「それと、もう一つ気をつけなければね。さっきの男の目的がなんだったのか、せめて正体がわかるまでロゼはこの店に来ないほうがいい。もし用事があるなら私が一緒に来るし、店にもうちの人間を何人かつけておこう」

「え⁉ いえ、そんなことまでしていただくわけには。大丈夫です、こちらでなんとかしますから」

「うん。ロゼは一人でもなんとかしてしまうだろうね。だけど私にも心配させてほしい」

まっすぐにそう言われてしまうと、断ることができない。

「……わかりました。ありがとうございます」

「リンゼンハイム伯爵がいないからと言って、なんでも自分でしなければと気負うことはない。ロゼはもう少し人に頼っていいんだよ。なにより、荒事に首を突っ込んでほしくはない」

だが実際に私は一人だ。これまでだって、ちゃんとやってきた。

なのに、なぜだか心配されるのを心地いいと思ってしまう。

そんなのは初めてだった。

「これからは私を頼ってもらえるように頑張るよ」

そう言って笑みを向けたユアン様に、私はもう「必要ありません」なんてその手を払いのけることはできなかった。

お店を出て馬車の前に立つと、ユアン様が私に手を差し伸べてくれた。

私はその手を取りながら、どぎまぎする心をごまかすように、はす向かいの建物に目をやった。

「あ。あの通りにある店のスイーツがとても美味《おい》しかったのですが、先日閉店してしまいまして。ご紹介できず残念です」

「それは惜しかったな。移転ならよかったのに」

「それが店主ご夫妻ともに老齢で立ち仕事が辛く、跡継ぎもいないそうで」

「一緒に食べてみたかったたね」

「はい……、でも、跡地にできるお店も美味《おい》しいかもしれませんし、またどこかオススメを見つけたらご紹介いたします」

帰らなければならないのが、寂しい。

ユアン様と一緒に、美味《おい》しいものを食べたい。他愛もない話をしながら、のんびりと時を過ごせたらいいのに。

心の底からそんな思いが湧いていた。

そんな風に思った人は、これまでにいない。子どもの頃にもっと遊んでいたかったと思うのとは、似ているようで全然違う。

ルーシェとしてユアン様と話していた時の名残惜《なごり》しさとも少し違う。

胸の底がちりちりと焼けるような、寂しいような、焦りのようなものが湧いてきて、胸が締めつけられる。

わかっていた気はする。

きちんと向き合えば自分がどうなってしまうのか。

だからこそ避けていたのかもしれない。

怖かったのだ。好きになってしまうのが。ずっと一緒にいたいと思ってしまうことが。

だって、ユアン様は騎士だから。

それだけじゃない。私の体質のことも話さずに結婚なんてできない。

けれど話したら？

実の父親にさえあのような目を向けられたのだ。

ユアン様なら受け入れてくれるかもしれない。そう思ってこれまでも何度も話してみようかと思ったけれど、その度に喉が詰まったようになって、話せなくなった。

大事な人だからこそ、葛藤《かっとう》が膨《ふく》らんでいく。

こうなることがわかっていたから、私はあの時断ろうとしたのかもしれない。

考えることから逃げたのかもしれない。

エリーゼ様の言葉を思い出す。

私にとって本当に大事なものとはなにか。

それがわかっているから葛藤《かっとう》している——そう思っていたけれど、確かに私は見落としていたのだ。


翌日現れたユアン様は、意外な人物を伴《ともな》っていた。

「ロゼ様、突然お邪魔してしまい申し訳ありません。困っていたところをユアン様が助けてくださったのです」

ユアン様の後ろからひょこっと顔を出し、まったく申し訳ないなんて思っていなそうな顔でにこりと微笑んだのは、あのメイシーだ。

彼女が我が家に来ること自体はなんら珍しくない。

だがまさかユアン様と一緒に来るとは考えもしなかった。

……背中に痒《かゆ》みを感じる。

ここ数日ユアン様のことを考えてばかりいた上にメイシーの急襲を受けたためだろうか。

まだしばらく姿は変わりはしないだろうけれど、正直やってくれたな、と思う。

「馬車が壊れたから乗せてくれというので、城の馬車を呼んで乗せてさしあげたまでのこと。ロゼとは特に約束はしていないそうだし、私が先にロゼと話をしてもかまわないかな？」

「は、はい、どうぞ」

にっこりと笑みを向けたユアン様に、メイシーは慌てて頷いた。

執事がメイシーを応接室に案内しようと動き出すのを見届けてから、ユアン様は私のもとへ歩み寄る。

「ロゼ、あれからおかしなことはなかった？」

「はい、特には」

「ならよかった。それではピクニックの次はスイーツを食べに行くのはどうだろう」

「はい。私も甘いものは好きですので、ぜひ」

「よかった。一人では店に入りにくくてね」

そう微笑んだユアン様に、どぎまぎしてしまう。

けれど次の約束を楽しみに思う気持ちと一緒に、これでいいのかという気持ちも湧いてくる。

そんな中、不意に「ロゼ様」と高い声に呼びかけられた。

執事とともに応接室へ向かっていたはずのメイシーが、なぜか引き返してユアン様の隣に並ぶ。まるで自分も会話に加わるのが当然だというように。

執事がわたわたと慌てるのを後目《しりめ》に、メイシーは胸の前で手の指を組み合わせ、上目遣いに非難するように私を見た。

「ユアン様がロゼ様に求婚なさったという噂は本当だったのですね。ひどいわ、ロゼ様。なぜ教えてくれなかったのですか？」

本気で怒っているのではない、「プンプン、ひどいですわ！」の顔。早くもうんざりだ。

「あなたに教える必要がどこにあるのかしら。あなたはもうロガート伯爵に認めてもらえて、すでにジョセフと婚約したと聞いているわ。それなのにまだ性懲《しょうこ》りもなく人のものを奪おうと狙っているの？　キリがないわね」

これまではなにをされるかわからないから、当たり障りない対応を心がけていたけれど、もうその必要もない。

そもそもいまはメイシーにかまっている場合ではない。私は私のことでいっぱいいっぱいなのだ。ユアン様と話をしようとあれこれ考えていたところなのだから、早く帰ってほしい。

「奪うだなんて、そんな……！　好きになってしまうのは仕方がないことなのに……」

「あなたも婚約したのだから、いつか同じ立場になることがあるかもしれないわね。その時に同じことを言われて許せるのかしら」

その場面を少々見てみたいが、簡単に想像がつく。そして絶対に関わりたくはない。

「そんな、ひどいです！」

「ひどい、って。いまもわざわざ他の男性と一緒にいようとしているあなたが言うこと？」

「今日はたまたまお城に用があっただけですわ。それに、ジョセフ様は最近ため息ばかりで、一緒にいるのがつまら……辛いんですもの。だから久しぶりにロゼ様と楽しくお話ができたらいいなと思ったのです」

「私には『あんな暗い顔ばかりさせて、ジョセフ様がかわいそう！』と言っていたように思うけど。彼は愛するあなたと一緒にいても陰鬱《いんうつ》な顔をしているの？」

「いいえ、私との婚約が決まってとっても喜んでくれましたわ！　ただ、最近はなんだか将来を憂《うれ》えているような、そんな感じで」

まあ、それはそうだろう。ジョセフもやっと現実が見えてきたに違いない。今度こそ幸せになるって言っていいのではないかしら。

「それならメイシーが明るくさせてあげたらいいのではないの」

「ロゼ様、どうしてそんなことばかりおっしゃるんですか！　さっきから私の言ったことのあげ足を取るみたいに……！」

いや、あげ足もなにも、そのまんまだと思うのだけれど。

メイシーは極限まで見開いた目をうるうると潤《うる》ませ、私を見上げた。

「これまで親しくしてくれていたのに。親しい男性ができた途端に態度を変えるだなんて」

「言葉を選んで伝えても伝わらないからでしょう。あなたは一方的に搾取《さくしゅ》する関係を友達と呼びたいのかもしれないけれど、私は違うわ。自分の話を聞きもしない相手と友情が成り立つとは思わない」

「そんな……！　やっぱりロゼ様はジョセフ様が心変わりされてしまったことをまだお怒りになっているのですね。お二人はずっと婚約者として支え合っていらしたんだもの、邪魔をするかたちになってしまった私に怒りが向くのも当然ですわ」

先日は『ロゼ様はなんとかジョセフ様の心を得ようとなさっていました』なんて言い広めていたのに、今度はずっと支え合っていた、とは。

ユアン様に私とジョセフがいい仲だと思わせたいのだろう。

そんなくだらない策略に付き合わせるために、わざわざ割って入ったというのか。

約束を取り付けて訪ねた人を差し置いて自分が話し出すなんて、普通ならば激昂《げっこう》されてもおかしくない。けれどユアン様を見ると、案の定、私を見て口角が上がっている。

完璧な淑女の仮面なんてすっかりどこかに置き忘れている私を楽しんでいるのだ。

メイシーなどいなくても、ユアン様と対する時の私はもう仮面など被っていない。自然に剥《は》がれ落ちてしまった。

もっと正確に言うと、被ろうと思ってももう無理だった。

ユアン様がこの場を楽しんでくれているのなら、先にさっさとメイシーを片づけてしまおう。

落ち着いてきちんとユアン様と向き合いたいから。

「メイシー。何度も同じことを話すのは不毛だから今度こそ覚えて帰って。私はジョセフに特別な想いを抱いたことはないし、婚約解消のことで怒ってもいないわ。それから、たまに義務的に会いに来ていただけの人と支え合えるわけもない」

「ジョセフ様の心が離れてしまったことが悔しくて、そんな風におっしゃるのね……。ロゼ様をこんな風に変えてしまったのは、私だわ。ですから私、責任を取ってジョセフ様とは別れます！」

そう言って、メイシーはわっと泣き伏した。

圧巻の名優ぶりに、ユアン様の肩がぷるぷると震えだす。

きっと、ルーシェから聞いていた噂のメイシー劇場を目の当《ま》たりにして、面白くて仕方がないのだろう。

腕を組んでいるのは、腹を抱えて頽《くずお》れる寸前だから。若干目を逸《そ》らしているのは、直視すると吹き出してしまうからだ。

そうして必死に内なる激情《わらい》と闘っている様子のユアン様も、どこまでこらえられるかわからない。早く片をつけなければユアン様の腹筋が崩壊しかねない。

「そんなことは一切望んでいないとはっきり伝えておくわ。それとメイシー。男爵家から抜け出したいなら、もうその目的は果たせるでしょう。いま手にしているものを大事にして、幸せになって」

「いいえ！　このままではジョセフ様もロゼ様も幸せになれないとわかっているのに、このままでいるなんてできません！　私が身を引いて、新しい恋を探せばいいのです」

「家と家との約束を破棄させた後なのに、いまさら？　引き際がおかしくない？」

思わず素直な感想が出てしまった。

まあ、メイシーの意思がどんなにブレようとも、もう彼女たちの婚約は結婚まで突き進むしかないのだけれど。すでに個人の問題ではなくなっている。もはや家と家の問題でもない。

婚約が決まったばかりで薔薇色の日々なはずのジョセフがため息ばかりということは、今後自分がどうなるのか知っているのだろう。

ただ、それを知れば騒ぐだろうメイシーにはやはり誰も知らせていないようだ。だからこそ彼女はまだ高みを目指し、こうしてユアン様をヒーローとして舞台に巻き込まんと必死にヒロインを演じ続けているのだ。

「そうですわ……私は自分の想いを優先し、あやまちをおかしてしまったのです。それをいま、正さなければなりません。ロゼ様を犠牲にはできませんもの……！」

最後の一言だけは悲劇のヒロインっぽく聞こえるが、前半がただの事実だからやっぱりいまさら感が拭えない。

少々イラっとしたせいか、腕が痒《かゆ》くなってそっとさする。

メイシーは反応を確かめるようにちらりと目を上げた。そこには片手で口元を覆うユアン様が映ったことだろう。

彼女にはこの悲劇に同情しているように見えたかもしれない。

まさか必死に笑いをこらえているのだとは思うまい。

ユアン様はなにかをリセットしようとするかのように、何度も咳払いをした。

それからにっこりと笑みを浮かべる。

「二人の婚約は社交界にとってもセンセーショナルなニュースだったからね。微力ながら、我が公爵家も後押しさせてもらっているよ。他にもたくさん祝福の声を聞いているし、きっと手続きは滞りなく進められることだろう。なにがあっても、ね」

ユアン様の目が、ちらりと私を見る。

どうやら私の企《たくら》みなど、すでに筒抜けなようだ。

「ということで、もう用は済んだようだし帰ってもらっていいかな？　私もロゼと話したいからね」

「でも私、ロゼ様のことでユアン様にもお話ししておかなければならないことがありますの。きっとユアン様はご存じないかと思いますけれど――」

気を引くように言おうとしたメイシーに、ユアン様は笑顔のまま『不要』と示すようにぱっと手のひらを向けた。

「なにも話す必要はないよ。ロゼのことはロゼから聞くし、先ほども言った通り、私はロゼと話したいんだ。あなたとではない」

きっぱりと言い切ったユアン様に、メイシーが一瞬たじろいだのがわかった。

しかしさすがのメイシーは回復が早い。

「でも、ロゼ様はいつも本当のことをおっしゃいませんもの。先ほどだって、ずっと私を友達だと言っておきながら急に手のひらを返すようなことを」

「もしロゼが本音を隠しているのだとしたら、言ってもらえるように誠実に向き合っていかねばならない。それだけの話で、それは私がすべきことだ。あなたが失敗したからと言って口を挟むことではない」

その言葉にどきりとした。

けれど笑みを消したユアン様への戸惑いはメイシーのほうが大きかったようで、彼女は初めて頬を強張《こわば》らせた。

皮肉な笑み、優しい笑み、いろんな感情を笑みに乗せていたユアン様が、ただ冷たい目でメイシーを見下ろしている。

「ましてやわざわざ城で私を待ち伏せして馬車が壊れたふりをして厚顔にも目的地は同じだから同乗させてほしいなどと無理矢理押しかけ私とロゼの時間を奪ってまで言うよ

うなことでもない」

「――!!」

澱《よど》みなく一気に言い切ったユアン様の怒りのほどがわかる。

それとは対照的に、メイシーはさっと顔を青ざめさせ、おろおろと目を泳がせた。

ユアン様の声はやまない。

「それから。毎日屋敷の近くで待ち伏せするのもやめてほしい。馬車の前に飛び出してきて転ぶのはあなたの命に関わるだけでなく、我が家の評判にも関わる」

「メイシー……！　あなた、そんなことまで」

どうやらメイシーはいつものように様々な手で『出会い』を画策していたものの、全部バレバレだったようだ。これは恥ずかしい。

運命的な出会いどころか、まとわりついた上にそんなことをすればどうなるかなど少し考えればわかるだろうに。

「もし傷物にでもなれば私が責任をとってあなたと結婚せざるを得なくなると思っているのであれば、考え直したほうがいい。私は贖罪《しょくざい》のために意に染まぬ結婚をするくらいなら、騎士団長の任を下り公爵家を出ることでそれに代える」

「――!?　い、いいえ、そんなつもりなんて、ただ私は偶然――」

「偶然？　――毎日？」

短く問い返されると、メイシーはぐっと唇を引き結んだ。

ユアン様の声も口調も、いつもより硬くて端的だった。怒りがありありと伝わってくる。

「でも、だって、こんな話はおかしいですもの！　いつもロゼ様ばっかり！　ユアン様はご存じないのでしょうけれど、ロゼ様は遠い領地で幼少時を過ごされていたのですよ？　野蛮ですし、それだって姉のリリアナ様に意地悪をして屋敷を追い出されたからなのに」

「ロゼから本当のことを聞かせてもらえていないほど親しくない間柄なのかな？　それとも聞いていても噂のほうを真実だと捉えたのか。どちらだろうとそのような人にロゼのことを語ってほしくはない。話は終わりでいいかな？」

きっぱりとした声に話を遮《さえぎ》られ、メイシーはうろたえると潤《うる》んだ瞳からぽろりと涙をこぼした。

「違うのです。私は本当に、ユアン様が騙《だま》されているのではないかと心配で――」

「どんなに涙を見せようと、私があなたに目を向けることはない。ロゼのことで常に頭がいっぱいで、そんな隙間など微塵《みじん》も存在しないからね」

メイシーはぎゅっと奥歯を噛みしめるようにして、悲しげに目を伏せた。

「ユアン様もロゼ様から私のことを聞いたのですね？　みんなそうやってロゼ様に騙《だま》されて、私の話に聞く耳を持ってくださらないんだわ」

「ロゼにとって取るに足らない人の評判を、わざわざ貶《おとし》める必要がどこにあるんだろうね。それに、周囲がどうだろうが関係ない。ただ一度ロゼを見たら、目が離せなくなってしまっただけだよ」

ユアン様、そんな殺し文句――！

顔を赤らめている場合ではないのに耳まで熱い。

それでもメイシーは「でも――！」と言い募《つの》ろうとし、すぐにピタリと言葉を止める。

さすがの彼女でも、ピリッとした怒気がユアン様から放たれているのがわかったようだ。

「メイシー＝ソフィアス男爵令嬢。これ以上あなたに無意味な時間を使いたくない」

ユアン様の冷たい声に、メイシーはびくりと肩を揺らした。

それから目を忙《せわ》しなく泳がせると、くるりと踵《きびす》を返し、駆け去っていく。

「そうそう。二人が未来永劫あの島で仲良く暮らしていけるよう祈っているよ――って、もう聞こえていないかな？」

「ユアン様……その件、ご存じだったのですね」

「ロゼもひどいね。そんな楽しい企《たくら》みがあるなら、私にも声をかけてくれたらよかったのに。公爵家の推薦状があればなお確固たるものにできるだろう？」

「人を陥《おとしい》れるような企《たくら》みに、ユアン様を巻き込みたくなかったのです」

「『社交界の人々を救う企《たくら》み』だろう？　未婚の令嬢たちはみんな喜んでいるのだから」

「そうですけど……」

確かに、メイシーに恋人を取られたリーナ様の喜びようといったらなかった。

令嬢らしくもなく『ざまぁ！』と笑った後にそっと扇《おうぎ》で口元を隠していたけれど、被害に遭った令嬢や、次は自分の番かと警戒していた令嬢たちはみんな協力してくれた。

そこにユアン様の一声があればもちろん大きな力になる。

「どうせ私はロゼのことには自ら首を突っ込むのだから、遠慮《えんりょ》せず甘えればいいんだよ。そのほうが私を喜ばせることもできて一石二鳥だろう？」

そんな風に言われて、「はい」と答えながら思わず笑ってしまった。

ユアン様は少し驚いたように目を見開き、それからえも言われぬ美しい笑みを浮かべる。

「やっと笑ってくれたね」

それは、思わず見惚《みと》れてしまうくらい、底抜けに嬉しそうな笑みだった。

胸が鳴る。これまでに聞いたことのない音が響いて。

どんなに逃げても、やっぱりここに辿り着くのだと思い知った気がする。

私にとって本当に大事なものはなにか。

エリーゼ様が言っていたことがなんなのか、確かに私はわかっていなかったのだと思う。

「ユアン様。お茶を飲んでいかれませんか？」

覚悟を決めて、そう誘う。

いつもの社交辞令ではない。

「では、お言葉に甘えて」

それがわかったのかどうか、いつもなら話をするだけで帰ってしまうユアン様が、初めて応じてくれた。

そうなると、急に緊張が湧いてきて、痒《かゆ》みがいっそう強くなる。

話している途中に姿が変わってしまうかもしれない。逆に明日まで変わらないかもしれない。

わからないけれど、私はこの後話すことを変えるつもりはなかった。

ティールームに移動し、席につくと、ユアン様はくつくつと笑い出した。

「彼女とは先日の舞踏会で少しだけ話したけれど、今日は本領発揮という感じだったね。面白さよりも腹立ちが勝ってしまった人は久しぶりだよ」

楽しそうなユアン様に、私もつられて笑う。

「支離滅裂《しりめつれつ》でしたね」

「ロゼはいままであんな人間台風とよく付き合ってこられたものだよ。心から尊敬する」

「無心ですよ。下手なことをするとなにをされるかわからないので心を殺して耐えていましたが、最後に言いたいことを言えてスッキリしました」

言ってから、温かな湯気の立つカップを見下ろした。

「あの。私を信じてくださって、ありがとうございました。――嬉しかったです」

そう告げてそっとユアン様を見上げると、そこには優しい笑みがあった。

「好きな人のことを信じずに、誰を信じるというの？」

その言葉に、ずっと気になっていた疑問が浮かぶ。

「私のことを好きだとおっしゃいましたけど、その、一体いつから……だったのですか？」

「一目惚れというわけではないよ。初めて出会った時は、とにかく衝撃だった」

「私、ユアン様になにかしました？」

王都に来てからは大人しくしていたはずだけど、衝撃というほどのことがあっただろうか。

「貴族の令嬢が町の子どもたちと一緒に裸足で野原を駆け回っているのなんて、初めて見たから。令嬢が山登りに木登りまでできるとも思わなかった」

「――それ、トルハインツでのことですよね？　ユアン様もいらしたことがあるのですか？」

「幼い頃に縁があってね、いまでも年に数回滞在しているんだ」

知らなかった。まさか当時の私を知る人が王都にいたとは。しかもそれがユアン様とは。

「そうだったのですね……。でしたら、私は年中キュロットを穿《は》いていましたし、まずその見た目に驚きましたよね？」

この国では貴族の女性がキュロットを穿《は》くのは乗馬の時くらいだ。けれどトルハインツにいた頃の私に社交なんてものは必要なかったから、動きやすさのほうが重要だった。

「そうだね。そういう、外聞《がいぶん》なんてものよりも合理性を選び、楽しそうに走り回るロゼの姿は、凝《こ》り固まっていた私の考えを突き破ってくれたんだ」

カップから立ち上る湯気を見つめていたユアン様は、まっすぐに私を見た。

「私は公爵家に生まれ、常に貴族らしくあることを求められてきた。けれどロゼは傍目《はため》から見れば苦境と言える環境に身を置きながら、いつも明るく輝き、自由に振る舞っていた。だけど誰にも迷惑はかけていない。貴族でもこんな生き方ができるんだなと思った。自分をがんじがらめにして生きねばならなかった私には、それは救いだった」

そんな大袈裟《おおげさ》な、と思ったけれど、笑みを浮かべるユアン様の目はことのほか真剣で。

「――私はただ、ひねくれていただけです。どうせ真面目にやっても評価されるわけではないのなら、思うままに生きてやろうと、外聞《がいぶん》をかなぐり捨てて遊び回っていただけなのです」

だから王都で『元野生児』と揶揄《やゆ》されても「確かに」と思うだけだった。

別に私は高尚な人間ではない。

ユアン様もエリーゼ様も私を真面目だと言ってくれるけれど、貴族の娘として正しい行動は、領地に一人追いやられてもめげずに勉強を続けて信用を取り戻し、両親に王都へ戻らせてほしいと願い出ることだろう。

「そこが面白いんじゃないか。そしてそれはロゼの強さだ。『貴族とはこうあるべき』

という考えに縛られた私には、考えつかないことだった。どこにいても、なにをされても、潰されずに自分の思う道を進んでいく。それは誰にでもできることではないよ」

「ユアン様は……公爵家に生まれたことで苦しんでいらしたのですね」

「その頃まではね。いまもそう見える？」

そう問われて、きっぱりと答えてしまった。

「いいえ」

ユアン様は楽しそうに声を上げて笑った。

「そうだろう？　ロゼと出会ってから、私は正直に生きることにしたんだよ。おかげで鬱屈《うっくつ》としたものを溜め込まなくなった。そうしたら、生きることがとても楽になった。いまはどんなことでも楽しいと思える。だから笑ってばかりいるんだろうね」

なるほど。そうしていまのユアン様になったのか。

笑いながら正直にズバズバとなんでも言ってしまう。それゆえに腹黒だなんて誤解されることも多いけれど、いまのユアン様はそんな評判すらも楽しんでいそうな節がある。

なんだか納得するとともに、そのきっかけになったのが私だと聞くと、面映《おもは》ゆいものを感じた。

それをごまかすように他のことを考えようとして、ふと気になって尋ねる。

「ユアン様は、なぜトルハインツにいらしていたのですか？　近くにお知り合いでもいらっしゃるとか？」

「やっぱり覚えていないかぁ。ここまで話せば思い出してくれるかなって思ったんだけれど。──剣の師匠のところで、稽古《けいこ》をつけてもらっていたんだよ」

その言葉に、私は束の間動きを止めた。

「剣の……？　私も一時期習っていました。習っていたというか、綺麗なおにいさんが剣を振っているのがすごく格好よくて、憧れて、真似をしていたくらいなのですけれど」

「それだよ。それが私」

「え──」

「赤い月のような髪も、暮れかけた空のように透き通った瞳も、ロゼは変わっていない。だから社交界に出てくるようになって、すぐにわかったよ」

そう私の髪と瞳を似合っていると言ってくれたのは──

「あの綺麗なおにいさんが、ユアン様だったのですか⁉」

「思い出してくれた？」

片手で頬杖をつき、にっこりと微笑まれると、急速に記憶がよみがえる。

あのおにいさんも綺麗な金髪で、切れ長の紺色の瞳だった。だけど短髪だったせいもあってか、いまとは印象がかなり違う。優しい笑顔はなんとなく覚えているけれど、ズバズバものを言ったり、いつも笑顔でいたりというわけではなかった気がする。

「五年も経っているし、覚えていなくても無理はないよ」

「いえ、あまりに印象が違うので」

けれど、確かに無意識に記憶が引っかかっていたのだと思う。

ユアン様とパーティで会った時に剣が懐かしくなったのだって、ユアン様が騎士団だったからというだけではなかったのだと思う。これまでだって騎士団の人と関わることはあったけれど、修練場まで行こうとは思わなかったのだから。

「一緒に稽古《けいこ》をしていたのは、ロゼが王都に戻る少し前のことだったから、バタバタしていて記憶に紛れてしまったんだろうね」

そう苦笑したユアン様に、私は思わずがたりと椅子から立ち上がった。

「そんなことは――。ユアン様、少しだけこちらでお待ちください」

そう言い置いて、私は急いでティールームを出た。

それから自室のクローゼットを開けると、それを手に掴んですぐさま踵《きびす》を返す。

再びティールームの扉を開けると、ユアン様が驚いたように振り返った。

「それは……」

「剣の先生に稽古《けいこ》を断られた私に、もう体に合わなくて使えないからと言っておにいさんが――ユアン様がくれた木剣です」

「そうだったね。とんでもないお嬢様がやってきたと師匠が戸惑っていたことを覚えているよ」

　ユアン様が思い出したように笑う。

　私は木剣をぎゅっと胸に抱きしめた。

「ユアン様の言葉は、私の中に強く残っていました。だから本質ではないところでくるりくるりと私の評価が変わっても、私は私を見失わずにいられました。木剣も、言葉も――私を理解してくれた人がいたということも、ずっと宝物で、大事にしていました。また会いたいと、ずっと思っていたのです」

　幼い頃の私には、まだ恋も愛もわからなかった。

　けれど私にその言葉がとても響いたのは、あのおにいさんを慕《した》う気持ちがあったからだと思う。その言葉をずっと大事にしていたのも。

　それなのに顔も名前も忘れてしまったのは、もう会えないと思うのが辛かったからなのかもしれない。

未練を残しては、前に進めないから。だから記憶を切り離してしまったのかもしれない。

ただ、大切な言葉だけを胸にしまって。

「そう。私もロゼになにかを残せていたのならよかった」

ユアン様と、じっと見つめ合う。

こんなことがあるなんて。

時を経ても、それぞれに変わっていっても、結局私はユアン様を――

「私にとってロゼは忘れるに忘れられない存在だった。だから社交界で見かけるようになって、その時にはすでに婚約者がいたロゼをいつも目で追っていて。完璧な淑女と呼ばれるようになったロゼが不意にイタズラな顔を見せた時、思ったんだ。変わって見えたのは急な環境の変化に適応するため。中身は変わらずあの頃のまま、染まっていない。痛快だった。ずっと見ていたいと思った」

「それはユアン様の言葉があったから――」

「そう言われると嬉しいけれど、ロゼの意思と強さがあってのことだろう？　でもそうして見ているうち、大変な思いをしていることもわかった。支えたいと思った。私も、ロゼといるとそれだけで生きていることが楽しくなる。そんなロゼと一緒に生きていきたいと思うようになったんだ」

ちゃんとユアン様は私を見てくれていたのだ。子どもの頃と同じように、周囲の評価なんかではなく、私自身を。

そのことが嬉しかった。

だからこそ、いつまでも偽ることはできない。

ルーシェの正体も、やっと気がついた本当の気持ちも。

私も、きちんと私の言葉でユアン様に告げなければならない。

「ユアン様。今度は私の話を聞いていただけますか？」

「うん」

静かに笑みを浮かべるユアン様に、私は心を決めた。

「実は私は——ストレスが溜まると、子どもの姿に変わってしまうのです。パーティでお会いした時、ロゼとは名乗れず、とっさに従姉妹《いとこ》のルーシェの名前を騙《かた》りました。ずっと騙《だま》していて、ごめんなさい」

なんとか言い切った私に、ユアン様は口を開いた。

「うん。そんなところかなとは思った」

あっさりと言われて、全身の力が抜けていった。

「やはり――ご存じだったのですね」

安堵《あんど》なのか、脱力なのか、自然と深いため息をつく。

これまでももしかして、と思うことはあった。真実を言い出せずにいる私に『知っているよ』とやんわり伝えようとしてくれていたんじゃないかと思う。だから、やっと勇気を出せたのだ。

やはりエリーゼ様もユアン様も、私より一枚も二枚も上手だ。

真実を見透かしながらも心の準備ができるのを待っていてくれる。そんな姿に、敵わないと思う気持ちとともに湧くのは感謝ばかりだ。

「なんでそうなっているのか、なにがどうなってロゼがルーシェになるのか理屈はさっぱりわからなかったから、確証はなかったけど。ただ、ルーシェのことはどうにもロゼ本人だとしか思えなかった」

「いつ気づいたのですか?」

「あれ? と思ったのは、あのパーティで会った時だね」

ということは、はじめからではないか。ルーシェの姿でパーティに参加したのは、ルーシェとして初めてユアン様と会ったあの時だけだ。

「ロゼに似ているなと思って見ていたら、がむしゃらに甘いものを食べる姿がおかしくてね。それで声をかけたんだけれど、話すうちにやっぱり引っかかった。調べたら確かにロゼにルーシェという従姉妹《いとこ》はいたけれど、別人だった」

「それで気になっていたところに、私が修練場にお邪魔した、と。飛んで火にいる夏の虫だったということですね」

「甘いものを食べるために付き合ってもらっていたのも、話すのが楽しかったからというのも本当だよ。それで話せば話すほどロゼにしか思えないし、かまをかけてみればあっさり引っかかるし」

「……それは、いつですか？　最近のことですよね？」

「いや？　いつと言えるほど覚えていないけど、ずっと前から、何度もだよ」

嘘だ。気づかなかった。

呆然とする私に、ユアン様はくつくつと笑った。

「私も信じられない思いがあったから、何度も確かめるようなことをしてしまってごめんね。しかし『ルーシェ』の時は警戒心も薄いし、思っていることをなんでも話してくれるものだから、それだけ私に気を許してくれていたと思えば嬉しいけれど、他で同じようなことになっていないかと心配になったよ」

「そんなの、ユアン様だけですよ！　子どもの姿の時は決まった方と深く関わることのないようにしていますし。ロゼの姿でもいつの間にか、ユアン様の前では『完璧な淑女』なんて忘れてしまっていました」

なんでも話してしまっていたのは、いまの自分はロゼではないという気安さからだと思っていた。けれどいま思えば、それは相手がユアン様だったからなのだろう。

ユアン様の相槌は楽しくて、ついなんでも話していた。かまをかけられているなんて気づかないほど、話すことに夢中になっていた。

「ごめんなさい。もっと早くに伝えるべきでしたのに……。ユアン様にどう思われるか考えると、怖くなってしまって」

「それは、私を大事に思ってくれているからだろう？」

そう問われて、こくりと頷く。

「私もそうだよ。相手を大事に思うから、失いたくないからこそ、下手なことは言えなかった。珍しく尻込みしてね」

ユアン様までそんな風に思っていたとは、意外だ。

「それに、もし追及なんてしたら『ルーシェ』は二度と会いに来てはくれないような気がしたんだ。婚約者がいる『ロゼ』には表立って会いに行くことができない。ロガート伯爵もロゼのことは手放したがらなくて交渉も難航していた。ルーシェとのお茶の時間はなにものにも代えがたかったし、繋がりを失いたくなかった」

「私もです。なにげない時間でしたが、失ってしまうかもしれないと思ったらとても嫌でした。ユアン様と会えなくなると思うのが、怖かったのです」

「それでも。何度も話そうとしてくれていただろう？」

「……はい」

そこまで気づいてくれていたのか。なぜだろう。涙がじわりと滲《にじ》みそうになって、慌てて下を向く。

「こちらから話を向けてみようと思ったんだけどね。ロゼと会っている時に微妙に匂わせると、すごく複雑そうな顔をしていたから。話せない事情があるのかと思って様子をうかがっていたんだ」

「父に、話した時……信じてもらえなくて。その時のことを思い出してしまって」

「そうか。それは苦しかっただろう」

そんな風に言われては、涙がこぼれ落ちそうになる。

それを隠したくて、私はなんとか話を続けた。

「だから言葉で伝えるだけでなく、実際に姿が変わるところを見てもらわなければと思っていました。でもそんな都合よくお会いできるわけではありませんし、子どもの姿から大人の姿に戻る時だとあられもない姿を見せてしまうことになりますので……」

「意図して姿を変えられるわけではないんだね」

「はい。ストレスが限界を超えると体が痒《かゆ》くなって、勝手に子どもの姿になってしまうのです。しばらく時間が経ってストレスが和《やわ》らぐと、元の姿に戻ります。なんとか制御ができないものかとあれこれ試しましたが、効果はなくて」

ユアン様はなるほどね、と呟《つぶや》いた後、優しく頰を緩《ゆる》ませた。

「そんな大事な秘密を話してくれて、心から嬉しく思うよ、ロゼ。私を信頼してくれたと思っていいのかな？」

「もちろんです。ユアン様のことは、家族よりも誰よりも信頼しています」

そう言って、私は「だから」と続けたものの、なにからどう話せばいいのか、迷ってしまう。

けれど、ゆったりとした笑みを浮かべて私の言葉を待ってくれるユアン様に、私は心を決めて口を開いた。

「私と、結婚してください」

そう告げると、ユアン様の瞳が大きく丸くなり、それから「やっぱり好きだなあ」と声を上げて笑った。

「まさか求婚し返されるとは。しかもこんな唐突に。心臓が止まるかと思った。本当に想像がつかないね」

そう言ってユアン様は瞳を細めて微笑んだ。

唐突すぎたことはわかっている。けれど、言わなくてはと思ったらこれしか言葉が出なかったのだ。本当はもっと、話したいことがあるはずなのに。

「答えてくれてありがとう。けれど、求婚の返事を保留にしていた理由のことは、もういいの？　それを聞かないことにはどうにも喜びきれない」

「――、それは、ユアン様を失ったその先の人生を、一人で生きるのが辛いと思ったからです」

「なるほどね。ルーシェが年上は嫌だと話した時に、そうかなとは思ったけれど。私が騎士団に勤めているからだろう？　最も傷つきやすく、死に近い仕事だから」

「……はい」

ユアン様に求婚された時、ジーク騎士団長の頬に生々しく走っていた刀傷が頭に浮かんだ。ユアン様もそうして傷つくこともあるのだと思うと、怖くなってしまった。

だけど、傷ついてほしくない、死んでほしくないなんて、国のために身を捧げる覚悟を持つ騎士への侮辱《ぶじょく》になると思い、言えなかった。

「私は、戦地に赴《おもむ》くその身を引き留めてしまうと思います。笑顔で送り出せないなんて、騎士の妻にふさわしくありません。足を引っ張ってしまいます」

これまで家族と離れて生きてきたからこそ、ユアン様と家族になれたら、とても楽しいだろう、幸せだろうと夢を見てしまった。そこからまた一人になるなんて、耐えがたいほど寂しい。

好きだから、失うのが怖かった。

「わかっていないな。泣いてすがられたら、絶対に生きて帰ろうと思うんだよ。力になるんだよ。足を引っ張るなんてことはない」

そう語るユアン様の顔は優しくて。

「――そうしてお返事を先延ばしにしておきながら、ユアン様と一緒にいるのはやはり楽しくて、もっと一緒にいたい、別れるのを寂しいと思いました。それでエリーゼ様の言葉の意味がわかったのです」

「ああ……。やはり第四王女ではなくて第二王女のところへ行っていたんだね。それで、なんて言われたの？」

「はい。本当に大事なものはなにか。どう生きたいのか、と聞かれました。エリーゼ様は、失うことばかり恐れて、欲しいものを諦めるなんて私らしくないとおっしゃりたかったのだと思います」

好きな人がいつか死んでしまうからといって、他の人と結婚すれば幸せなのか。

そんなわけはない。

ユアン様がもし他の誰かと結婚してしまったら。

そう考えて初めて、誰にも奪われたくないと思う自分に気がついたのだ。

そうして自分がどれだけ馬鹿なことを考えていたのか思い知った。誰もがいつか死んでしまうからこそ、大事だとわかっているものを大事にしなければ、なんのために生きているかわからない。

メイシーの邪魔が入ったことが、その思いを深める一因となったのは少々癪《しゃく》だけれど。

「エリーゼ様には感謝だね。おかげでロゼから求婚されるなんて、思ってもみないことが起きた」

そう笑ってから、ユアン様はまっすぐに私を見つめた。

「私のこの腕は、なによりも大切な人を守るためにある。もちろん仕事として国民も国も守るけれど、それはロゼの次だ。私はそんな高尚な思いで騎士団に勤めたわけじゃないからね。幻滅したかな？」

「いいえ……幻滅なんて、するわけがありません」

「騎士団に勤める以上危険はあるけれど、その反面、夜盗やら暗殺者に襲われても生き延びる可能性が高い。それに鍛えているから健康でもある。一般の人と比べて、騎士団勤めのほうが長生きしないとは言い難《がた》いんじゃないかな」

「それは、確かに……」

「そもそも騎士団にこだわりもないし、辞めるのは簡単なんだけどね。ロゼはそんなことは望まないだろう？　自分のために辞めさせるくらいなら絶対に結婚なんてしない、とか言いそうだし」

その通りだ。それも言えなかった理由の一つである。

こくりと頷くと、ユアン様は苦笑して、それから表情を改めた。

「人はいつ死ぬかわからない。だけどそれまでの時を、私はロゼとともに過ごしたい。笑って、支え合って、美味《おい》しいものを食べて、限りある時に感謝して生きたい」

「はい――。私も、ユアン様と一緒に生きていきたいです。そばにいたいです」

心から、そう思う。

ユアン様がふっと花がほころぶように笑い、私も同じように笑う。二人の間に、温かなものが流れた気がした。

それがとても心地よい。

これが、私の欲しかったものだ。

ユアン様はほっとしたように肩を下ろすと、テーブルに両手で頬杖をつき、私の顔を覗き込んだ。

「でもよかった。ロゼが自ら答えを出してくれて。私にできるのは想いを伝え続けることと、一緒にいたいと思ってもらえるよう努力することしかないとわかっていても、焦るばかりだったから」

「だから、デートだったのですか？」

「そう。基本だろう？　ロゼがあまりに逃げ腰だから遠慮《えんりょ》していたけれど、それじゃなにも進まないから。嫌われるのも覚悟の上だったよ」

「ユアン様を嫌いになることなんてありません」

そうきっぱりと答えれば、ユアン様は頬杖をついたまま首をかしげてみせた。

「そうかな。ロゼは子どもの頃から追いかけられるのは苦手だっただろう？　追いかけっこでも自ら鬼を買って出ていたね」

なぜ追いかけっこの話？　そんなことまで覚えているのかと驚きながら、頷く。

「はい。追いかけられるとなんというか、怖くて。追いかけるほうが好きでした」

「うん。だから、迫られるのは苦手じゃないかと思って」

「それは――そう、かもしれません」

あまりぐいぐい来られると逃げ腰になってしまうのは確かだ。

その相手がユアン様だと、平常心を保つのが難しいし、慌ててしまうし、どうにもこうにも自分では制御できなくなる。

「じゃあやっぱり、まだしばらくはゆっくりいかないとだめかなあ。キスもだめ？」

「そそそそれは結婚式にするものでは⁉」

「そうか。わかった。じゃあ口にはしない」

そうして立ち上がり、屈《かが》むようにして私の髪をひと房掬《すく》うと、その唇を落とした。

「――！」

「これもダメ？」

「ダメなわけでは……。ただ、その、心の準備が」

「ロゼが嫌なことはしないよ。まあ、ロゼの心の準備なんていつまで待ってもできなそうだけどね」

相変わらずユアン様は、正しく私を見抜いている。

「結婚の許しはもらったけれど、まだロゼから気持ちは聞いていないし」

「好きですよ？」

「それねえ……。まだロゼはそこだろうとは思ったよ」

「え。そこって、どういうことですか？　ちゃんと好きですよ」

家族愛とか、友愛とか、そういうことじゃなく、ユアン様のことは異性として好きだ。

胸がきゅんとしたり、苦しくなったりっていうのは、そういうことだろうし。

「まだまだ全然足りないねえ」

「ええ？」

好きだと思ったらそこでゴールではないのだろうか。

その先とはなんだろう。

「だから。キス以外は遠慮《えんりょ》しないから」

そう言ってユアン様が私の頬に触れた瞬間だった。

どきりと胸が弾み。見えていた視界が一瞬にしてガクリと低い位置へ下がり、ふぁさりと服の脱げ落ちる音が聞こえた。立てかけていた木剣に服がかかり、カランと音を立てて倒れる。

「あ――」

体が縮んだ。

それどころではなかったせいか、痒《かゆ》みがあったことなんてすっかり忘れていた。

体質のことも求婚のことも、話さなければと気負っていたものだらけで、それに——いろいろとあって急激に限界を迎えたのだと思う。

「いきなり申し訳ありません……」

なにを謝ればいいのかわからないけれど、なんとなく申し訳ない。

「ほらね？　そういうことだよねえ……」

呟《つぶや》いたユアン様はふっと笑うと、あらぬほうへ目を向けた。

「長期戦は覚悟の上だけど、これは一筋縄ではいかなそうだ」

「申し訳ありません——」

あまりにいたたまれず、再び謝ることしかできない。

それ以上に、これからの日々を耐えられる気がしなかった。

コンコンと控え目なノックが響いたのはそんな時だった。

続いて執事の遠慮《えんりょ》深げなごくごく小さい声が、ドアの隙間から滑り込む。

「あの、少々よろしいでしょうか」

ユアン様がかまわないというように頷くので、いつもより高い位置にあるドアノブに手をかけて扉を開けると、そこにはありったけの『申し訳ない』を顔に浮かべた執事が立っていた。

「先触れがあったのですが、その、いつ声をおかけすればよろしいかとためらっているうちに時間が過ぎてしまいまして。――申し訳ありません」

顔がさっと青ざめるやら赤らむやら。

聞こえていたのね？　と足元から見上げると、執事はさっとあらぬほうに目をやった。

「……それでこんな時間に、一体どなた？」

「サンティス侯爵家のご長男、ジーク様でございます」

「ジーク騎士団長が？」

屋敷に訪ねてくるなんて初めてのことだ。

戸惑う私の背後……というより頭上で、ユアン様が「危ないところだったなあ」と呟《つぶや》く。

「なにがですか？」

「だって、ロゼは追いかけられると弱いから。ジーク騎士団長にしつこく迫られたら承諾してしまいかねないだろう？　先に結婚の許しをもらえてよかったなって。本当にギリギリだったけど」

そういえば、ジーク騎士団長とは話が途中のまま、あの舞踏会の日から会っていない。

そんな話をしているうちに、玄関から声が聞こえて、執事がはっとする。

「もういらっしゃったようです。いかがいたしましょうか」

「そうね。この格好で出ていくわけにはいかないから、用件をお聞きして今日のところは帰っていただくしかないわ」

「承知いたしました」

執事が一礼し足早に玄関へ向かうのを見届け振り返ると、なぜかユアン様まで歩き出そうとしていた。

「ユアンさま？」

「私が出ていったほうが、話は早く済むと思うよ」

「それではなぜユアンさまがここにいらっしゃるのかという話になってしまうのでは」

「大丈夫だよ、ロゼはそこにいて」

「そんなわけには――！」

「ジーク騎士団長には顔を見せないほうがいい。彼は日頃からストーカーのようにロゼを見ていたから、あまりに似ていると不審に思うかもしれない。私も人のことは言えないけどね」

ええ？　と驚きながら短い足で必死に追いかけるけれど、ユアン様の長い足にはとても追いつけない。あっという間にユアン様は角を曲がり、玄関ホールへ出ていってしまった。

　おろおろと迷った末に廊下の壁からそっと覗き込むと、そこには案の定、ユアン様を前にして驚きに目を丸くするジーク騎士団長の姿があった。

　間に挟まれた執事がどうしたらよいものかと二人の顔を交互に見ているけれど、ユアン様は気にする素振りもなく、つかつかとジーク騎士団長に歩み寄った。

「これはこれはジーク騎士団長。長いお勤めからお帰りですか？」

「……またあなたか。そうだ。やっと王太子殿下の護衛の任を終え、国境の町マールリレより帰還したところだ」

「それは大変でしたね。お疲れでしょうし、日を改めてはいかがですか」

　ジーク騎士団長はユアン様に鋭い目を向ける。

「いや。早急にロゼ嬢と話がしたい。舞踏会ではあれこれと邪魔が入り話せなかったからな」

「残念ながら、一歩間に合わなかったようですよ」

「なに……？」

「ロゼ嬢は私の求婚を受け入れてくれましたので。リンゼンハイム伯爵の許しも得ています」

「そんな……。なんてことだ。やはりあの時、強引にでも話していれば」

そう言いながら、ジーク騎士団長はなにかに気がついたようにはっと表情を変えた。

「もしや――。都合よく急に下ったこの任務は」

「私にそのようなことを命じる権限があるとお思いですか？　そもそもあんな場所で求婚しようというのが間違いです。相手に選択権はないと言っているのと同じですよ。無理矢理籠《かご》の鳥にするつもりですか？　――以前のように」

ジーク騎士団長は「くっ……！」と苦々しげに吐き捨てた。

「今度こそ失敗しないはずだったのだ！　ロゼ嬢のように美しく聡明で慎《つつ》ましやかな女性は二人といない。それに一方的に婚約破棄された身の上ならば、私の気持ちもわかってくれるはず。私にとって、まさに理想の女性だったのだ」

「なるほど。見た目が好みで、大人しそうで、かつ痛みを舐め合えれば、前回の婚約の時のように裏切られはしないだろうと踏んだわけですね」

「そういうことを言っているのではない！」

「相手がどんなに清廉《せいれん》で大人しく優しかろうが、屋敷の中に閉じ込めて一歩も外に出さないようでは、大抵の人は逃げ出したくなりますよ？」

「今度はそんな愛し方はしない。きちんと相手の意思を尊重する。私のもとから逃げ出さないという保証があればな。だからロゼ嬢ならうまくいくと思ったのに」

ジーク騎士団長は頭を抱え、「くっ……！」とうめく。

いや、くっ……！　じゃない。

そんな悔しそうにされても、私なら囲われようとすればするほど全力で逃げ出す。

お互いに言えることだが、やはり人とは表面だけではわからないものだ。

ジーク騎士団長が束縛の人だったとは。

それで逃げられた、というところは否定していないあたり、ある程度自覚もあるようだ。

「懲《こ》りないですね。まあ、次の方にはぜひその反省を活かしてください。では、お帰りはそちらです」

にっこりと笑みを浮かべたユアン様は、睨《にら》むジーク騎士団長をさらりと受け流す。それどころか、その笑みには有無を言わさぬものがあった。

しばらく睨《にら》み合っていたものの、そばでおろおろと行方を見守っていた執事に気がつくと、ジーク騎士団長ははっとして眉間の皺《しわ》を解いた。

それから自らを落ち着けるように大きく息を吐き出すと、執事に向かって表情を改めた。

「突然訪問してしまった上に、騒がせて申し訳なかった。失礼する」

悪い人ではないのだろう。ただ束縛が強すぎるだけで。

ジーク騎士団長が出ていってしまうと、玄関ホールには一気にほっとした空気が流れた。なんとも言えない顔をしている執事を労《ねぎら》うため、そしてユアン様にお礼を言うために出ていくと、ユアン様は「と、いうわけだよ。説明しても信じられなかっただろう?」と肩をすくめた。

「よくわかりました。舞踏会の時も、いまも、助けていただいてありがとうございました。ですが、ユアンさまはなぜあのような話を知っていたのですか?」

「その元婚約者が逃げ出した先、つまり結婚した相手というのが、我が第二騎士団の前団長でね。それで彼女を連れて隣国へ行ってしまったから、急遽《きゅうきょ》私が騎士団長を任されることになったんだ」

まさか、ユアン様が史上最年少で騎士団長となった裏側にそんなことがあったとは。

「そうだったのですね。しかし、あのように怒らせてしまっては、今後ユアンさまが目の敵にされてしまいませんか?」

「大丈夫。彼はあれで根が真面目だから、正式に婚約したとなれば、ちゃんと諦めると思うよ」

ユアン様は屈《かが》み込み、安心させるように私の頭にぽんと手を置いた。

「あの、もう一つ気になったのですが……ジーク騎士団長の任務は、本当に偶然だったのですか？」

膝《ひざ》に頬杖をついたユアン様が返したのは、無言の笑み。

これ以上は聞かないでおこう。

「さて。私も安心して帰るとしようかな。やっとロゼの隣に立つ権利を得られたから、堂々と守ることもできる。人の目を気にせず会うこともできる」

「はい――」

先ほどはもっとこの時間が続けばいいのにと思ったけれど、いまは早く明日がくればいいのにと思っている。

「また明日。おやすみ、ロゼ」

ユアン様は私の手を取ろうとして、それが小さいことに気がついたのか苦笑して手を止めた。代わりに頬をぷにっとつまみ、立ち上がる。

「――おやすみなさい、ユアンさま」

そうして別れた後。ベッドに横になると、心地よい眠気がすぐに襲った。

目まぐるしかった今日という日が、瞼《まぶた》の裏に流れていく。

頭を悩ませていたことにやっと区切りがついたからか、久しぶりにぐっすりと眠った。

メイシーとジョセフの結婚式が執《と》り行われたのは、晴れた日のことだった。

「おめでとう！」

「おめでとうございます！」

祝福の声が飛び交う中、メイシーは花束を胸に抱き、涙を浮かべて微笑んだ。

「皆様、ありがとうございます。しがない男爵家の娘だった私が、こんな幸せを手に入れられるなんて。夢みたいです」

その隣に立つのは、諦めたような顔に無理矢理笑みを乗せたジョセフ。

結婚式を終えた二人は、このまま出立《しゅったつ》する。

行き先はトウォル島。

ジョセフは、国王からトウォル辺境伯としての地位と領地を賜《たまわ》ったのだ。

この国で辺境伯とは栄えある位で、名誉もなにもないリンゼンハイム伯爵家よりも格上だ。

トウォル島はリーンヘイツ国の所領ではあるが、陸地からかなり離れた場所にポツンと浮かぶ島。

そのため、近隣国との関係性において大事な役割を担っている。

だがトウォル辺境伯は世襲制ではない。その地に根付くと、島ごと敵国に寝返ったり、反旗を翻《ひるがえ》したりしやすく、よからぬ企《たくら》みにも気づきにくいからだ。

だからこそ、その人選は重要で、確かな手腕と人格を持った優《すぐ》れた人物が次代の辺境伯として貴族から推薦され、国王の命により決定する。

というのが、表向きの話である。

「これまで一心に努力してきたことを、神は見てくださっていたのだわ」

メイシーはヒロインがハッピーエンドを迎えたかのごとく微笑んで、滲《にじ》む涙を拭ってみせた。

神が見ているかどうか、私は知らない。

けれど、社交界の貴族たちはメイシーの行いをしっかりと見ていた。その人たちの推薦なのだから、もう少しなにか裏があるのではと疑ってもいいのに。

なにも知らずに浮かれているのか、ジョセフの目の下にクマができていることにも気づかない様子だ。

トウォル辺境伯など、体《てい》のいい流刑だということも。

ジョセフはすでに気がついているのだろう。

トゥォルには臣籍降下《しんせきこうか》した前国王の側室の子、つまり現国王の腹違いの弟であるサーネス様がいる。こちらは島流しにあったのではない。現国王と仲が良く、政治的手腕を見込まれたからこそ、トゥォルへ渡ったのだ。

トゥォルは貿易の拠点としても、近隣国の動きを察知するにも重要だ。だが同時に、海から敵国が攻めてきた場合、真っ先に戦火に巻き込まれることになる。

辺境伯となれば捕虜《ほりょ》にされたり、一家そろって惨殺されたり、危機に晒《さら》される可能性が高い。

だから辺境伯として表に立つ人間を用意し、実権を握るサーネス様の隠れ蓑《みの》とするのだ。

敵の情報を多く王宮へ持ち帰れる優秀な人間が生き残るほうが、国にとって有益だから。

私も噂程度には知っていたけれど、リーナ様からメイシーをトゥォル島に封じられないかと相談を受けて実際のところを知った。

先代のトゥォル辺境伯は、リーナ様の伯父だったのだ。名ばかりの辺境伯として、自由になるものはなにもなく、ただ籠《かご》の鳥のように過ごしているのだという。

老齢のため何年も前から代替わりが検討されていたけれど、そんな身分に誰がなりたいと思うだろうか。

一度トウォル島へ渡ってしまえば、王都へは簡単に戻れない。

ただ辺境伯という名ばかりの地位を手に入れても、金銭も自由にならないし、社交界でもてはやされることもない。だって島には社交の場なんてないのだから。

だからみんなが押しつけるようにジョセフを推薦し、ユアン様やエリーゼ様の一押しもあり、やっと決まったのだ。

メイシーの様子では、そんな背景はまったく知らないのだろう。

多くの人は大人になるにつれ、噂話でトウォル辺境伯について耳にしていくが、メイシーは令嬢方と完全に距離ができていたから、そんな話を聞いたこともないのかもしれない。

ジョセフはなんとなくわかっていただろうけれど、ロガート伯爵のあの様子では拒否権など与えられなかったことは難なく想像できる。

二人の両親が私の提案に乗ったのは、今後のためにも家の名誉回復が重要であったからだ。

私の提案というよりも、実際にはリーナ様をはじめとした令嬢方の「メイシーをこの社交界から追放してくださいまし！」という強い要望だったのだけれど。

ジョセフは私と目が合うと、そっとメイシーから離れ、こちらに歩み寄ってきた。

「ロゼ。いろいろとすまなかった」

「いろいろと、というのはどれのことかしら」

「ロゼという婚約者がありながら、メイシーを選んだこと。それから一方的に婚約破棄を突きつけたことだ。メイシーがどんな人間かなど、私はまるでわかっていなかった」

自分で見たい現実を選び、伴侶も己で選んだはずだが、恋と物語に酔っている間は見えていなかったことに、いまさらながら気がついたのだろう。

知らぬまま添い遂げられたら幸せだったかもしれないのに。ご愁傷様である。

「そうね。ジョセフはメイシーを守ってあげなければならないと言っていたけれど、彼女はどこまでも幸せを求める、究極に前向きで行動的な人だと思うわ。その力があれば、きっとどこでもやっていけるはずよ。なにもしない、いつも傍観しているだけのあなたが彼女を守るより、守られることのほうが多いかもしれないわね」

そんな私の言葉に、ジョセフは苦笑した。

「そうだな。今度ばかりは自分で選んだことだし。――どうせ逃げ場もない」

まあ、島だから。

仮に逃げ出してきたとしても、もう社交界に居場所はない。

そんな短い会話をしている時のことだった。

「この度はおめでとうございます。天気にも恵まれ、よい旅立ちの日となりましたね」

突然そんな声が頭上から降ってきて、見上げると笑みを浮かべたユアン様の顔があった。

「ありがとうございます。そうですね……もう出航予定が変わることはないでしょう」

やはり王都を離れがたいのだろう。

苦く笑ったジョセフに、ユアン様は笑ったまま片眉を吊り上げた。

「おや。また心変わりですか？　しかし一度破棄した婚約が元に戻ることはありませんよ」

「それはよくよく身に沁《し》みて存じております。ただ、私がもう少しロゼを受け入れ、向き合っていれば、違った結果になったのだろうかと」

「ああ、残念ながら結果は同じですよ。行き先は変わったかもしれませんが」

「え？」

「どちらにせよ、私がロゼを奪いましたから」

そう言って、ユアン様は私にちらりと目をやり、ふっと笑みを浮かべた。

こんなところでそういうことを言うのはやめてほしい。反応に困る。

「奪うって……」

ジョセフは面食らったようにユアン様をまじまじと見つめた。

「ああ、彼女のようなやり方はしませんよ。きちんと手順を踏みますから。ですからあなたには、ロゼと結婚する未来などはじめから存在しなかったのです。そう思うと、現状を受け入れられるでしょう？　どうぞ、振り返っても仕方がない過去は忘れて、未来を生きてください」

ジョセフには皮肉にしか聞こえなかっただろうけれど、ユアン様なりの餞《はなむけ》の言葉なのだと思う。

そうしてユアン様は「では」とジョセフに背を向けると、私の肩をそっと抱いてその場を離れた。

「ユアン様。人目がありますので」

「だからだよ」

そういってちらりと私に向けた目が、なまめかしくて。

私はユアン様に連れられるまま、群衆の後ろへ下がった。

熱い顔に扇《おうぎ》で必死に風を送りながら。

ユアン様はそんな私をくすくすと笑って眺めながら、風にはためく私のストロベリーブロンドの髪をひと房掴まえる。

直接肌に触れられているわけではないのに、なぜくすぐったいのだろう。

「ユアン様。私で遊んでます？」

「いや？　いつも本気だよ」

「髪……離してください。なんとなく、くすぐったいので」

「髪のひと房くらい、掴まえておいてもいいだろう？　元婚約者殿と話しているところを見たら、どうにも我慢ができなくなった。彼にはずいぶんと砕けた様子だったから」

横目でちらりと見られて、私は戸惑った。

「彼は私が『完璧な淑女』に至る前から知っていますから。それに、二度と会うこともない相手に取り繕《つくろ》う必要もないですし」

「わかってる。ただのつまらない嫉妬《しっと》だよ。ロゼのことになると、こんなことばかりだね」

ジョセフに対して嫉妬《しっと》なんて、そんな必要はまったくないのに。

そうは思うけれど、うまく言葉にならなかった。

それに、なぜだろう。その言葉が嬉しく感じてしまうのは。

ユアン様が手のひらを開くと、さらりと髪が流れて私の背に戻った。

そんな些細《ささい》な感触にすら、どぎまぎしてしまう。

私は髪がはためかないよう、静かに頬へ風を送り続ける。

顔の熱さをごまかすように、私はメイシーのほうへ目を向けた。

人々の間を縫って歩いていく彼女の姿はとても満ち足りて、幸せそうだ。

正直、ジョセフとメイシーを島送りにすることに後ろめたさがないわけではなかった。

リーナ様は「生活に困ることはないのですから、生温《なまぬる》いくらいですわ」と言っていたけれど。

私は面倒をこうむりはしたものの、傷つけられたりはしていないから。

それでも、晴れやかな令嬢たちの顔を見ていると、これでよかったのだと思うことができた。

周囲を俯瞰《ふかん》できるこの位置にこなければ、見えなかったものだ。

私が考えていることなんて、ユアン様にはなにもかも見透かされている気がする。

でもそれが、嫌じゃない。

メイシーは舞台俳優がカーテンコールに応えるように、見送る人々に笑顔を振りまき、港へ向かう馬車へ乗り込んだ。

きっと彼女はなにを手にしようと満足することはないだろう。けれど同時に、絶望することもないように思えた。
トウォル島に、メイシーがこれまで求めてきたものはない。
けれどこれからは、持ち前の向上心で新しい幸せを求めていってほしいと思う。
ここからは遠く海を隔《へだ》てた、トウォル島の中で。
メイシーを並んで見送る私とユアン様の距離は、腕が触れそうなほどで。
縮まった距離には、まだ慣れない。

第三章　眠れる獅子の襲来

ユアン様のご両親への挨拶《あいさつ》も済み、父のこれまた早い仕事によって、私とユアン様の婚約は正式に成立した。

それからユアン様は、仕事帰りに我が家へ寄ってお茶をしていってくれるようになった。

それほど長い時間ではないけれど、それだけでも私にとっては嬉しい。

これまではもっと一緒にいたいと思っても立場的にそれを望んではいけなかったから、苦しかった。それが晴れて、堂々とともに過ごせるようになったのだ。

私にとってその時間は貴重で、かけがえのないものになっていた。

けれどそれを破る足音が聞こえたのは、突然のことだった。

普段、足音を立てるなんてことはしない執事がバタバタと慌ててやってくるのが聞こえ、私とユアン様はなにごとかと会話を止めた。急停止と言える勢いで足音が止まったかと思うと、咳払いの後に扉がノックされる。

ユアン様に断ってから、急ぎ足で扉を細く開けた。

「なにか急ぎの用？」

「いえ、あの。実はリリアナ様が――」

「え？」

「リリアナ様が、帰宅なされました」

「はあ――？」

思わず野太い声が出た私に、後ろでユアン様がくつくつと笑っているのがわかる。

「眠れる獅子のお目覚めか。これは忙しくなるね」

「お騒がせしてしまい申し訳ありません。ですが、その、リリアナ様が――捜しておられて」

「私を？」

「いえ――本日おいでになっている、ユアン＝クラディス様を……」

「はあああ――？」

私のお腹の底から湧き出た声は、屋敷中に響き渡ったかもしれない。一難《メイシー》去って、また一難《リリアナ》。

その存在を忘れたことなど一日たりとてない。

だがまさかこんな突然にやってくるとは思ってもいなかった。

いや。ユアン様を捜しているということは、私との婚約を嗅ぎつけたに違いない。どこから知ったのだろう。手紙など出してはいないし、父がわざわざ知らせるとも思えない。

遠い領地まで噂が流れるには、いささか早すぎる気がする。

「あっ、リリアナ様！」

そんなことを考えている間に、執事の制止も聞かず、後ろから来ていたらしい人物がするりと部屋に入り込んだ。

見間違うはずもない、我が姉リリアナその人だ。

白に近い金の髪をさらりと流し、その大きな瞳をきょろきょろと動かして目当ての人影を捜している。

そうはさせてなるものかとその眼前に立つと、リリアナはいま私に気がついたと言わんばかりに微笑んだ。

「ロゼ、久しぶりね。変わりはないかしら？」

「お姉様。いまは来客中ですので、お話でしたら後で伺います」

「聞いたわ。ユアン様がいらしているのでしょう？」

だからよ、と言わんばかりに、立ちはだかった私をするりと避ける。

さながら蛇のように立ち回るリリアナに、ユアン様はくつくつと楽しそうな笑い声を漏《も》らした。

「ロゼ、私はかまわないよ。姉君もよろしかったらご一緒にどうぞ」

「ユアン様⁉」

絶対に面白がっている。

姉のことはどうせ避けては通れないとはいえ、心構えもないうちに三者対談とは頭が痛い。

ユアン様の誘いを受け、リリアナは大きな金の瞳に笑みを浮かべてはにかんでみせた。淑女の礼を執ると、伏せた長いまつ毛が金の瞳を覆い、白に近い金髪がさらりと肩から流れるのが儚《はかな》げな印象をかもしていた。もちろん計算である。

「お初にお目にかかります、リリアナ＝リンゼンハイムと申します。なんでも、ユアン様はロゼと親しくしてくださっているとか」

「ええ。先日無事婚約が成立したというのに、ご挨拶《あいさつ》が遅れ申し訳ありません」

ユアン様の態度はメイシーに対するものとはまったく違った。

拒絶めいた冷たいものはなく、最初の面白がるような笑みも影を潜《ひそ》め、微笑みの貴公

子そのものの笑顔を向けている。

ユアン様も、姉の演技に絆《ほだ》されてしまうのだろうか。

そう思うと、胸がちくちくするし、もやもやした。

リリアナが私の隣に座り、向かいのユアン様に微笑みを向けると、よりいっそう心が乱れる。

「まあ、もう婚約を……？　豊かな農地に恵まれ、畜産業も盛んな領地を持つリンゼンハイム家は税収も安定しておりますし、そこを評価していただけたのですね。嬉しいですわ」

私とユアン様の間に割り込もうという魂胆かと思ったが、すでに婚約が成立していたことに落胆する様子はない。では一体なんのためにこのタイミングで王都へ戻ってきたのだろう。

訝《いぶか》る私の耳に、くつくつと笑うユアン様の声が聞こえた。

「まるで私が条件だけでロゼと婚約したとお思いのようですね」

その言葉にリリアナは一瞬はっとし、すぐに困った顔を作ってみせた。

「いえ、そうではありませんわ。ただ――」

「表面を飾るばかりで中身が伴《ともな》わない会話は、上滑りするだけで時間の無駄ですよ」

先ほど少しでももやもやとしてしまったことを謝りたい。やはりユアン様はユアン様だった。

ここで胸がきゅんとするのは私くらいのものだろうけれど。

対するリリアナは目を見開き言葉を失ったものの、すぐにため息を吐き出し、ケロリとした顔になる。

「あーあ、久しぶりに頑張って損した」

そう呟《つぶや》き、肩にかかった髪を邪魔だとばかりに背へ払いのけた。

そうして悪びれない態度でお茶を一口飲むと、リリアナはユアン様に向き直る。

「ロゼからお話を聞いていらっしゃるのね？　だったらもっと早くおっしゃってくだされればいいのに。趣味が悪いわ」

リリアナが開き直るのは、初めてのことだ。これまでは多少疑われようと、私を悪者にしてのらりくらりと乗り切ってきたから。あそこまで言われては猫を被り直すこともできないか。

「ロゼにとっては一生付き合うことになる姉君だからと遠慮《えんりょ》していたのですよ。しかしどうにも笑いが込み上げて、まともに話せそうにありませんでしたので」

「腹黒で毒舌。噂通りの方ですのね。でしたらざっくばらんにお話ししましょう。私が王都に戻った以上、リンゼンハイム伯爵家の跡継ぎは長女であるこの私ですわ」

「はあ？　いまさらなにを言っているの？」

思わずまた野太い声を上げた私に、ユアン様が声を上げて笑う。

「それは大きな決断をされましたね。途中で嫌になって投げ出した教育をこれからの短期間で終えねばならないとなれば、以前の何倍もの努力を強《し》いられると思いますが？」

「そんなものは問題ありませんわ。あれだけ領地で遊び惚《ほう》けていたロゼが、いまでは完璧な淑女などと呼ばれているのですもの」

私の血反吐《ちへど》を吐くような努力をなんだと思っているのか。

リリアナのようにいつも誰かのせいにして、投げ出して、他人に押しつけて生きてきた人がそんな地道な努力ができるとは思えない。

おおかた、領地では自由に散財ができなくなったから、跡継ぎに戻りたいだけなのだろう。相変わらず利己的にもほどがある思考に腹が立つ。

「ロゼはどう思う？」

ユアン様にそう聞かれて、冷静になった。

もしかしたらユアン様は、私がリリアナと二人だけで話をしなくて済むように、彼女をこの場に迎え入れたのかもしれない。

私がこれまでのようにリリアナに言いくるめられ、諦めてしまわないように。

「私は跡継ぎになりたいわけではないですから。お父様が決めることではありますが、お姉様が当主としてしっかりこの家と領地を管理してくださるのなら、異論はありません」

「そうよね？　ですから私リリアナが、リンゼンハイム伯爵家の跡継ぎとなり、そして――」

にっこりと笑みを浮かべたリリアナは続ける。

「ユアン様との結婚を受け入れます」

プチリとなにかが切れた音がした。

「ふざけないで！」

背中が痒《かゆ》い。このままやり合えば、リリアナの目の前で子どもの姿になってしまうかもしれない。それでも、これだけは絶対に譲れない。

「ふざけてなんかいないわよ。長女の私が家を継ぐのは当たり前の話だし、そうなれば公爵家のユアン様と結婚するのも私になるのが筋でしょう？」

やはりリリアナの目的はユアン様だったのだ。私の中でかっとなにかが燃え滾《たぎ》る。

「これまでどんなに振り回されようと、代わりに与えられた環境の中でうまくやってきた。だけど、ユアン様の代わりなんていない。ユアン様だけはなにがあっても奪わせないわ」

「ユアン様のために言っているのよ。跡継ぎでもないロゼと結婚して、次男であるユアン様を家なしにするつもり？」

かあっと熱を帯びた体に一気に冷水を浴びせられたようだった。

最初からリリアナはそれを狙っていたのか。冷静さを失っていた。

だからといってここで折れる気はない。諦める気にはなれない。

こんなに強い思いが自分の中にあることに驚いた。

いままでさんざん振り回され、たくさんのことを諦めさせられてきたけれど、これほどなにかを奪われたくないと思ったのは、初めてのことだ。

いろんな思いが込み上げて言葉をまとめられずにいるうちに、先に口を開いたのはユアン様だった。

「姉君は先ほどからずっと勘違いをしていらっしゃいますね。私のことなど知りもしないのに、私のためを語らないでいただきたいのですが」

ユアン様はまっすぐリリアナに目を向け、告げた。

「私が婚約したのはロゼ＝リンゼンハイムであって、リンゼンハイム伯爵家の跡継ぎと結婚したいのではありません。私が欲しいのはロゼだけ。跡継ぎが代わろうが、そんなことは関係がないのです」

ユアン様の言葉にリリアナは理解できないという顔で、呆れたようなため息をついた。

「そんなのは綺麗ごとですわ。生活はどうなさるのです？」

「欲しいものなど自分で手に入れればいいだけのこと。結婚相手に望むことではありません」

「これまでなんでも手に入ったのは、公爵家という生まれ持った環境があったからではありませんの？　恵まれた環境でお育ちになったユアン様には想像ができなくても仕方のないことですけれど、お金がなければ欲しいもの一つも買えないのです。地獄ですよ!?」

領地で好き勝手に買い物ができなかったのがそれほど辛かったのか。その言葉にはたっぷりと実感がこもっていた。

しかし、ユアン様が動じるわけもない。

「その恵まれた環境で得た知識とこの体は、家を離れても私のものです。幸いにも騎士団長という任をいただいていますし、仮にそれを解かれたとしても、ロゼとなら店をやるなり畑をやるなりして生きていけます」

「畑？　ユアン様が、畑!?　いやいやいやいや、そんなの無理に決まっています！　田舎なんて、なぁーんにもないんですよ？　ほんっとーに、草と木、時々畑があるだけです。王都のように美味《おい》しいものや素敵なドレスもないんですよ!?」

「田舎暮らし、好きなんですよ。ロゼも領地での生活を気に入っていましたし。ロゼとならどこで暮らそうと楽しいと思いますよ」

私もだ。ユアン様となら、どこでも楽しく生きていける気がする。

思わずユアン様と微笑み合うと、リリアナはこめかみを引き攣《つ》らせた。

「ロゼ、ロゼって、たった一人の人間が、生きていく上でなんの足しになりますか。楽しいだけで生きていけるわけではありませんのよ？」

「むしろ、ロゼがそばにいることが一番大切なんです。ロゼは真面目すぎたり、人の気持ちを考えすぎたりする不器用なところがあるから、正論が通じない人に振り回されがちだ」

もちろんそれはリリアナのことだというようにユアン様がちらりと視線を向け、また私を見つめる。

「だが心をすり減らしても腐ることなく、どんな環境に置かれてもいつもその場所で輝いている。思うように、まっすぐ突き進んでいく。そんな姿を見ていると力が湧くのです。そして、そんなロゼに心が惹かれたのです」

「その、返す刀でいちいち惚気《のろけ》るのやめてくださる⁉」

当てこすりに惚気《のろけ》をまぜるという戦法に、ついにリリアナがキレた。

しかしユアン様はにっこりと微笑むばかり。

「私がどれほどロゼを大切に思っているか知っておいていただきたいのですよ。姉君には安心してロゼを私に任せられると思っていただかなければなりませんから」

「もう結構ですわ。ユアン様が腹黒だというのはこういうことかと、しっかりわかりました」

「おや。評価を落としてしまいましたね。では挽回させてください。私はご家族がロゼにできなかった分も支え、彼女が安心する場所でありたいと思っています。これまでの環境のせいか性格のせいか、額に皺《しわ》が刻まれてしまうほど頑張りすぎてしまうところがありますから」

そう言ってユアン様は、私の眉間にそっと指を当てた。

まるでルーシェにするようなその仕草は優しくて——なぜか甘い。

私の頬の熱が上がるにつれ、リリアナの眉も吊り上がっていく。

向かい側に座るユアン様がそのことに気づいていないわけはないのに、知らん顔で再び口を開く。絶対わかってやっている。

「私といる時くらいは甘えてほしい。ほっと落ち着くような時間を過ごしてほしい。ロゼがそんな姿を見せてくれたら、私は幸せなのですよ」

リリアナに対抗するためだとわかっているのに、一つ一つの言葉が嬉しい。優しい笑みにたまらなくなる。

いつも私を面白がるような素振りを見せるけれど、そこにあるのは心配と気遣いだと気がついていた。

でもそれは、いまにはじまったことではない。ルーシェとして話していた時から、ずっとそうだった。ユアン様はずっと私の支えになってくれていたのだ。

ついユアン様と二人見つめ合ってしまい、はっと気づくとリリアナは天井を見つめ「もうお腹いっぱい」の顔で耐えていたものの、ガタリと音を立てて立ち上がった。

「私、長旅で疲れてしまったようですのでここで失礼させていただきますわ」

「ああ、そうでしたね。気がつかず申し訳ありません。ただ、一言お伝えしておきます。これ以上ロゼを振り回すようなら、覚悟してください」

ユアン様も合わせて立ち上がったけれど、その顔に笑みはない。

逃がさないというようにまっすぐ目を向けられ、リリアナはまるで子どものようにむくれた顔で、すぐにふいっと視線を逸《そ》らしてしまう。

「別に、私は私のやりたいようにやっているだけ。ロゼだって領地で好きなように遊び暮らしていたのだから、お互い様ですわ」

「あなたは自分がロゼから奪ったものに目を向けたほうがいい。自分に都合がいいものを求めているだけでは、決して幸せにはなれませんよ」

「奪っただなんて、人聞きの悪いことをおっしゃいますのね。家族として分け合った結果ですわ。それに、ロゼはなんでも持っているではありませんの」

「ロゼとお母様の時間だけは、二度と取り戻すことができません。二人は互いの思い出をほとんど得ることのないままお別れを迎えることになったのですよ。それは誰かに奪われていいものではなかったはずです」

まさかユアン様が、母とのことを気にしてくれていたとは。

私がケロリとしていたからか、トルハインツに送られてから、両親と会えなくて寂しいだろうとは誰にも言われなかった。

けれど、胸のどこかに欠けたものがあるような気は、確かにしていたのだ。

それはまだ甘えたかった中で母を諦めなければならなかったからなのかもしれない。

ユアン様にうまく甘えられないのも。ユアン様を失い、また一人になることを恐れてしまったのも。

私自身ですら無意識のうちに蓋《ふた》をしていたそんな気持ちに、ユアン様は気づいてくれたのだ。知らないうちに空いていた胸の穴に、ユアン様の優しさが沁《し》みていく。

「お母様にとっても、悔いが残ったことでしょうね。他にもあなたの自分勝手な言動が誰かの人生に大きな影響を与えているかもしれない。それが巡り巡って自分自身に返ってくる時が、いつかきますよ」

リリアナにあらぬ悪評を立てられ解任された家庭教師は、その後どうなっただろうか。新しい仕事先は見つけられただろうか。

リリアナのわがままに疲弊《ひへい》した使用人たちは、どうしているだろうか。

そんな心配をするのは周囲だけで、リリアナ自身は誰かの人生を変えてしまったかもしれないなんて、考えたこともなかったのだろう。いまも責められているこの状況に居心地の悪さを感じて、ただ逃げたがっているように見える。

けれどそれは、自分がしてきたことを自覚しているからでもある。そう思いたい。

いまの言葉が小さなトゲとなってリリアナの胸に残り続けてくれたらいい。そして時間がかかったとしても、いつかリリアナの中に沁《し》みてくれたらいい。そう思わずにいられなかった。

しかしそうすぐに人間が変わるわけではない。

黙り込んでいたリリアナは突然額に腕を当てると、ふらりとよろめいてみせた。

「ああ、疲れている時に思い悩んでしまったせいかしら、なんだか眩暈《めまい》がしますわ」

いまさら病弱設定が返ってきた。

自分ばかりが責められたことへの当てこすりなのか、同情を引いてこの場を終わらせたいのか。

そうしてユアン様のほうへよろりと倒れ込みかける。

まさか、この期《ご》に及んでまだイケると思っているのか、それともユアン様に罪悪感を抱かせたいのか。

どちらにせよ小賢《こざか》しい。とっさに突き飛ばしてやりたくなり手を伸ばしかけたが、ユアン様が動くほうが速かった。

ユアン様は「おや、大変だ」とどさくさに紛れて執事の腕をぐいっと引き、リリアナの前に差し出したのだ。

「え。わわ！」

慌てた執事が受け止めたが、リリアナは「ちっ」と短く舌打ちをして執事を撥《は》ね飛ばした。

鬼の所業か。

その裏でユアン様が執事に向かって『失礼』というように手を振れば、『ナイス判断です』とでも言わんばかりの顔で執事が頷く。いつの間にこんな通じ合う仲になった。

リリアナは衣服の乱れを整えると、これみよがしに咳をしてみせた。

「ごめんなさい。もうよくなったと思ったのですが、心労がたたってしまったようです」

暗にユアン様を責めるような物言いで、長いまつ毛を伏せてみせるリリアナに、全身が痒《かゆ》くなってくる。

しかしそこからのユアン様の動きは素早かった。

「おや。それはいけませんね。私の知り合いにいい医者がいます。療養施設もありますから、そこでじっくりと休養されるとよろしいですよ」

目を見開き、大仰に驚いてみせたユアン様に、リリアナの頬がひくりと引き攣《つ》る。

「いえ、そんなご迷惑をおかけするわけにはまいりませんわ」

「どのようなご病気なのですか？　差し支えなければお聞かせください。お力になれることもあるかもしれませんし」

「え？　それは……医者には診《み》せておりませんの。休んでいればよくなりますから」

「こんなに長期的に臥《ふ》せっているのに？　これは根本的治療法がないか一度診《み》ていただいたほうがよいのでは？　跡継ぎになられるのでしたら、倒れてばかりでは立ち行きませんから」

矢継ぎ早に言葉を重ねるユアン様に、リリアナはたじたじになっている。

「本当に、大丈夫です」

「いまも倒れかけていらしたではありませんか。外にうちの馬車が停めてありますから、すぐに医者のもとへ送らせましょう。少し喋った程度でそのように急変するのでしたら、今日は十分に医療体制が整った場所でしっかりお休みになったほうがよいかと思いますよ。いえ、この機会に一ヶ月でも半年でも、原因や治療法を模索《もさく》なさってはいかがですか？」

「え？　いやもうだから、こんなのは――」

「私に遠慮《えんりょ》なさることはありません。優しいロゼは、血を分けた姉君になにかあれば悲しみますから」

これは仮病ですと開き直らせる隙も与えず、ユアン様は手早く書いた手紙を侍女に持たせ、リリアナと一緒に馬車に乗せてしまった。

「さて。これでひとまず今日は静かに眠れるね」

振り返ったユアン様が、にっこりと微笑んだ。

「ありがとうございます。まさか、あんな風に追い出してしまうとは。お見事です」

「私も、スッキリしたよ。誰かに思い切り惚気《のろけ》たかったんだよね」

やはりわざとだったのか。

ユアン様がリリアナに言ってくれた言葉の数々はどれも嬉しかったけれど、なんと言えばいいのかわからない私の隣で、執事がぼそりと呟《つぶや》いた。

「素晴らしく攻撃力の高い当てつけでしたね」

同感だ。いつも私を言いくるめてきたリリアナが小物に見えた。

ただ、副作用がひどい。甘い言葉を連打されていた時、なぜか執事まで顔が赤くなっていたし。

喋ると眠くなる私だけれど、今日はしばらく眠気が訪れそうにない。

リリアナを乗せたクラディス家の馬車が戻ってくるまで、私とユアン様は部屋でお茶をしながら待つことになった。

「メイシーも相当でしたが、姉もまた申し訳ありませんでした」

おかげですでに全身が痒《かゆ》い。リリアナが去って少し落ち着いたけれど、遅かれ早かれ子どもの姿になってしまうだろう。そう思うと一気に脱力してしまう。

「ロゼが気に病むことはないよ。しかし、あそこまで自分本位だといっそ清々しいくらいだね」

相変わらずユアン様はあのようなアクの強い人を前にしても飄々《ひょうひょう》としていて、そのことに救われる。

「それに、彼女のことはどうにも看過できなくてね。ロゼと自分の境遇を、重ねて見てしまって。私がトルハインツの師匠に師事することになったのは、生まれてすぐに預けられたからなんだ」

「預けられた？　どうして……」

ユアン様は静かな笑みを浮かべたまま、遠く暗い窓の外に目をやった。

「兄は私と三つ違いなんだけれど。兄はいきなり生まれてきて両親や乳母を独り占めにした私にひどく嫉妬《しっと》したそうでね」

「赤ちゃん返り、というあれですか」

「そう。最初は大人たちの気を引こうとイタズラする程度だったんだけれど、そのうち誰かが私を抱いているのを見ると攻撃するようになった。それで大人たちは一刻も早く引き離さなければと思ったらしい」

「そのようなことが……」

よくあることなのかもしれない。けれど、こうして聞くと改めて兄弟とは難しいと思った。

私とリリアナのように互いの性格や意思が育ったからこその仲違いだけではなく、親という限られた存在の愛情を奪い合おうとしてしまう幼い本能もまた、問題になることがあるのだ。

「半年ほどのことだったから私にはその頃の記憶なんてないし、自分の育ちや環境に不服はない。だから気にすることはないんだけどね。いまは兄との関係も良好だし」

さっぱりとそう言って、ユアン様は長い足を組み替え、お茶を一口飲んだ。

「師匠はもともと叔父が師事していた人でね。乳飲み子では乳母が必要だからと、ちょうど何ヶ月か前に子どもが生まれた師匠のところに預けられることになったんだよ」

いつも私が話すばかりだったから、ユアン様のことをこれほど深く聞いたのは初めてだ。

いい思い出というわけではないだろうに、話してくれたことが嬉しい。

「その時の縁で私も師事するようになって、トルハインツに滞在したのは私の意思だったけれど、それでも子どもの頃は家に帰りたいと思うことがあった。だから、身勝手な理由で家族と引き離されたロゼのことを思うと、黙っていられなかった」

「ありがとうございます。家族の……母のことは、考えても苦しいだけだと気持ちに蓋《ふた》をして、とにかくいまを楽しむことに全力を費《つい》やしていました。でも、寂しさを感じなかったわけではなかったんだと、ようやくその気持ちに向き合えたように思います」

あの頃の私はあまりに子どもで、自分の力で状況を変える術がわからなかった。だから流れの中でどう生きるか、それだけだった。

「でも。もうリリアナの勝手にはさせません。この家も、ユアン様も、誰にも渡しません」

戦う決意を腹に込めてまっすぐにユアン様を見つめる。

するとユアン様は大きく目を見開き、それから右手で額を押さえるようにしてうなだれた。

「幻聴じゃなかった……」

「え？」

「その『なにがあっても奪わせない』、と」

そういえば、私は先ほども『ユアン様だけはなにがあっても奪わせない』と言ったのだった。

本音ではあるけど、そんな風に言われてしまうと顔が熱くなる。

顔を上げたユアン様が嬉しそうに微笑むから、なおさら。

「ロゼがそんな風に思ってくれるようになって嬉しいよ。いままでロゼがなにかにこだわることはなかったから」

「ユアン様だけは別です。だから私、戦います」

子どもの頃とは違う。いまの私には大事なものがある。

そのためには、のらりくらりとやりすごすだけではいられない。

まっすぐに見つめると、ユアン様は私の手を取り、優しくキスを落とした。

「もちろん私もともに戦うよ。きっと彼女はまだなにか企《たくら》んでくるだろう。だから、ロゼの一番近くで守らせてほしい。もうロゼには傷ついてほしくないから」

「はい……」

そう答えると、ユアン様は嬉しそうに破顔した。

それからため息まじりに呟《つぶや》く。

「今日は帰りたくないなあ」

「お疲れですか？」

「独占欲を見せられたり、頼ってくれたり。そんなことが一気にあったら理性も吹っ飛ぶよ」

そういう話か。

かっと熱くなる類があわあわと暴れ出しそうになるのを力ずくでこらえる。

「吹っ飛ばさないでください。常に手元に置いておいてください」

「ええ？　常に？　それは無理だなあ」

「じゃ、じゃあ、結婚式の日までは」

「うーん。努力するよ」

「そうしてください。これ以上は私、また子どもの姿になってしまいそうです」

そう言ってから、気がついた。冗談抜きで、それはまずい。

ぱっと顔を上げると、ユアン様も同じことを考えていたようで。

「姉君がいる時に子どもの姿に変わってしまったら――まずいね」

私は姉とは違ってずっと部屋に引きこもっていられるほど退屈の潰し方を知らないし、そもそもそんなことをしていられるほど暇でもない。

「それなら、家に来る？　両親はまたしばらく家を空けているし。兄がいるけれど、理解のある人だからそれらしい理由を話しておくよ」

ユアン様がさらりと言うけれど、それはそれでいろいろと問題がありそうだ。

「いえ、そんな迷惑をかけるわけには」

「困っている婚約者を迎え入れるのは迷惑なことではないよ。それに言っただろう？　私は互いに支え合える夫婦になりたいのだと」

「……ありがとうございます。リリアナのことはなにか根本的な対策を練らなければなりませんので、まずは工夫してみます」

そう答えると、ユアン様は「そう言うと思ってた」と苦笑した。

私は慌てて続ける。

「でも……。いざという時はお世話になるかもしれませんので、その時はよろしくお願いします」

そう言ってぺこりと頭を下げ、そっとユアン様の顔をうかがった。

「うん。待ってる」

嬉しそうな、そしてなにより優しい笑みに、私の胸は音が聞こえてしまいそうなほどに弾んだ。

「私……こんなに甘やかされていたら、一人で立てなくなってしまいそうです」

顔を覆い呟《つぶや》いた私に、ユアン様はなんでもないことのように言った。

「そうなったら二人で立てばいいだろう？　家族が三人になったら、三人で立てばいい」

その言葉が胸の中をくるくると回る。

これまで、甘えることは弱さだと思っていた。だけど、それは強さでもあるのかもしれない。

そしてなにより、相手に対する信頼でもあるのだろう。

そう思えるのは、ユアン様が私を一人の人間として認めてくれているとわかっているからだ。

ただずぶずぶに甘やかすだけではないということも。

きっとユアン様も、私が本気で底なしに甘えることなんてないとわかっている。

そんな互いの信頼の上に立つ甘えは、なんとも居心地がいい。

初めて、そんなことを知った。


翌朝、私の姿はすっかり縮んでいた。

寝る前にはすでに相当な痒《かゆ》さでベッドを転げまわっていたから覚悟はしていたものの、リリアナは本当に療養所に泊まったようで、なんとか助かった。

今日は城に行く日。いつものようにユアン様と執務室でお茶をしてから、エリーゼ様のもとへ向かった。

「二人がさっさとまとまったのはいいのだけれど、問題はリリアナね」

エリーゼ様にこれまでのことを話した反応がこれだ。

ユアン様にルーシェのことを明かして求婚を受け入れたと話したのに、「結果がわかりきっていることなんてどうでもいいのよ」と言わんばかりに、そこはあっさりと流された。飽きるくらいいじられるのを覚悟していたのに、エリーゼ様の関心はすでにリリアナに向いている。私の気持ちや行動なんて、相変わらず全部お見通しだったのだろう。

ただ、エリーゼ様であってもリリアナのことはやはり掴めないようだった。

「なぜ突然王都に戻ってきたのかしらね」

「おそらく、私がユアン様に求婚されたと聞いて、『それなら私でもイケる！』とでも思ったのではないかなと」

「ふうん……。確かにそれは考えそうなことだけれど、トルハインツまで噂が届くには少し早すぎる気がするのよね。彼女には彼女の情報網があるのかもしれないわ」

エリーゼ様は考えるように扇《おうぎ》をパチン、パチンと閉じたり開いたりを繰り返した。

よく考えてみれば、屋敷からまったく出ないリリアナがどこから聞きつけたのだろう。

リリアナの前で迂闊《うかつ》に世間話や噂話をするような使用人たちではないし、自然に聞こえてくる状況ではなかったはずだ。

「お金を自由に使うため跡継ぎになるという目論見《もくろみ》もあったようですけど、勉強が嫌で逃げ出したのに、また同じ状況に自ら戻ってきたというのも少々疑問ではあります」

一度逃げ出した人間がケロリとそれを忘れて、勉強など簡単だというような口ぶりだったことにも違和感がある。そんな能天気だったら、そもそも私を追い出したりしなかったはずだ。

「なにか面倒を回避して跡継ぎになれる当てでもあったのかしら。なんにせよ、警戒しておくことね」

「はい、そうします」

わからないならば、情報を集めるしかない。

「それで、いまリリアナはどうしているの？」

「昨夜は療養所に泊まったようです」

「療養所……？」

「はい。ユアン様が、それほど体調が悪いのならぜひ医者に診《み》てもらうべきだと馬車に押し込みまして」

昨日の経緯を話すと、エリーゼ様は声を上げて笑った。

「最高だわ。微笑みの貴公子殿はさすがね。ああ、私も見たかったわ。でもリリアナもよく逃げ出さなかったわね。朝起きたら屋敷にいたというところまで想像したのに」

「それが、先ほどユアン様から聞いたのですが、姉は陽に当たらず、食事も好きなものばかりでかなり栄養が偏《かたよ》っていたせいで本当に不健康だったようです。食事療法が必要だそうで、本人も体調が優《すぐ》れない自覚があったのか、大人しくしているのだとか」

「それならしばらくはなんとかなりそうね。ただ、問題はこれからよ。彼女が跡継ぎになることはリンゼンハイム伯爵もいまさら認めないでしょうから、そうするとリリアナが結婚して出ていってくれるまで、ロゼはあの屋敷で同居することになるわ」

そうなのだ。しかも私が先に結婚したら、リリアナとユアン様が一つ屋根の下に暮らすことになる。それは絶対に避けたい。

「リリアナ様によいお相手がいればいいのですけれどねえ……」

頬に手を当て呟《つぶや》いたシンシア様に「あ、それなんです」と振り向く。

「私も同じことをぼやいたら、ユアン様が言ったんです。『大丈夫。ちょうどいい相手がいるから、時間の問題だ』と……」

そう言って笑ったユアン様はとても楽しそうだった。

エリーゼ様もそれだけでピンときたのか、にやりと口角を上げる。

「なるほどね。確かにいい相手がいるわ」

私とシンシア様は顔を見合わせて首をかしげたけれど、二人が言うのなら期待してもいいのかもしれない。

シンシア様は一つ頷いてから、私に提案してくれた。

「とはいえそれまでの間、そのお姿でお屋敷にいるのは不安でしょう。お困りでしたら私の実家においでください。家族には手紙を出しておきますから」

「それなら私の部屋にいればいいのよ。どうせ私はほとんど部屋にはいないのだし」

「いえ、お二人ともありがたいのですが、さすがにそれは……」

「だったら王城内のシンシアの部屋はどうかしら？」

エリーゼ様が「いいことを考えたわ」とばかりに優雅に扇《おうぎ》をパチンと閉じると、シンシア様もとてもいい笑顔で頷く。

「エリーゼ様にお許しいただけるのであれば、それがよいかと思います。私もロゼ様を思うままに堪能《たんのう》できますし。一日に三回はお召し替えができるでしょうか？　レースがふんだんにあしらわれたものとか、いえ、やっぱり中身はクールなロゼ様なのですからシンプルなシルク地のものも……。ああ、夢が膨《ふく》らみますわ」

隠しもしない下心が、互いにメリットがあることなのだと思えて逆にありがたい。ユアン様に甘えることを覚えたとはいえ、基本的に人に寄りかかってばかりいるのはやはり苦手なのだ。

　もしかしたらそこまで計算してシンシア様は言ってくれているのかもしれないけれど――とっても嬉しそうな笑顔を見ると考えすぎかもしれない。

「正直に申し上げて、とてもありがたいです。ユアン様も同じようにおっしゃってくださったのですが、いろいろと問題があるので。なるべく自分でどうにかしてみますが、困った時はお世話になるかもしれません」

「あら珍しい。頑《かたく》なに固辞《こじ》するかと思ったのに」

「いえ、まだどうしたらよいか考えているところではありますけど」

　目を見張るエリーゼ様に慌てた私を、シンシア様もふふ、と笑う。

「最近のロゼ様は、少し変わったように思いますわ」

「そう、でしょうか」

「柔らかくなったわよ。それもこれも、彼の影響なのでしょうね」

　微笑みを浮かべたエリーゼ様にからかうような色はなく、いつもなんだかんだ面白がりながらも、見守ってくれているのだと感じた。

「ただ、お気をつけくださいな。ユアン様が屋敷においでなさいとおっしゃったのは、下心ですよ」

「シンシア。あなたが言うと説得力しかないわね」

「かわいらしいものを愛《め》でたいというある種の本能は、老若男女に通じるものですから」

にこっと微笑んだシンシア様に、思わず笑ってしまった。いまの私は一人ではない。それも、子どもの頃とは違うことだ。

こうして話を聞いてくれて、一緒に考え、手を差し伸べてくれる人がいることが、とてもありがたかった。


エリーゼ様とのお茶が終わる前に体が戻ったため、着替えをさせてもらった。

リリアナが屋敷に帰ってくる前でよかったとほっとしながら城内を歩いていると、久しぶりに令嬢方の一群に会った。

サンドラ様とリーナ様の一派だ。

「ロゼ様、ご機嫌よう。メイシーの件ではご尽力ありがとうございました」

スッキリとした笑みのリーナ様に言われて、思わず苦笑する。

「いいえ、私はロガート伯爵にお話をしただけですわ。伯爵とソフィアス男爵夫妻のご英断に感謝するばかりです」

「それもロゼ様のお人柄があったからこそですわ。たとえ私がいきなりそのようなことを訴えても、聞き入れてはいただけなかったことでしょう」

他の令嬢方も同意するように何度も頷くのを見ると、本当にみんなメイシーに苦労をかけられていたのだなと実感する。

そんな中、サンドラ様が「そうですわ」と思い出したように手を合わせる。

「先日ロゼ様のお店に伺いましたの。以前は家の者に買いに行かせたのですけれど、お店の方のお話をよく聞いていなかったようで、チーズをそのまま食卓に出してしまって。クセの強さに驚いてしまったのですが、炙《あぶ》ると美味なのだとリーナ様に聞いて、もう一度試したいと思ったんです」

「そうでしたのね。今度はお口に合いましたかしら」

そう尋ねると、サンドラ様は「ええ！」とぱっと顔を明るくした。

「本当に美味《おい》しくて、やみつきになってしまいそうですわ」

「そうおっしゃっていただけて光栄ですわ。あのチーズは、トルハインツで作られたものですの」

微笑みを浮かべてそう告げると、令嬢方にわずかに戸惑ったような空気が流れた。

だがこれは想定済みだ。私はかまわずに続ける。

「トルハインツでもヤギのチーズを苦手な人はいるのですけれど、私のお店で扱っているチーズは臭みがなく美味《おい》しく食べられるように、製造方法にも管理方法にもこだわっておりますのよ」

そう話すと、令嬢たちは興味を持ってくれたのか、黙って話を聞いてくれた。

「他の商品も、私が厳選した農家と契約して仕入れたものばかりなのです。珍しい野菜もありましたでしょう？　トルハインツは王都近郊とは気候が違いますから」

「え、ええ。お名前は忘れてしまいましたけれど、食感の楽しいお野菜もありましたわ。私、お野菜は苦くてあまり得意ではないのですけれど、あれは甘味もあって美味《おい》しくいただけました」

最初こそ空気が澱《よど》みかけたものの、サンドラ様の反応は悪くない。

押しつけにならないよう、けれどしっかりと要点を押さえて主張するのがポイントだ。

「よかった！　王都では限られた野菜しか手に入らないので、メニューもありきたりになってしまいがちでしょう？　せっかく他にもたくさん美味《おい》しいものがあるのですから、皆様にも召し上がっていただきたいと思い、あの店をはじめたのです」

「そうだったのですね。失礼ですが、確かにはじめから、その……遠方の領地から仕入れたものだと聞いていたら、口にすることはなかったかもしれません」

顔を見合わせあっていたリーナ様も、まだ少し気まずそうだったものの、次第に表情が柔らかくなってくる。

「私もただトルハインツ産とだけ聞いていたら、サンドラ様にはおすすめしなかったかもしれません。でもロゼ様がそのようにこだわりと熱意をもって取り扱われていると知ると、また食べてみたくなりますわ」

「ええ、私も同感です。これまで田舎のものなんて土臭い、美味《おい》しくないとばかり思っていましたけど、考えてみれば土からできるのはどのお野菜も同じなのですよね……」

「当たり前のように、『田舎のものなんて』と思っていましたけれど、それはただの思い込みだったのかもしれませんわ」

リーナ様の言葉に、他の令嬢も目からうろこが落ちたように頷く。

彼女たちならわかってくれるだろうとは思っていたものの、こうして実際に反応を見て、ほっとした。

ここから少しずつロニアーナの商品を、トルハインツのものを受け入れてもらい、田舎への偏見が少なくなっていけばいい。そう希望が持てた。

屋敷に帰るとリリアナがいた。

早くないだろうか。療養はどうしたのか。

しかも屋敷はてんやわんやの大騒ぎになっていた。

リリアナは勢いだけで領地を飛び出してきたらしく、ほとんど手ぶらだったのだ。

こちらの屋敷に置いたままだった五年前のドレスなんて着られるわけもなく、着替えもなにもかも私の部屋から勝手に奪っていこうとするところだったらしい。

仕方がないのでリリアナに従うよう言うほかなかったが、あれこれと運ぶよう指示されていた侍女には同情を禁じえない。

「なんだか部屋がスッキリとしたわね」

ガランとした部屋の中、ベッドにぽすりと座る。腹は立たない。本当に大事なものは手元に残っているから。

けれどそこに突然金切り声が聞こえてきて、慌てて階下へ下りると、リリアナが紙をぐしゃぐしゃに丸めているところだった。そばでおろおろする執事の手には封筒があるから、リリアナが固く握り潰すそれは手紙だったものなのだろう。

「領地で好き勝手したって、そんなのロゼだって同じじゃない！　なのになぜ私ばかり『跡継ぎにはふさわしくない』なんて言われなきゃいけないの？　他に娯楽もなにもないんだもの、心を健《すこ》やかに保つために美しいものを愛《め》でるのは必要なことだったわ。お父様ならわかってくれると思ったのに」

どうやら手紙は父からだったようだ。

家への影響という点でいえば、どう考えても、ただ野原で走り回っていただけの私と、家が傾くくらいに散財したリリアナが同じわけがない。

しかし私に気がついたリリアナは鬼の形相で振り返った。

「ロゼ。あなた、私がいない間にお父様に取り入ってなにを吹き込んだの？　長女であるこの私が王都に戻ったというのに、あれくらいのことで跡継ぎに戻さないだなんておかしいわ。そもそも美しく着飾ることは跡継ぎとして社交界の評価を得るためにも必要じゃない」

「お姉様が療養所に行っていたわずかな時間にお父様と手紙をやりとりするのは無理ですよ」

「だって、お父様は子どもの頃、私のほうが優秀だったのをご存じのはずよ。ロゼが領地で遊び回っていると聞いてそれも全部お父様に報告したわ。その間、私が勉強に明け暮れていたことだって見ていたはず。それをくつがえすほどのなにがあなたにあるというの？」

まあ領地で遊び回っていたことは事実だから別にいい。

しかし私を追い出した後の念の入れようといったらない。端的に言ってしつこい。

「王都に戻ってからの努力を認めてくださったのだと思いますが」

「そんなの、私だってできるもの」

「やってから言ってください」

「ということは、やはりロゼがお店の経営をはじめたことが大きいんでしょうね……」

まったく聞きもせずぽつりと呟《つぶや》くリリアナに、「あげませんよ」と先手を打つ。

「どうしてよ。なかなかに立派なお店らしいじゃない？　貴族を相手にしているということだし、元野生児のあなたよりも私のお店ということにしたほうが、外聞《がいぶん》がいいでしょう。だって私はトルハインツにいても屋敷から一歩も外に出ていないもの。田舎の土を踏むだなんて貴族としてあるまじきことだわ」

それは不健康にもなるわけだ。

そもそも田舎の領地を有する家の跡継ぎになるつもりがある人の言葉とは思えない。

「お姉様、私の店に興味などおありだったのですか？　私がはじめた時、酔狂《すいきょう》だと笑っていませんでした？」

「そうは言っても、私が長女なのですもの。家も事業も引き継ぐのが筋でしょう？」

「お店の経営は私が個人ではじめたものです。当主を決めるのはお父様ですが、店についての全権は私個人にあります」

「どうせ家の財産を元手にしているのでしょう？　だったらお店も家のものよ」

そう言うと思った。だがぬかりはない。

「いいえ、私が当主代理を務めた結果得られた税収を、いわば私へのお給金というかたちでお父様からいただいたお金です。その元手の分もすでに店の利益からこの家に還元しています」

「ふうん。まあ、ロゼが経営して利益だけを得られるのなら、それでいいわ」

「店の利益を家に入れているのは、あくまで私が当主代理だからです。私がこの家を出ることになれば今後はそれもできません」

「なによそれ。冷たい子ね！　この家がどうなってもかまわないと言うのね？」

「この家のことは当主がどうにかすべきことでは？　家を出れば、金銭の授受にはこの国では贈与税がかかりますもの、法律から言ってもそういうことでしょう」

その言葉に、リリアナはきょとんとして言葉を止めた。

「え。贈与税？　そんなの微々《びび》たるものでしょう」

「そうですね。微々《びび》たるものです。贈与税を差し引いて家に入る額は」

「そもそも家を出たって家族じゃない」

「お姉様……。私のこと、家族だと思っていらしたのですか？　嘘をついて私を追い出したのに？　遠い田舎の領地にいる私なんてもう他人だと手紙に書いていらしたのに？」

リリアナはふん、と鼻で息を吐き、綺麗な金の髪をさらりと肩から払った。

「家族だから、私が病にかかった時も泣く泣くロゼに跡継ぎを任せたんじゃない」

「なるほど。家族だから、お姉様が散財した分の補填《ほてん》は妹の私がすべきで、お姉様がお金を自由にできなくなったら妹の私は跡継ぎの座を譲るべきで、妹である私のものはすべてお姉様が持つべきだというお考えなのですね？」

「そうよ。だって私は長女としてこの家を守らなければならないのだもの。妹のあなただってこの家に育てられたのだから、その分の恩は返すべきでしょう」

「育ててもらった分の金銭という意味で言えば、十分に返し終えていると思いますけどね」

その一言がリリアナの興味を刺激してしまったらしい。リリアナは口元に指を当て、にやりと笑う。

「ふうん、あの店、そこまで利益が出るものなの。だとしたら、やはりいまの私がやるべきことは……そうだわ、一石二鳥じゃない。そうしたらきっとお父様も認めてくださるだろうし」

「お姉様……？　なにを考えていらっしゃるのです？」

「ロゼも昔は馬鹿で流されるままだったのに。私も考えを変えなければね」

リリアナは余裕たっぷりに笑って部屋へ引き上げていった。

なにを考えているのかさっぱりわからないが、ロクなことではないだろうことはわかる。

また骨が折れそうだ。


それからの日々は、表向き平穏に過ぎていった。

けれど、リリアナが裏でなにかを画策していることは間違いない。

リリアナは、時折出かけるようになった。必ずお付きの侍女を連れているから行き先の報告は受けているし、そのついでにどこかに寄っている様子もないけれど、目的らしい目的が見えないからこそ不気味だ。

目的地の一つは、ユアン様に紹介してもらった療養所。

貴族は家に医者を呼ぶことが多いけれど、リリアナの場合は外に出る用事を作ることも大事だと言われ、屋敷にいても暇なこともあって真面目に通っているようだ。

もう一つはドレスや宝飾品のお店。

私のドレスを根こそぎ持っていったのに、「好みじゃないわ」と次々買いに行くのだ。

けれどリリアナの際限ない買い物を許す私ではない。リンゼンハイム伯爵家次期当主として預かっている印を捺《お》した手紙を、同伴する侍女に持たせて店主に渡す。品物は後で届けると言って、こっそり納品数を減らすように、と。

どうせなにをどれだけ買ったかなんて覚えていないくらいに買い込んでいるのだから、家に届かないものがあっても気づきはしないだろう。

こんな水面下の攻防を続けるのは疲れる。また子どもの姿に変わってしまわないよう必死で気力を保つしかない。

今日もリリアナは出かけている。

鬼の居ぬ間に仕事を片づけていると、トルハインツの幼馴染、アンガスから手紙が届いた。

以前、店で会った時に話が途中になっていたから、そのことだろうか。

手紙に目を通した私は、すぐさま部屋を出て急ぎ足でリリアナの私室に入り、中を確認する。

それから衣装部屋を開けると、そこには思った通りの光景が広がっていた。

リリアナが私の部屋から持ち去ったドレスも宝飾品も、見当たらない。なにごとかと慌ててついてきた侍女を振り返る。

「私のドレスは？」

「リリアナ様は、ロゼ様にお返しになったと。……でも、誰が戻したのでしょうか」

言いながら気がついたようだ。リリアナが自ら戻すはずがない。リリアナ付きの侍女は彼女一人。

現実に、私の部屋にはドレスは戻されていない。宝飾品もだ。

リリアナの嘘に気がつき、真っ青になって謝り倒す侍女を宥《なだ》めながら、もう一つ確認した。

「お姉様が領地へ行く前に着ていた、古いドレスは？」

「商人の方をお呼びして持っていっていただきました。流行遅れではありましたが、品がいいのでよい値段になると。これで家も助かるとリリアナ様はおっしゃっていたのですが……」

やはりそんな殊勝《しゅしょう》なことを考えるわけがないですよね、と侍女がちらりと私を見た目が言っていた。

頷き、ため息を吐き出す。

最近買い込んだドレスも、報告より数が少ない。リリアナが買った数と実際の納品数の違いは把握しているけれど、その納品数より少ないのだ。納品された時は、確かに数が合っていた。ということは、私のドレスも、新しいドレスも、古いドレスと一緒に売り払われたのだろう。

リリアナはただわがままに振る舞っていたのではない。お金を工面していたのだ。やられた。

だがアンガスのおかげで、リリアナの目的は大体わかった。

ユアン様と話がしたい。

幸いにも今日はエリーゼ様に会う日だ。

夜になるまで待っていられず、時間より早く城へ向かった。

修練場を覗くと、ちょうど休憩時間だったようで、出口に向かうユアン様と目が合った。

少しだけ目を丸くした後、すぐに笑顔になり手をひらりと振ってくれる。もうすっかり見慣れた「待ってて」のサインだ。

倒れていた屍《しかばね》——騎士たちが、ちらりとこちらを見やり、それからがばりと身を起こした。

「お、おい、ロゼ嬢だ！」

「本当に、あのロゼ＝リンゼンハイム嬢が、うちの団長と……」

「いうことは、ロリ……げふっ、ではなかったんだな。幼女とばかり楽しそうにお茶をしているから心配していたが、よかった」

去りかけていたユアン様がぴたりと足を止める。

「――その元気があるならもう一戦ずついく？」

あちこちから「ひっ」と悲鳴が上がると、ユアン様はにこりと笑った。

「冗談だよ」

たぶん、冗談に聞こえた人はいないのだろう。

ユアン様が修練場から出ていくまで、全員が引き攣《つ》り張り詰めた顔でじっと見守っていた。

「ロゼとして来てくれるのは初めてだね。急ぎの用事だった？」

着替え終わったユアン様と、並んで廊下を歩く。

「いえ、夜にいらしていただいた時でもかまわなかったのですが」

「ということは、私に会いたくて来てくれたのかな？」

心配だったし、先のことを相談したかったからなのだけれど、不安に思って真っ先に駆けつけてしまったのはそういうことかもしれない。気づいてしまうと恥ずかしかった。けれど、隣からひょいっと顔を覗き込まれると、とっさに顔を隠すこともできない。

「あれ？　図星だった？」

「いえ、その。……はい」

「うわあ……。感無量だね。けどいまは人目があるのが惜しいなあ」

「あまり茶化さないでください」

「茶化してなんていないよ、ただの本音。ここが私の部屋だったらよかったのに」

「ユアン様の執務室でも問題ありませんよ。話したいのはリリアナのことですから、機密事項というわけではありませんし」

リンゼンハイム伯爵家に関することだから、廊下で話すことでないのは確かだけれど。

「それね。そういうとこだよ」

「どういう……？」

「まあいいけどね。少しずついかないとタガが外れそうだし」

「……！」

いまさらながらにどういう意味かを理解し、どんな顔をしていいかわからなくなる。

なんとか無反応を貫き黙していると、またもやひょいっと覗き込まれる。

「うん。いまのは正しく理解してくれたようだね。そういうことだから、嬉しいけれど外ではあまり私を喜ばせるような発言は困るな」

「微妙な表情を読まないでください！　そもそもユアン様が聞いたから答えただけじゃないですか！」

「ロゼがそんな素直に答えてくれるとは思わなかったんだよ」

そんなことを話しているうちにユアン様の執務室に着き、中に入ると補佐官の人がてきぱきと茶器を用意してくれた。

今日のスイーツはチョコレートのタルトで、ユアン様の目は早くも釘付《くぎ》けになっている。ユアン様はこのサクサクのタルト生地が好きらしい。それは私も同意なのだけれど、ぼろぼろと崩れやすいタルト生地は、淑女にとってはアップルパイに次ぐ難関だ。

ユアン様は補佐官を早々に下がらせると、手早くお茶を淹《い》れ、タルトを一口頬張った。一瞬でとろけたように笑み崩れる。本当に好きなのだろう。

私も生地が崩れないよう慎重に切り分けて口に運ぶ。サクサクの生地とチョコレートの甘味が絶妙だ。

次いでカップを持ち上げると、ハーブのスッキリとした香りが湯気に乗って漂った。

チョコレートの甘味でいっぱいになった口の中がさっぱりする。

「それで、どうしたの？　なにかあった？」

チョコレートタルトを一口一口大事そうに食べ進めながら、ユアン様が促《うなが》すように首をかしげる。

「はい。リリアナがなにを企《たくら》んでいるのか、わかったのです。先日ロニアーナで会った、トルハインツの幼馴染のことは覚えていらっしゃいますか？」

「アンガスだろう？　しっかり覚えているよ。まさか、彼がリリアナ嬢の手先だとか？」

「いいえ。アンガスは、あの日お店に来た貴族の身なりをした挙動不審な男が、リリアナと繋がっていたと手紙で知らせてくれたのです」

あれからしばらくの間、店の警戒を続けていたけれど、不審な客が訪れることはなかった。

トルハインツの村人かもしれないとわかっても、それだけでは捜し当てられず、アンガスの記憶だけが頼りだったのだ。

そうしてわかったことには、男は領地の屋敷に出入りしている業者だった。一歩も外に出ないリリアナは彼に白羽の矢を立て、探りに使っていたらしい。

「それでロゼの店を調べさせていたのか」

「はい。アンガスがあの日言いかけていたことがあったのですが、それがヤギのチーズの仕入先であるアルナンさんのところに、『商売は順調か』となにやら嗅ぎまわる男が来たという話だったのです」

　てっきりアルナンさんの真似をしてチーズを作りたいのだろうと思っていたら、先日その男がまた来て、今度は『ロニアーナに卸《おろ》しているものと同じものを仕入れたい』としつこく食い下がってきたのだという。

　気になり、様子見がてら時々手伝いに行っていたアンガスがちょうどそんな場面に出くわし、店で会った不審な男だと気がついた。

　それでリリアナがロニアーナの真似をしようとしているか、でなければ仕入れの邪魔でも企《たくら》んでいるのではと、手紙を送ってくれたのだ。

「ということは、リリアナ嬢の狙いはそこなのかな。ロゼの店の二番煎じ」

「おそらくは。リリアナと話した時も、どうもロニアーナのことが気になっているようでした。彼女のことですから、自分で考えるのが面倒で、順調にいっている私の店を真似れば手っ取り早いなどと思ったのかもしれません。とにかく店の経営がうまくいけば、父に跡継ぎとして認められると考えたのでしょう」

「でも、資金は一体どこから調達しているのかな。お金が自由にならないから跡継ぎになりに戻ってきたんだろう。当主でもないのに、リンゼンハイム伯爵家の名前で勝手に借金することはできないだろうし」

「以前着ていたドレスと一緒に、私のドレスや宝飾品を売り払ったようです。新しく買ったはずのドレスもなくなっていましたから、最初から換金目的だったのかもしれません」

「店を建てたいと言っても断られるし、動きを警戒される。だが着るものがないとなればロゼも買うことを止めはしないとわかっていて、いつもの散財のフリで余分にドレスや宝飾品を買い漁った、ということか」

「それと、もしかしてと思い、城に来る前に立ち寄ってきたのですが——。ロニアーナの近くのスイーツのお店が閉店になったとお話ししましたよね？」

「ああ、あの近くは閉店が相次いだようだね」

「はい。両隣もすぐに閉店になり、一度更地になりました。そこに新しいお店が建てられていたのですが、それがロニアーナの外観とよく似ているのです」

まったく同じというわけではない。そんな店は他にもたくさんある。

ただ、店のお披露目《ひろめ》パーティの招待状があちこちの貴族の屋敷に届けられているようだが、リンゼンハイム家には届いていない。ユアン様の反応を見る限り、クラディス家にも届いていないのだろう。

それの意味することは一つだ。

「……なるほど。喧嘩を売っているね」

「小さな店三軒分の土地にあれだけの建物を建てるには、相当な資金が必要です。おそらく、領地で買い込んだ宝飾品も換金したのだと思います」

「ああ。リンゼンハイム伯爵が踏み込んだ時には隠されていて、ついに見つからなかったと言っていたアレか」

「はい。老後にとっておくような人ではないと思っていましたけれど、まさかそれを元手に店をはじめるとは、ある種真っ当な使い道すぎて予想だにしませんでした」

「同じような店を建てたところで、そう簡単にうまくいくとも思えないけどね」

中途半端に真似だけして、うまくいくわけがない。

けれど、だからといって安心ということでもなかった。

「ただ、彼女一人でそこまでのことができるかな」

「そこも探っているのですが、繋がりがある人物がまったく出てこなくて……」

なにせ、リリアナはずっと領地に引きこもっていたのだ。

これまでの交友関係などなかったに等しいし、まだどこのパーティにも招待されていない。

「彼女を信頼して手を貸した人がいるとはあまり思えない。となれば、これ以上彼女になにができるわけでもないよ」

だがリリアナの思惑が完全にわかったわけではない。

奥歯を噛みしめ、これからどうすべきか、なにができるかを考える。

そんな私の頭にぽん、と手が乗せられ、はっと顔を上げる。

「大丈夫。ロゼが築き上げたものを壊させはしないから」

ユアン様はいつもと同じように、優しく微笑んでいる。それだけで不安が薄らいでいく。

「はい。私も、ただやられるつもりはありません」

そう言って、笑みを返した。

大丈夫。

もう私は、振り回されるだけだった幼い頃の私ではない。

ユアン様のもとにリリアナからの招待状が届いたのは、お店のお披露目《ひろめ》日パーティの前日だった。

無用な詮索《せんさく》と邪魔は避けたかったものの、当てこすりはしたい。そんな思惑が透けて見えた。

もちろん私が同伴して出席することも織り込み済みだろう。

私はユアン様とともに通い慣れた道を馬車に揺られ、敵地へ向かった。

店の名は『リアーヌ』。

隣国でリンゴを表す言葉だけれど、それを知っていてつけたのかはわからない。おそらく自分の名前に似た響きにしたかっただけなのだろう。

窓から見える一階には商品が陳列されており、二階にはテーブルと椅子が並んで、イートインのスペースとなっているようだ。

今日のお披露目《ひろめ》パーティはその二階で執《と》り行われるようで、窓からはたくさんの貴族の姿が見えた。

ユアン様とともに中に入り、商品を見回す。

並んでいたのは、やはりロニアーナで取り扱っているものばかり。

「外観も内装も、そして商品も『ロニアーナ』の二番煎じ。思った以上に頭を使わずに済ませたようだ」

「でも商品は似て非なるものです。アルナンヤギのチーズとは書いてありますが、アルナンさんはこのお店には卸《おろ》していません。野菜も、ロニアーナとは違うルートから仕入れているはずです」

私が生産者の名前を冠した商品名をつけたのは、アルナンヤギのチーズだけ。だから他はどこから仕入れているかまではわからなかったのだろう。

「では品質でロゼの店が劣ることはないね」

「そうなのですが……。そちらのほうが問題かもしれません」

唇を噛みしめそう告げると、ユアン様もすぐに理解したようだった。

「なるほどね……。もしかしたら彼女の目的はそっちだったのかもしれない。いや、どちらに転んでもいいと思っている、かな。なんとも厄介なことを考える人だ」

腹の中に重いものを感じながら二階に上がると、すでにたくさんの招待客が集まっていた。

立食形式で、白い布がかけられた丸いテーブルがいくつか配置してあり、中心にはキャンドルが灯されている。

私とユアン様は奥へ進み、窓際のテーブルのそばに立った。

「皆様、ようこそおいでくださいました」

まるで私の到着を待っていたかのような頃合いで前に進み出たのは、リリアナ。

一瞬ちらりと私に視線を向けたけれど、すぐになにも見なかったように話を続ける。

「こちらのお店は、私、リリアナ＝リンゼンハイムが皆様に珍しくて美味《おい》しいものを召し上がっていただきたいと思い、こだわりの品々を集めたものなのです」

招待客たちが、ほう、と感心したような声を上げる。

期待に満ちた、さわさわと囁《ささや》く様子を満足そうに眺めると、リリアナは続けた。

「皆様には馴染《なじ》みのないものばかりかと思いますから、今日はその美味《おい》しさを知っていただこうと試食を用意しておりますの」

そう言って階段のほうに合図を送ると、次々とお盆が運ばれてくる。

店の制服を着た男性たちがテーブルにそれらを配して回るのを目にしながら、リリアナは淑女らしい笑みを浮かべた。

「こちらのアルナンヤギのチーズは品質にこだわっておりますの。それからトゥリスという根菜は、ソースにディップしてお召し上がりください」

テーブルの上に並んだチーズは炙《あぶ》っていない。

しかもアルナンさんが育てたヤギでもないのに、商品名までそのまま利用されている。

それに品質にこだわっていると言いながら、階下に並んでいた商品の保管状態はまったくよくなかった。

窓からの日差しが直接チーズに当たっていたし、トゥリスも寝かせていないもので色味が白い。

ただ価格を上げ、「品質にこだわっている」と中身のない宣伝をするだけで、そのものの価値が上がるわけではないのに。

危惧した通り、口に運んだ人々はそろって怪訝《けげん》な顔で眉をひそめていた。

リリアナは気がついているのかいないのか、笑みを浮かべて説明を続けた。

「実は、お店で扱っているのはすべてトルハインツのものですの。病気をして領地にいる間に様々な珍しいものを知り、ぜひ皆様にも食べていただきたいと思ったのです」

その言葉に、招待客の口からついに不審感の滲《にじ》む声が漏《も》れ出た。

「トルハインツって……リンゼンハイム伯爵家の領地ですわよね」

「確か、かなり遠方の土地だったはずだろう。そんな田舎のものを我々に食べさせようと言うのか」

「チーズはなんだかクサいし、野菜も土の味がしてとても食べられたものではないわ」

リリアナはわずかに目を丸くした。

もしや、自分で試食すらしていないのか。

こんな生半可《なまはんか》なやり方で王都の貴族たちを納得させられるわけがないのに。

けれど、リリアナはすぐに元の表情に戻り、焦った様子はない。まるで、受け入れられないのならそれはそれでいいと開き直るかのように。

その間にも声は増えていく。

「ねえ、アルナンヤギのチーズってどこかで聞いたことがあると思ったのだけれど、ロゼ様のお店の商品ではなかったかしら」

「ロニアーナですわね、私も一度伺ったことがありますわ。姉妹店なのかしら」

「え……？　ということは、ロゼ様のお店もトルハインツの……？」

一気にざわめきが大きくなる。

中には怒りの声までまじっていた。

「いやだわ、ずっと騙《だま》されていたということ？」

「食べなくてよかったわ、危うく田舎のものを口にするところでした」

「ロゼ嬢の店でもそれなりの値段だったが、こちらはもっと高い。価値がないものの値段を吊り上げるとは、品のない商売だ」

そんなざわめきの前に立っていても、リリアナは素知らぬふりだ。

貴族たちをうまく取り込んで店が順調にいくようなら、その実績をもって跡継ぎにしろと父に打診するというのが当初の計画だったのだろう。

だが、失敗したとしてもロニアーナと無理心中できれば、私が跡継ぎになる理由をなくしてしまえる。

リリアナにとっては店の経営など重要ではない。跡継ぎにさえなれれば、自由になる金が得られるのだから。

本来なら、ロニアーナで取り扱う商品がトルハインツ産であることはもっと違うかたちで、少しずつ浸透させていきたかったのに。おかげでそんな計画もすべて台なしだ。

だがこんなところで打ちひしがれているわけにはいかない。

ちらりとユアン様を見上げると、笑みを浮かべ、行っておいでとばかりに頷いてくれた。

腹は決まった。

私は窓の外に向かって軽く手を挙げ合図を送ってから、ざわめきを縫って前へ進み出た。

「皆様。今日は姉の店にお集まりいただき、ありがとうございます。姉はきっと私のために一芝居打ってくれたのだと思いますわ」

そう声を上げて注目を集めると、隣に立ったリリアナの顔がさも心外というように歪《ゆが》むのが横目に見えた。

「せっかくの姉の意を汲《く》んで、皆様に私の店ロニアーナの商品を紹介させていただきます」

「ロゼ様？　試食ならもういたしましたわ。同じ商品の……しかも、その、田舎の食べ物の紹介など、私たちには不要です」

シルバーグレイの髪に落ち着いた茶色のドレスを着た年配のご婦人が、明らかに不愉快と顔に書いてそう告げた。

アンダルソン伯爵夫人だ。

いつかのパーティの意趣《いしゅ》返しもあるかもしれないが、彼女はかねてから田舎を毛嫌いしている。

彼女のような人を納得させられない限り、この場は収まらない。だがいずれはこのような人たちの理解を得なければならなかったのだから、それが早まっただけと思えばいい。

私はここぞとばかりに『完璧な淑女』の笑みを浮かべた。

「先ほどは姉が用意したトルハインツ産のチーズと野菜をご試食いただきましたが、その上で、私の店の商品と食べ比べてみてください」

「ですから、同じでしょう？　同じ田舎のものをあれこれ持ってこられても……」

「それが、食べてみて同じではなかったら面白いとは思いませんか?」

むっと口を閉じた夫人に、口元に笑みを浮かべたまま柔らかな目を向ける。

ここで挑戦的に煽《あお》るような態度をとってはいけない。

それを見ていた周囲の人々からは嫌悪と苛立ちが少しずつ薄れ、戸惑いと好奇の色が濃くなっていった。

その間にちらりと階段に目をやると、ロニアーナの支配人トムの姿が見える。

合図を送り、トムが各テーブルにアルナンヤギのチーズとトゥリスをサーブしていく。

それを怪訝《けげん》に見守っていた招待客たちの中には、アンダルソン伯爵夫人のように頑《かたく》なに腕を組んだままの人も多くいたけれど、何人かがちらほらと手を伸ばしていった。

そして年嵩《としかさ》の男性がアルナンヤギのチーズを一口かじる。

すぐにその眉は驚いたように吊り上げられた。

「これは……!　確かに違うな」

「ええ。こちらのお野菜は土臭くなくて、とても甘いわ!　けれどチーズのほうは……先ほどのものよりはマシだけれど、やはり少々匂いが気になるというか……」

わずかに反応が上向きになったものの、まだ恐る恐る口にするといった様子だ。

チーズの匂いは好みもあるけれど、疑わしい気持ちで食べれば負に作用する。食べ物は味だけではなく目や、心でも楽しむものだから。

それを好転させるには、ちょっとしたパフォーマンスが必要だ。

「では、チーズをキャンドルで少々炙《あぶ》ってから召し上がってみてください」

にこやかな笑みを崩さずにそう促《うなが》すと、興味を引かれたように何人かが引き続き手を伸ばした。

「まあ……。これは、あの匂いがまろやかになって、とても食べやすいですし、濃厚なコクがありますのね。美味《おい》しいですわ」

「ふむ。この独特な匂いも、こうして炙《あぶ》ると香ばしく食欲をそそる」

「ありがとうございます。先ほど姉の店の商品として召し上がっていただいたのが、普段トルハインツの人たちが食べているものなのですが、私の店では厳選した特定の取引先からのみ仕入れておりますの。ですから、産地であるトルハインツでもなかなか食べることができないものなのです」

「チーズはチーズ、野菜は野菜だろう？」

「はい。ですが私の店のチーズは熱心に研究を重ね、手間を惜しまず作られたものです。保管や輸送の最中に品質を落とさぬよう、温度や湿度の管理も徹底しております。それからお店のほうに買いにいらした方には、それぞれの商品の最適な召し上がり方もご提案させていただいておりますの」

そうして会話を重ねるうち、一人、また一人とロニアーナのチーズやトゥリスに手を伸ばす人が増えていった。

ほとんどの人が徐々に納得したような表情に変わっていくのを眺め、ほっと息をつく。

しかし、不審の声がそれでやむわけではなかった。

「確かにロゼ様のお店の商品は美味《おい》しいと思いました。でも、私たちがずっと騙《だま》されていたことに変わりはありませんわ」

遠慮《えんりょ》深げながらもはっきりとそう告げた少し年上の令嬢に、アンダルソン伯爵夫人も何度も頷いてみせる。

しかしそこに、思いもよらぬ声が上がった。

「ロゼ様は、騙《だま》してなどおりません」

「ええ。トルハインツ産だということを隠してはおられませんでしたもの」

サンドラ様とリーナ様だ。

「ロゼ様は以前から、私たちにこちらの商品がトルハインツ産だと話してくださっていました」

「そもそも、ほとんどのお店で産地の表示などしておりませんし、声高にどこ産だなどと言うお店なんて王都にはございませんわ。ロゼ様のお店も同じなだけです」

　サンドラ様とリーナ様の言葉を皮切りに、「あの……私も」とぽつぽつと小さな呟《つぶや》きが上がった。

「皆様が怒っていらしたから言い出しにくかったのですけれど、私も以前その美味《おい》しさに感動して、どちらから仕入れているのかとお店の方にお聞きしたのです。そうしたら、確かにトルハインツ産だと教えていただきました」

　小柄な女性は、おずおずと小さな声で続けた。

「それを聞いて、その後は足が遠のいていたのですけれど……。やはり改めて食べてみると、美味《おい》しいものは美味《おい》しい。意地を張らずにまた寄らせていただけばよかったと思いました」

「私も……。実はトルハインツのものだと知って、それでもやはり美味《おい》しさにやみつきになってしまって、その後も買わせていただいていましたの」

　悔しさからか、打ち消そうとする声もまた高まった。

「美味《おい》しいからと言って田舎のものを口にするなんて。貴族として恥ずかしいわ」

「そうだ。いくら味がよくとも、こだわっていようとも、田舎のものは田舎のものだ。その事実が変わるわけではない」

全員を納得させることは難しい。

田舎の食べ物に対する貴族の偏見は根深いし、一朝一夕にそれが変わるわけでもない。

そう再認識させられる中、一際響く声が上がった。

「田舎のものには品がない。そういうことですね？」

ユアン様だ。

批判的な声を上げていた貴族たちがほらみろと言わんばかりに笑みを浮かべた。

「その通りです。さすがユアン様」

「私たち貴族の中でも最も高位である公爵家の方にとっても、これは看過できませんでしょう？　貴族の品を落とす行為ですわ」

「私は上品、下品とは人を不快にさせるか否かだと思っています。人を不快にさせないためにマナーがあり、教育というものがある。違いますか？」

「ええ、まさにそうですわ。田舎のものはそれだけで私たちを不快にしますし、田舎の人間にはマナーなどありませんもの」

勝ち誇ったようなアンダルソン伯爵夫人に、ユアン様は「なるほど」と再び頷いてみせた。

それからそばにあった皿からトゥリスをつまむと、カリッと音をさせて一口かじった。

「うん、美味《おい》しい。食感はカリッと歯ごたえがあって、噛む度にじわじわと甘みが広がる。ソースなどつけなくとも素材そのものの味で楽しめる。このように食べるだけで人の気持ちを幸せにしてくれるものが、不快でしょうか？　そしてそれらを丹精こめて作った人を不快に思われますか？」

　そうしてユアン様が問いかけるように見渡すと、誰もが黙り込んだ。

「そもそも、食べるものに対して『美味《おい》しい』以上の正義はありません」

　きっぱりと言い切ったユアン様に、思わず微笑む。

　ユアン様は美味《おい》しいものを食べた時、本当に幸せそうな顔をする。そのことを知っている私には、これ以上ない説得力だった。

　けれど、誰もがそうではない。決して納得したくない人間もいるのだ。

「私はその野菜が田舎の汚い土地で育ったのだと思うだけで不快になりますわ」

「アンダルソン伯爵夫人は、王都に流れる川をご覧になったことはおありですか？」

　夫人は「え、ええ、それはもちろん」とたどたどしく答えた。

「では、皆様がパーティで好んで食される葉野菜のティルニーは、綺麗な川の水でしか育たないということはご存じでしょうか」

　その問いに、アンダルソン伯爵夫人は意図を察したようにはっとする。

ユアン様はにっこりと笑みを深めながら続けた。

「王都の川は生活排水で汚れている。しかも山から遠く離れているために流れが緩《ゆる》く、澱《よど》みが溜まりやすい。そんなところでティルニーが育つわけがない。では皆様がいつも口にしているそれは、どこで育ったものなのでしょうね」

「それは……」

「飲食事業に関わる方はご存じでしょう。ティルニーもまたトルハインツやその近くのマールリレなどから仕入れられているのですよ。皆様が好む美味《おい》しいティルニーほど遠方で育っています。山から流れる源流こそ最も清らかですからね」

そう。気づいていないのか、見ないふりをしているだけなのかはわからないが、王都には田舎のものが、すでに多く流通しているのだ。

そしてそれは貴族の需要があるから持ち込まれている。

誰もが黙り込む中、アンダルソン伯爵夫人は悔しげに頬を歪《ゆが》め、キッと私を睨《にら》みつけた。

「そもそも！　皆様お忘れではありませんこと？　それともお若い方はご存じないのかしら。ロゼ様は田舎育ちの『元野生児』なんですのよ！　それなのに『完璧な淑女』だなんて、私は以前から疑問を感じていたのです」

引っ込みがつかなくなったのか、今度は私に矛先《ほこさき》を切り替えた。

あ。ユアン様が怒る。

そう思ったのだけれど、ユアン様はゆったりとした笑みを浮かべたまま口を開いた。

「人も食べ物も、どのように手をかけ、どう育ったかではないのでしょうか。もちろん環境も大きな素因の一つであることは確かでしょう。けれどロゼはどんな環境にいても腐ることなく、王都へ戻ってからはたゆまぬ努力によって誰もが憧れる淑女となった。そんな彼女ほど魅力的な人間を、私は知りません」

やっぱり怒っている。笑みの圧がすごいし、確実に怒っている。

アンダルソン伯爵夫人は必死なせいかその怒りに気がついていないようで、さらに言い募《つの》った。

「ユアン様は心が広すぎるのですわ。公爵家にお生まれになった方がこのような野生児と婚約なさるなんて、卑《いや》しさがうつりますわよ！」

ついにアンダルソン伯爵夫人の中で私は『元』すらつけられずに『野生児』に成り下がってしまった。それだけで彼女の焦りと怒りのほどがわかる。

「私にとってはロゼのそばにいられることが無上の幸せなのですがね。それから私も生まれは公爵家ですが、幼少の頃はトルハインツで育っておりますよ。私も卑《いや》しい人間ですね」

にっこりと笑みを返したユアン様に、辺りからはっと息を呑む声が聞こえた。

アンダルソン伯爵夫人も、やってしまったというように顔色を白くし、口をぱくぱくさせている。

公爵家の人間を侮辱《ぶじょく》したとなれば、無事では済まない。

しかし夫人の近くで、怒りに満ちたような声が湧いた。

「先ほどから黙って聞いておりましたけれども。ロゼ様が田舎育ちだなんてことは知っておりますし、忘れてもいませんわ。だからこそ私たちはロゼ様が『完璧な淑女』となられたことに尊敬の念を抱いたのです。ご年配の方にはもはや遠い記憶かもしれませんが、誰もが苦労する淑女教育を、短期間で完璧にご自分のものにされたのですもの。その格好良さに憧れるのですわ」

その声を皮切りに、次々と声が上がった。

「あら、年配だなんて一括《ひとくく》りにしないでいただきたいわ。自分も通った道だからこそ、その大変さは身に沁《し》みております。それに加えてロゼ様は跡継ぎ教育も受けているのですから、感嘆《かんたん》いたしましたわ」

「うむ。男性から見ても、事業の話をさせていただいた時のロゼ嬢の聡明さには舌を巻いておりました。知識というものは頭に詰め込むのは簡単でも、それを使いこなすのが難しいもの。さらにはこのような新しい発想で事業まで興《おこ》したのですから、感心せざるをえませんよ」

年配の紳士もそんな風に言ってくれる。

「私が皆様の前でドレスを否定されていた時、ロゼ様はなにげなくそばに来てドレスを褒《ほ》めてくださいました。なにかと否定することで他者を排除し和を保とうとする社交界で、ロゼ様のように堂々と肯定の声を上げる方はいません。だからロゼ様のそばには、自然と人が集まるのです」

震える手を硬く握りしめて必死に声を上げたのは、あのパーティでお団子頭にしていた素敵なドレスの令嬢、ユナ様だ。アンダルソン伯爵夫人は苦い顔で周囲を見回す。

「ロゼ様を見ていると、淑女とはなんたるかを考えさせられますわ。ロゼ様には凛《りん》とした強さと、優しさがある。ただ身なりや仕草だけを完璧に装っているだけでは、そこまで憧れたりしません」

そんな風に言ってもらえるとは思っていなくて。私はただただ驚いて、みんなの声を聞いていた。

「あのメイシー様のことだってそうです。誰もが彼女を避ける中、ロゼ様だけは邪険にしたりせず、根気よく諭《さと》し、向き合っていらっしゃったことは多くの令嬢が知るところですわ。その姿はまさに『完璧な淑女』。いちいち苛々したり、突っかかったりしてしまう自分を恥ずかしく思うくらいでしたもの」

「以前は田舎者だと蔑《さげす》んでしまった私たちにも遺恨《いこん》なく付き合ってくださる。そして私たちの総意を汲《く》んでメイシー様ご夫妻をトウォル辺境伯へ推してくださった時も、一人後ろめたさを隠せずにいたような方です。お優しすぎて、それはもう好きになってしまいますわ」

最後にそう言ってくれたのは、リーナ様とサンドラ様。

わかっていなかったのは、私のほうだ。

みんな、私が田舎の領地で育ったことを都合よく忘れて、『完璧な淑女』と称してくれているのだと思っていた。

けれど思った以上に多くの人が、私の努力を認めてくれていた。

ちゃんと私自身を見てくれていたのだ。

そう思ったら、ぽろりと涙がこぼれた。

泣いたことなんてほとんどないのに。慌てて隠そうとしたけれど、すぐに見つかってしまった。

「あら、ロゼ様ったら。なにを言われても涙など見せずに凛《りん》としておられた方が、このようなことで泣いてしまわれるなんて。かわいらしいところもおありですのね」

「ロゼ様は人が好《よ》すぎるのですわ」

そう言ってリーナ様とサンドラ様が微笑んでくれるから、涙が止まらなくなる。

そんな私を温かく見守ってくれる目が、ユアン様の他にもたくさんあると知ったから。

嬉しくて泣くなんて初めてのことだったから、どうしたらいいのかわからない。

そうして止めることもできずにぽろぽろと涙を流していた私は、収まってきて顔を上げ初めて気がついた。私を隠すように、目の前に広い背中と一つに束ねられた金の髪があることを。

振り返ったユアン様は、長い指でそっと涙を拭ってくれた。

そして優しい笑みを残し、前に向き直る代わりに、後ろ手に差し出された手が私の左手をふわりと包む。

私の嬉しさを分かち合ってくれるようなその温もりに、また涙が溢《あふ》れた。

たくさんの人が私自身を認めてくれていたことが嬉しい。

そのことを一緒に喜んでくれる人がいるということが、嬉しい。

この店に足を踏み入れた時の衝撃と不安は大きかった。

けれど隣にユアン様がいてくれたから平静でいられた。大勢の貴族を前にしても怖くなかった。大丈夫だと思えた。

いつの間にか私の中でユアン様はそんなにも大きな存在になっていて。

さりげなく向けてくれる優しさに、胸がぎゅっとなる。

私の目の前にある広い背中に、ああ、好きだな、と思った。

その背に抱きつきたい。そんな衝動が込み上げる。

触れる指まで、愛しく思う。

いままでだってユアン様を好きだと思っていた。

けれど、『好き』のその先があるとは知らなかった。

愛しいという想いが胸に溢《あふ》れると、また涙がこぼれそうになった。

けれどいつまでも泣いているわけにはいかない。

ユアン様が渡してくれたハンカチで目元を拭い、その背にそっと触れる。

もう大丈夫。

隣に並んで立つとそれが伝わったようで、ユアン様は口元に笑みを浮かべた。

「おばあ様。私、恥ずかしいですわ」

しんとしていた場に、そんな小さな声がぽつりと響き、人々の目が一斉に声のほうへ向いた。

そこに立っていたのはまだ年若い令嬢。うつむき加減にぎゅっと手を握りしめていて、隣で先ほどのアンダルソン伯爵夫人が驚いたように振り向いた。

「人の努力を認めず、本人にはどうしようもなかったことで蔑《さげす》む。私はそんな大人にはなりたくありません」

彼女は夫人の孫かなにかなのだろう。

その言葉は、夫人を打ちのめしたようだった。

令嬢を凝視するその目は見開かれ、口は言葉を紡《つむ》げずに震える。

そんなことを言われるとは思ってもみなかったのだろう。

「おばあ様のような人を『品がある』というならば、私はそのようなものにならなくともかまいません。それよりも、ロゼ様のようにたくさんの方に認められるような人間に、私はなりたいです」

しっかりと顔を上げて見つめられ、彼女の本気を目《ま》の当たりにすると、夫人はうなだれた。

そこにユアン様が場の空気を改めるように「さて」と声を上げる。

「田舎の食べ物にも美味《おい》しいものがあるとおわかりになった方は多いと思います。それもこれも、リリアナ嬢が一芝居打ってくださったおかげです」

ユアン様はそう言って、空気のように身を潜《ひそ》めていたリリアナを振り返る。

はっとしたように顔を上げたリリアナは、慌てて取り繕《つくろ》い、笑みを浮かべた。

「ええ、その通りですわ。ですから――」

都合のいいように言い変えようとしたのだろうけれど、それを張りのある落ち着いた声が遮《さえぎ》る。

「きっとリリアナ様はロゼ様のお店をもっと皆様に知っていただくために、このように味の違いがわかるものをご用意くださったのでしょうね。幼い頃から聡明で、だからこそ妹のロゼ様がさらに聡明であることをよくご存じでしたもの。きっとお膳立てだけしたら、あとはすべてロゼ様にお任せするのがよいとお考えになったに違いありませんわ」

声の主《ぬし》は、どこか見覚えのある女性だった。

目が合うと、彼女は静かに口元に笑みを浮かべる。

思い出した。幼い頃、リリアナにあらぬ悪評を立てられ解任されてしまった家庭教師だ。

きっとリリアナは送り先を吟味《ぎんみ》することなく片っ端から招待状を送ったのだろう。もろう。
しかしたら自分がしたことすら覚えていないのかもしれない。
そしてこんなところで詰みの一手を指されることになるとは思いもしなかったことだ
奥のほうからも続いて声が上がった。
「ご自身の都合でまだ幼かったロゼ様を領地に送ることになり、またもやご自身の病に
よってロゼ様を王都に引き戻すことになり、振り回してしまったことへの償《つぐな》いなので
しょう。素晴らしい姉妹愛ですこと」
その声には聞き覚えがありすぎる。
慌ててそちらを向くと、目深《まぶか》に帽子を被った女性の口元にほくろが見えた。
思った通り、エリーゼ様だ。なぜここに？
周囲では、「まあ、そうでしたの？」「そういう事情がおありだったたなんて」「聞いて
いた話と違いますわ」という囁《ささや》きが起きていた。
さらに隣で同じように目深《まぶか》に帽子を被った女性がおっとりと口を開く。
「なるほど。だからリリアナ様のお店は外観もコンセプトもなにもかもがロゼ様のお店
に似ていらっしゃいましたのね。最初にこのお店を目にした時は、ロゼ様のお店と競合
するつもりなのかと思ってしまいましたわ」

こちらはシンシア様だ。二人そろって、いつの間に紛れていたのか。

まさかリリアナも王族に招待状を送るなんてことはすまい。だとしたら、どこかで聞きつけたのだろう。

楽しそうだから。きっとそんな理由で。

ユアン様も気がついたようで、隣で楽しそうにくつくつと笑っている。

リリアナはたじたじになりながらも、なんとか微笑みを浮かべた。

「ええ、もちろん私の代わりに頑張ってくれたロゼのことを考えてのことですわ」

「では、ロゼ様のお店は、より大きなこちらに移転するのですね？　それとも、別店舗として事業を拡大されるのかしら？」

「いえ、このお店の出資者は私ですし――」

リリアナが笑顔のまま言いかけたところに、「そうなのです」と朗《ほが》らかなご婦人の声が上がった。

「リリアナ様にロゼ様のためだとお願いされまして、私たちがお手伝いさせていただいたのです。ロゼ様には娘のことでご迷惑をおかけしてしまいましたから、せめて私たちにできることをと思いまして」

にこにこと邪気のない笑みを浮かべ、そろって立っていたのは、ソフィアス男爵夫妻。

メイシーのご両親だ。

ソフィアス男爵が続けた。

「出資なさったのはリリアナ様ですが、ロゼ様のための店ということでしたので名義もロゼ様のものとして書類を作成させていただきました。移転でも別店舗としてでも、ご自由にお使いください」

その言葉にリリアナが目を見開き、それから舌打ちでもしそうに顔を歪《ゆが》めた。

ソフィアス男爵がちらりと私を見る。

その目に、男爵はリリアナの意図に気がついていたのだろうとわかった。

にこにこと微笑んでいる夫人は本当に人がいいから、リリアナの言葉をそのままに信じてしまったのだろうけれど。

おそらくリリアナは噂で私とメイシーとのことを知り、商家との付き合いが多いソフィアス男爵家を利用しようと近づいたのだろう。

最初にこういう店を建てたいという要望を伝えただけで、あとの手続きや段取りはなにもかも夫妻任せ。リリアナの動きが掴めなかったわけだ。

ソフィアス男爵夫妻の気持ちを利用するとは。腹の底から怒りが湧く。けれどソフィアス男爵に、それを宥《なだ》めるようにそっと首を振られてしまった。

男爵に小さく会釈《えしゃく》をして、私はリリアナに向き合う。

「お姉様、ありがとうございます。ちょうど、もっと違うかたちのお店もやってみたいと思っていたところですの。ありがたく活用させていただきますわ」

そう告げると、リリアナは微笑みを浮かべたまま「ええ、そうしてね」と返すほかない。

示し合わせたわけではないはずの流れるような連携に助けられ、こうして騒動は決着した。

これまでリリアナがしてきたことのツケが回ったかたちだ。

リリアナは年季の入った猫を被り続けていたものの、その目は「どうしてこうなった」と言っているようだった。

そうしてリリアナには考え続けてほしい。

自分勝手な振る舞いをすることが、どういう結果を招くものなのかということを。

第四章　幼女と完璧な淑女

それ以来、リリアナは食事を一緒にとろうともしないし、完全に無視を決め込んでいる。たまに屋敷で会うとじろりとこちらを睨《にら》みつけ、ふいっと目を逸《そ》らして行ってしまう。なにを考えているかわからず、また変なことを考えなければいいなと気が気ではないけれど、ひとまず落ち着いていることにはほっとした。

あれから私の店は一気に客が増え、店員も増やすことになり、そうして人気が高まると、あの日批判的な顔をしていた貴族まで買いに来るようになった。

美味《おい》しいは正義。

ユアン様のように思う人は少なくなかったということだ。

時を経て貴族も代替わりが進み、王都の川が綺麗だった頃を知っている人が少なくなってきたことも要因の一つだと思う。つまりは、そういう時期にきているのだ。

アンダルソン伯爵夫人のように、どうしてもそれを認めたがらない人が大きな声を上げるから、誰も口にできなかっただけで。

あの日リリアナが招待し、さらにそれに応じた貴族は社交界のほんの一部だし、みんなの価値観を変えられたわけではない。

ただ、これをきっかけに少しずつ変わってくれたらいいなと思う。

そのおかげなのか、自領の特産物の店を出す貴族もちらほらと出てきた。

便乗商法ではあるけれど、そうして王都に田舎のものが広まっていくのは大歓迎だ。

「スイーツのお店なら、ゆくゆくは新商品なんかも考えてみたいけど。お披露目《ひろめ》もしてしまったことだし、早く開店するにはまず定番メニューからだね」

いつものように私の屋敷でお茶をしながら、あれこれ考えているユアン様の顔はとても楽しそうだ。

あの場で数々の援護があったおかげで、名実ともにあの店は私のものとなった。

新しい店はせっかくイートインのスペースがあるから、スイーツのお店にしようかと考えている。

「そうですね。まずアップルパイは……綺麗に食べるのが大変なのでイートインでは難しいかもしれませんが、テイクアウトであれば売れると思います。チョコレートタルトも食べづらいと言えば食べづらいですが、タルト生地が好きな方とチョコレートが好きな方は一定数いますから外せませんね」

私も考えながらそう口にすると、ユアン様が口元に笑みを浮かべた。

「さりげなく私の好きなものを把握してくれているとか、ロゼは私を悶《もだ》え殺すつもりなのかな？」

そう言ってちらりと目を向けたのは、お茶の隣に置かれたチーズタルト。これもユアン様は以前とても美味《おい》しそうに頬張っていた。

「ユ、ユアン様がわかりやすいだけですよ！」

「そんな風に言うのはロゼだけだよ。腹ではなにを考えているかわからないというのが世間の私への評価だからね」

あれだけ美味《おい》しそうにアップルパイとチョコタルトを食べているのを見たら、誰にでもわかると思うのだが。肩をすくめたユアン様が言わんとしているのはそういうことではないとわかっている。

「ユアン様は正直すぎるくらい正直な方です。でも、腹に黒いものを抱えている人は、正直すぎる言葉を素直に受け止められないものですから。貴族なんて大抵が腹黒じゃありませんか」

「そうかな？」

「そうですよ。自分がそうであるように、相手も誰かを陥《おとし》いれようと、あるいは自分が優位に立てるように立ち回ろうといつも企《たくら》んでいるものだって思っているんじゃないでしょうか。リリアナの店の時だって、風向きが変わるや態度を変えた人だってたくさんいましたし」

だがそれもしてやったりではある。多勢に無勢という言葉があるけれど、こびりついた価値観を変えるには数という信頼性も大切だ。

本当は一人一人の考え方が変わってくれたらいいけれど、それは理想論だし、そんなに簡単にはいかないから。

「ロゼの言葉には、それだけ人の心に響くものがあったということだよ」

「あの日は私、ほとんど話していませんよ」

風向きが変わったのはユアン様やリーナ様、サンドラ様の言葉があったからだ。

「あの時ロゼの味方をする人が多かったことこそ、その証左だろう？　それまでに築き上げたものが人々を動かしたんだ。だから私もこれほどロゼを好きになったのだし」

頬杖をついたまま笑みを浮かべるユアン様に、思わずばっと両手で顔を覆う。なぜだろう。

そんな言葉はこれまでに何度も言ってもらっていたはずなのに、耐えがたいほどに背中がもぞもぞする。

なんだろう、この「あーーー！」と叫び出したいような衝動は。

ここがトルハインツだったら、私は間違いなく外に走り出していた。

「おや？　どうしたのかな？」

「いえ‼　気にしないでください！」

「耳が真っ赤だよ？」

「見ないでください⁉」

「そうは言われても、隠せていないからねえ」

向かい側にいたはずなのに、なぜか耳元で声が聞こえて、思わずガタガタッと音を立てて立ち上がりかけた。

けれど顔から離れた手をぱっと取られて振り向かされる。

そこにあったユアン様の顔は、思ったよりも真剣で。

「もしかしたら。やっと私の『好き』がどんなものか、わかってくれたのかな？」

その通りだ。いや、正確に言うと私の『好き』が前にユアン様に告げたものとはもっともっと違う『好き』になったと気がついたのだ。前はよくも平然と口にできたものだと思う。

それは子どもが使う『好き』だったからなのだろう。いまの『好き』はもっと熱くて、胸の奥から溢《あふ》れてきて止まらなくて、自分がどうにもならなくなってしまう。

「ねえ。触れてもいい？」

「……もう触れています」

「うん。そうだね」

言いながら、ユアン様の指が頬に触れた。

私と同じ温度をもった感触が頬に広がり、どこかほっとするのと同時に胸の奥底から込み上げてくるものがある。

「キスしてもいい？」

またそんな風に聞くから。

これ以上ないほど顔に熱が集まる。

こんな顔をこんな間近で見られてしまうなんて耐えられない。

そう思ったら、私はユアン様に抱きついていた。

「……それはどういう答えかな？」

「ユアン様がそんなことを聞くからです！」

衝動で動いてしまったけれど、真っ赤になった顔を見られるより恥ずかしいことをしていると気がついた。

だがいまさらどうしようもない。私はやぶれかぶれに、ユアン様をぎゅっと抱きしめた。

「ロゼが嫌がることはしたくないからね」

「でも、普通、そ、そんなこと聞きます⁉」

「ロゼを大事にしたい」

そんなことを言われて、耐えられる人がいるだろうか。

いや、いるはずがない。

全身に血が一気に巡るのを感じた次の瞬間、私の体は身軽になっていた。ただ、肩に引っかかったドレスだけが重い。

私はユアン様に抱きついた格好のまま、ぶらんと足が宙に浮いていた。

「……ロゼ。これは新手の嫌がらせかな？」

「いえ‼　ふ、不可抗力です！　ごめんなさい‼」

前触れもなく縮んでしまうなんて初めてのことで、自分でも驚いている。

恥ずかしさやらなんやらが一気に限界を突破したのかもしれない。

「これでは手も出せないね」

苦笑したようなユアン様の声とともに、頭上に優しいキスが落ちてくる。

それがなぜだかくすぐったいような、切ないような。

背中から熱が這《は》い上がって、私は思わずユアン様から手を放してしまった。

「おっと」

けれど落ちる前にユアン様に抱き留められ、そっと椅子に座らせられた。

「やっと心から思いが通じたと思ったら。本当にロゼとの道は前途多難だねえ」

「本当に、ごめんなさい……」

「いや？　燃えるね」

「え？」

「つまりはロゼの心の処理限界を迎えたことが原因で子どもの姿になってしまったんだろう？　ということは、慣れればいいわけだ」

そう言ってユアン様が楽しそうに笑うから。

「慣れ……って！」

こんなことを何度もなんて、慣れる前に心臓が爆発してしまいそうだ。

「それとも私が嫌でこうなってしまったのかな？」

「違います、逆です！　ユアンさまのことが好きすぎるんです。だから、いままで以上になんだか恥ずかしくなってしまって、どうしたらいいかわからなくて。……自分が自分じゃなくなったみたいです」

「ロゼ。子どもの姿では手を出せないとわかっていて煽《あお》っている？」

目の前でしゃがんだユアン様が、ぷにぷにぷにぷにと私の頬をつつく。

「ユアンしゃまっに、誤解されたくはない、っからと、言葉を尽きゅして、いるだけでし！」

痛くはないけれど、喋りにくい。

「私は忍耐力を試されているんだね。これはどこまで耐えられるかわからないなあ」

「本当に、ごめんなさい……」

物理的にすでに手は出されているのだけれど、心からそう謝るしかなかった。

「人生一生修行だね」

ユアン様はそう言って笑ってくれたけれど。

なんでこんな体になってしまったのかと、自分の体が呪わしい。

けれどそう思ってしまってから、じゃあ私は先ほどの続きを望んでいたのかと考えてしまって、再び顔が熱くなってしまった。

今日はベッドに潜って「あーー!!」と好きなだけ叫ぶことを自分に許そう。

「そういえば、これ。忘れないうちに渡しておくよ」

そう言いながらユアン様は執務机の引き出しから二通の封筒を取り出し、その一通を私に差し出した。

「これ……？」

「王家主催の舞踏会の招待状だよ。今朝城へ行くなり、受け取ってね」

「……どなたからですか？」

「うん。第二王女エリーゼ様の侍女だと名乗っていたけれど。あれはエリーゼ様本人だろうね」

「え……!?　どんな容姿でしたか？」

「明るい金髪に、背はそれほど高くなくて、口元にほくろがあって」

「完全にエリーゼさまですね」

シンシア様の髪は茶色だし、ほくろもない。

リリアナのお店のお披露目《ひろめ》パーティでは、いつの間にか姿を消していて挨拶《あいさつ》もできなかった。きっとユアン様に直接会って話してみたかったのだろう。

そこでまたもや自ら侍女になりすましてくるところがエリーゼ様だ。

「やはりそうか」

「なぜ気づかれたのですか？」

「うん。私と同じ匂いがしたから、なんとなく。私以上にクセが強そうだけどね」

それは単純な嗅覚ではなく第六感的な意味なのだろう。

「というわけで舞踏会だけれど。私と一緒に行ってくれるかな？」

「――はい。喜んで」

ユアン様が私の背に合わせてしゃがむ姿は子どもに対するものだけれど、妖艶《ようえん》に笑んで差し伸べる手は淑女に対するものだ。

ダンスもまだ踊っていないのに、こんなところで色気にやられていて、当日が思いやられた。


ユアン様の腕を取り舞踏会の会場に入っていくと、すぐに視線がちらほらと向けられた。

そしてそれは囁《ささや》きとともに会場中に広がっていった。

「ユアン様とロゼ様ですわ……！　やはりロゼ様が求婚をお受けしたという話は事実でしたのね」

「お似合いのお二人だわ。絵になりますもの」

「ユアン様、今日も笑顔ですけれど……なんというか、すっごくご機嫌ね？」

「でも隣のロゼ様は、いつも通り落ち着いておられますわね」

視線を浴びることには慣れているつもりだったけれど、こういうさわさわとした囁《ささや》きとともに迎えられるのは、なんというか背中がむずむずする。

まずは直接招待してくれたエリーゼ様のもとに挨拶《あいさつ》に向かう。

広間の奥にシンシア様とともにいるのが見えた。ユアン様に伝えようと見上げると、頷きが返ってくる。

そこにはとても楽しそうな笑み。

ユアン様とエリーゼ様。

似た者同士が向かい合うとどうなるのだろう。怖いもの見たさが頭をもたげる。

「ふふふ。予想通りの騒がしさで、二人が来たことはすぐにわかったわ」

「直接お話しするのは初めてでしょうか。クラディス公爵家次男、ユアンと申します」

「空々しいこと。どうせ招待状を渡したのが私だと気づいているのでしょう？」

ユアン様が肯定の意を笑みに代えると、エリーゼ様はつまらなそうに扇《おうぎ》で口元を隠した。

「直々《じきじき》にご招待いただきまして、ありがとうございます」

「ロゼを存分に見せびらかせるのが楽しくてたまらないという顔ね」

「ええ。今日の一番の目的はエリーゼ様へのご挨拶《あいさつ》で、その次がロゼとの婚約を周知して邪魔者を排除することですから」

「どうせ正直に言うのなら、目的の順位も正直におっしゃいなさいな」

ユアン様は再び笑みで答えを返す。

エリーゼ様は「まあ、もう十分目的は果たしているでしょうけどね」とわざとらしく周囲に視線を向ける。

その視線を追えば、お幸せに、というように私たちを見守る令嬢たちと、私と目が合うと気まずそうにぱっと視線を逸《そ》らす子息たち。

「それで、リリアナは今日誰と参加するつもりなのかしら」

「わからないのです。楽しそうに準備をしていましたが……」

父は相変わらず帰っていないし、今日はどうするつもりかと聞いてもリリアナは笑って答えなかった。

最近にはなかったそのご機嫌な様子からして、それなりの相手を見つけたのだろうけれど。

そんな話をしているうちに、音楽が鳴りはじめた。

「あら。もうダンスがはじまっているわね。あなたたちもそろそろお行きなさいな」

そうエリーゼ様に送り出されて、私たちは手を取り合い、二曲目のはじまりを待ってダンスを踊り出す。

「ロゼと踊るのは初めてだね。あまり舞踏会には出てこなかっただろう？」

そういえば、前回は踊る前にメイシーの騒動があって二人で逃げ出したのだった。

「体を動かすのは好きですが、見られるのがどうにも」

「せっかくこんなに華麗に踊るのにね」

そう言われながら、ユアン様に手を取られてくるりと一回転させられる。

再び元の体勢に戻りほっとする間もなく、先ほどよりもぐっと近づいていることに気がつく。

「ユアン様。あの……」

「うん？」

「近いです……」

「ダンスだからね」

そうだけど。

「婚約者だしね」

耳元で囁《ささや》かないでほしい。

「わざとやってます……？」

「うん、ごめんね。ロゼと踊れることが嬉しくて、つい距離感を忘れてしまう。けれどこのあたりにしておくよ。ロゼのそのかわいらしい顔を他の男たちに見られるのは嫌だしね」

そう言って、私の赤くなった顔を自らの胸で隠すようにして踊り切ると、笑顔で礼を一つし、私の手を引きダンスの輪から抜け出した。

もう『完璧な淑女』だなんて言葉は使われなくなるだろう。

ユアン様といると、仮面なんてまったく被れない。調子を狂わされっぱなしだ。

「さて、目的は果たしたし帰ろうか」

「え、もうですか？」

「ロゼはこういう場は苦手だろう？　無理をすることはない」

「で、でも」

「そんな風に自分に厳しいからストレスになるんじゃないかな」

言われてみればそうかもしれない。

「それに、こんなかわいらしいロゼをいつまでも有象無象《うぞうむぞう》の目に晒《さら》しておきたくはないしね」

そう言ってユアン様がちらりと周囲に目を向けると、こちらに向いていた視線がさっと離れていった。

そんな独占欲のようなものを見せられるとどうしたらいいかわからなくなる。

しかしそうしてまごつく私の行く手を阻《はば》む者があった。

リリアナだ。

その顔には余裕たっぷりの笑みが浮かんでいる。

「ああ、リリアナ嬢もいらしていたんですね」

「ユアン様、ごきげんよう。私も少々火照《ほて》ってしまって、休もうと思っていたところですの」

そう言って片手を頰に当てながら、腕を取っていた長身の男性をこれ見よがしに見上げる。

その視線を追って、私は思わず目を剝いた。

「今日は縁あって、姉君のエスコートを務めさせていただいた」

相変わらず生真面目さを感じさせる朴訥《ぼくとつ》とした喋りで、黒髪の短髪にきりっとした顔立ち。

リリアナの隣にいたのは、まさかのジーク騎士団長だった。

うだ。

「姉が、お世話になります」

なぜこの組み合わせで現れたのか私は混乱しているのに、ユアン様はなぜか楽しそ
驚きを隠せない私の様子に、リリアナは満足げな笑みを浮かべた。それは一瞬のこと
で、すぐにいつもの薄幸美人風に眉尻を下げ、儚《はかな》げな女性を装う。

そんなリリアナを、ジーク騎士団長がじっと見下ろしている構図だ。

いや、まずい。いまのリリアナはどこからどう見ても、清楚《せいそ》、おしとやか、清廉《せいれん》、控えめ、そんな言葉がふさわしいような振る舞い。まさにジーク騎士団長が求めていた理想通りではないか。

よく見ると、いつもと変わらない表情ながら、ジーク騎士団長がリリアナを見つめる目には熱を感じる。

「お姉様、どこでジーク騎士団長とお知り合いに？」

「療養所で偶然知り合ったの。そこでジーク騎士団長に声をかけていただいて……」

「先日怪我をし、騎士団の馴染《なじ》みの療養所に通っていたのです。一目惚れでした」

まさかそんなところで出会っていたとは。

貴族は往診に来てもらうことが多いけれど、怪我の場合は専用の治療器具など持ち運

べないものもあり、通うことがある。

リリアナも外に出ることを治療の一環として通っていたから、二人は出会うべくして出会ったのだろう。

「ロゼも祝福してくれるでしょう？」

「――」

リリアナは上目遣いにジーク騎士団長を見つめ頬を染める。

どうしたものかとユアン様を見上げると、『放っておけばいいよ』と言わんばかりの笑顔。

なるほど。これが偶然なわけがない。リリアナにその療養所を紹介したのはユアン様だ。

見た目が好みだと言っていた私に似ていて、さらにジーク騎士団長の理想とする雰囲気をもったリリアナと出会えば、ジーク騎士団長が興味を持つのは時間の問題だったはず。

「……お姉様がそれで幸せになれるのなら、もちろん私も祝福いたしますわ」

「ありがとう、ロゼ」

リリアナがはにかむように微笑んでみせると、ジーク騎士団長はそっと肩を抱き寄せた。

「寒くはないか、リリアナ嬢」

「大丈夫ですわ。お薬をいただいて、ずいぶんと体調もよくなりましたの」

そう言いながら軽く咳き込んでみせると、ジーク騎士団長は眉をひそめる。

「無理をしてはいけない。挨拶《あいさつ》も済んだことだし、そろそろお暇《いとま》しよう」

薬と言っても騎士団の方々が飲んでいる栄養剤だし、咳き込むような持病は持っていない。

「まだ大丈夫ですわ。他の方へのご挨拶《あいさつ》が済んでいませんし」

自分で演技をしたくせに、本当に病弱扱いされると困るという矛盾。まだ懲《こ》りていないのか。

王都に戻ったばかりのリリアナにとって、今日の舞踏会は重要だ。

それはジーク騎士団長もわかっているだろうに、「その必要はない」ときっぱり断じた。

「え？」

「いや、じきにその機会もくるだろうから焦ることはない」

そう言ってジーク騎士団長はふいっと顔を逸《そ》らした。

もう束縛の片鱗が見えている。

しかしリリアナは大事にされたことを私に見せびらかすように微笑んでみせると、「では、失礼いたしますわね」とユアン様に礼をしてジーク騎士団長と二人、去っていった。

「確かにジーク騎士団長にとって猫を被ったリリアナは理想通りに見えるのだと思いますが。……大丈夫でしょうか」

「リリアナ嬢にとってもこれ以上ないほどいい条件なんじゃないかな？　領地でなにもせず何年も引きこもっていられたくらいなんだから」

そういえばそうだった。

たとえ束縛され閉じ込められても、お金に不自由さえしなければ満足かもしれない。これ以上なく互いに幸せになれる組み合わせなのではないだろうか。

確かにこれは『ちょうどいい相手』だ。

このことに気がついたユアン様とエリーゼ様を改めてすごいと思った。

それからリリアナの結婚は、絶対に逃がすまいというジーク騎士団長の意思をひしひしと感じるほどトントン拍子に決まった。

そうしてリリアナがサンティス侯爵家に嫁ぐと、すぐに手紙が届いた。

そこには勢いのよい筆跡でこう書かれていた。

『ジーク様は鍛えているはずなのに、粗食《そしょく》ばかり！　サラダはとにかくいつもチーズがふりかかっているだけで代わり映えしないし、スープは味が薄い。おまけにメインはパサパサした鶏肉よ？　家族は同じものを食べるべきだと言われても、高齢のお義母様、お義父様は歯ごたえのないものばかりで、どっちに合わせるのも地獄でしかないわ！ああ、こんなんじゃ早死にしそうよ。姉を大事に思うのなら、なにか美味《おい》しいものを送ってちょうだい』

早死にどころか、不健康が改善される上に筋肉までつけられる理想のメニューだ。

私はリリアナの叫びを受けて、早々にアルナンヤギのチーズとトゥリスを送った。もちろん、『そうじゃない！』という返事がすぐさまきたけれど、言われた通り姉を大事に思うからこそ美味《おい》しいものを送ったのだ。

他にも『お義父様が延々と昔の英雄譚を聞かせてきて耳にカビが生えるんだけど！』とか、『ボケたお義母様が娘と間違えて一日に何度もしつこく枕元に呼ぶから足腰が鍛えられたわ』とか、果ては『侯爵夫人の仕事が多すぎる。しんどい』『マナーを学び直せだなんて、一体誰にものを言ってるのかしら、あの講師！』とか文句がつらつらと書かれていたけれど、心配することはなにもなさそうだ。

ジーク騎士団長が目を光らせている限り、リリアナも滅多《めった》なことはできないだろう。

むしろ、束縛が強すぎるだけで基本真面目なジーク騎士団長に嫁いだおかげで、リリアナが真人間になる日がくるかもしれない。

もうこれでリリアナの心配はいらない。

そうなれば、次は私とユアン様の結婚式だ。

式の準備は着々と進んでいたけれど、ドレスはなかなか決まらなかった。

「いつもシンプルなドレスばかりだろう？　だからこういうドレスもいいと思うんだよね。これと先ほどの袖《そで》のかたちを合わせたものもいい。ロゼはどう思う？」

「はい、いいと思います」

「しかし、やっぱり先ほどの店の刺繍《ししゅう》の腕も捨てがたいよね」

着るものにさほどこだわりのない私と、一生に一度なのだからと妥協《だきょう》を許さないユアン様の温度差。

普通、逆じゃないだろうか。

私はお店の椅子にぽつりと座らされ、ユアン様があれこれとドレスを見比べたり、デザイナーとデザイン画を思案したりする様子を、ひたすら見守りながらぼんやりと考える。

このくらいの距離で見守っている分にはただひたすら眼福なのに。

ユアン様のさらりとした長い髪が揺れるのを見ると、触れたいなと思うのに。

その距離が詰まると、一気に挙動不審になる。

そんな自分をどうにかしたい、というのが目下の悩みだ。

世の恋人たちはどのようにその距離を詰めていくのだろうか。

ただの婚約者なら、そばにいればいいだけだから簡単なのに、そこに想いが生まれると途端にうまくいかなくなる。そばにいたいと思うのに、吐息が触れるほどの距離になるとどうしたらいいかわからなくなって固まってしまう。

ままならない自分にため息をつく。

「――ロゼ？　別のことでも考えてた？」

「あ。いえ、少々思考が一人旅に……」

「では試着の旅にご案内しよう」

「え」

「『え』ではないよ。ロゼが一番輝くドレスを突き詰めるのがいまの私の至上課題なのだから、まずは本人が着てみなくてはそれも叶わない」

「ですよね」

そう答えて立ち上がったものの、不満だったらしい。なぜだかユアン様まで一緒に試着室に入ると、眼前まで距離を詰め、にっこりと微笑んだ。

「他のことなんて考えられないようにしてしまおうか」

「それは困ります！」

「なぜ？」

「これ以上はまともに生活ができなくなります」

「ということは、少しは考えてくれているのかな？」

「少しどころではありません。ユアン様のことで頭がいっぱいですよ！」

思わずそう答えても、まだユアン様は不服そうだ。

「では先ほどはなにを考えていたの？」

「それは、どうしたらユアン様に対して動じなくなるかと……」

ユアン様は驚いたように目を丸くすると、すぐにその目を細めた。

「私はまたリリアナ嬢のことでも考えているのかと思ったよ。最近気にしているだろう？」

「――はい」

気づかれていたのか。

リリアナには面倒をかけられっぱなしといえど、やはり二人だけの姉妹だから、どうしても気にかかる。

ただ迷惑をかけられたくないと思うだけで、不幸になってほしいわけではないから。

そう考えてから、ふと気がついた。

もしかして、私が考えても仕方がないことを考えすぎないように、ユアン様はこうして連れ出したり、話しかけたりしてくれていたのだろうか。

「言っておくけれど、二人になにかあったとてロゼが責任を感じる必要性は微塵《みじん》もないんだからね？　私はリリアナ嬢に療養所を紹介しただけ。その後のことはまったく関与していない。二人がそれぞれにいまの道を選んだ結果だし、今後どうしていくのかも二人の問題なのだから」

「それはわかっているのですが……」

歯切れの悪い私に、ユアン様は「それなら」と私の顔を覗き込んだ。

「私のことで頭をいっぱいにしたらいい」

妖艶《ようえん》に笑んでそんなことを言う。

「いえ！　ですから、お店のことですとか、領地のことですとか、考えねばならないことがあるのにすでに頭がユアン様のことだらけで、リリアナのことがなくなろうとも、ままならない現状なわけで」

思わずわたわたと一歩後退《あとずさ》ると、またユアン様が一歩詰める。

「本当にロゼは真面目だね。私との距離感も悩みつつ逃げずに持ちこたえるように頑張ってくれているし？」

全部気づかれていた。

あまりの恥ずかしさにたじろいでいると、踵《かかと》が壁にぶつかりバランスを崩してしまった。

そのまま体が後ろに傾いて、壁にぶつかる——と思った間際、私の頭と背中はふわりとユアン様の手に抱き留められた。

かっこよすぎる。スマートすぎる。

好きと恥ずかしさとが限界値を超えた。

結果。

はっと気づけばユアン様の顔ははるか上にあった。

こんなところで子どもの姿に変わってしまうとは。ユアン様に迫られるとどうにも耐えがたく、一気にこうなってしまうようだ。

慌てた私よりもユアン様が動き出すほうが早かった。

私がきちんと子ども用のドレスを中に着ていたことを確認し、脱げた私のドレスをくるりと小さくまとめて持つ。

それから試着室から顔だけを出して、同伴していた私の侍女に素早く目で合図した。侍女が店員の気を引いてくれているうちに、ユアン様は自分の体で私を隠しながら扉へ向かい、私を外へ出す。

そうしてから「ロゼはもう疲れてしまったようだ。また寄らせてもらおう」とにっこり笑みを残し、さっと外へ出た。

「ふう……」

二人そろって溜めていた息を吐き出す。

「ありがとうございました。……けど、あれはユアンさまのせいでもありますからね⁉

お店であんな風に、その――」

「ごめんね？」

シンプルに謝られると、逆にぐうの音も出ない。

そもそも私のこんな体質が悪いのだ。

頭痛の種たちが遠ざかったことでかなり頻度は減ったけれど、いつか誰かにバレてしまったらどうしよう。

いい加減、この体のこともどうにかしなくては。

これからはユアン様も巻き込んでしまうことになるのだから。

とはいえ、これまでだって頭を悩ませてきたのに、そんな簡単にどうにかする方法を思いつくわけもない。

だから方向性を変えてみようと、帰りに本屋へ寄ってもらった。

ユアン様も一緒に本を読むことにしたようで、自分用の本を見て回っている。

あちこち歩いてよさそうな本を見つけたけれど、縮んだこの体では届かない。

近くに踏み台がないかときょろきょろ見回すと、ユアン様がひょいっと私を抱き上げた。

「この辺りかな？」

「は、はい。これです」

急いで本を抜き取り、下ろしてもらう。

本棚に隠れて人目がないとはいえ、このように外で子ども扱いされるのは恥ずかしい。

けれどユアン様はただ助けてくれただけなのだから文句を言うことでもない。

せめて赤面してなるものかと平常心を装うものの、相変わらずユアン様には無意味なようで、とても楽しそうな顔だ。

絶対にこの体質を克服せねばなるまい。

選んだのは、泣ける本と、冒険譚。

泣くとスッキリするし、冒険譚はスカッとする。

ストレスが解消されれば元の姿に戻ることがわかっているのだから、子どもの姿になったとしても自分で制御できればいまより楽になる。

そもそも普段からストレスをうまく解消できていれば、子どもの姿にもならない。

私にとってストレスを解消できる方法を見つけることが、解決に繋がるはずだ。

そうしてユアン様と一緒にリンゼンハイム邸へ戻り、ソファに二人並んで座った。子どもの小さい手で本を支え続けるのは大変だから、膝《ひざ》の上に置いて本を開く。

最初に選んだのは、冒険譚。

舟が転覆し、見知らぬ島に流れ着くというものだったけれど、王道だからこその面白さがあり、私はどんどん読書にのめりこんでいった。

読み終えて本をパタリと閉じると、ふう、と満足の息を吐き出す。

「いい読書の時間でした」

「それはよかった」

耳元で声が聞こえて、驚いて振り向く。

「ユアンさま⁉　いつからそこに！」

違う、私がいつ移動したのか。

ユアン様の膝《ひざ》に私、私の膝《ひざ》に本、という構図。

なにがどうしてそうなった。

「声をかけたんだけど気づかなかったから。ただ本を読んでいるのも手持ち無沙汰《ぶさた》でね」

そういえば途中でユアン様がなにか言っていたような気はしたけれど、集中しすぎて聞き流してしまっていた。

しかしいくらなんでも、気がつかないなんてことがあるだろうか。

「もしや、瞬間移動――」

「普通に持ち上げて運んだよ」

気づかなかった私も私だが、ユアン様もなぜそんなことを。

「面白いほど集中してたから」

ユアン様は一緒に買ってきた本をパタリと閉じると、ソファの肘かけに頬杖をつき、微笑む。

私はなにも返せず口の中でただ言葉をもごもごと転がした。

それだけ私にとってユアン様がそばにいることが当たり前になってきたということなのかもしれない。

いつかの宣言通りに、ユアン様は容赦《ようしゃ》なく毎日距離を詰めてきたから。

先日も隣同士に座ってお喋りをしているうちに、気づけばユアン様の肩にもたれて眠ってしまっていた。

いくら喋ると眠くなるとはいえ、いつの間になんてことをしているのかと自分に驚いた。

けれど、首が少々痛くなったものの、眠ったスッキリさとは別の、なんというか、満たされたような気持ちがあって。

触れ合うって、こういうことなのかな、と思った。

そうして自然とそばにいられる関係を、尊いと思った。

もうこれ以上はないと思うのに、ユアン様への好きは少しずつまたかたちを変えて、膨《ふく》らんでいく。

この想いに果てはあるのだろうか。

そんな風に思った。

結局、ユアン様が帰った後に泣ける本も読んでみたけれど、元の姿に戻ることはないままベッドに入った。

翌朝には大人の姿に戻ったけれど、それだけ時間が経っていては本を読んだおかげかはわからないし、即効性があるとも言えない。

これは根気がいりそうだ。


そうしてあれこれ試したものの、これといって解決策が見つからないまま数日が過ぎた。

今日は、招待を受けてガーデンパーティに出席している。

ユアン様とともに会場に入ると、話に夢中になっている一団があった。

「自業自得よね」

「これまでずっと人のものばかり奪ってきたのだから、奪われる立場をとくと味わえばいいのだわ」

「そもそもジョセフ様がロゼ様を捨ててメイシーを選んだのなんて、ご自分と状況に酔っていただけでしょう？　そんなの、すぐに冷めるなんてわかりきっていたことよね」

「醜聞《しゅうぶん》を気にする必要もないのだもの、いくらだって火遊びし放題ですわね。殿方はどこにいたってそういった相手には困りませんもの。結婚して身を固めてさえいれば、火遊びの相手に地位もなにも関係などないのですから」

「それに対して、メイシー様が乗り換えようとしても他に有益な相手は閉じられた島にはいませんものね。王弟であり聡明なサーネス様がメイシー様を相手にするわけもありませんし」

どこから情報が伝わってきたものか、社交界というのは恐ろしい。離れた島の夫婦事情でさえも、こうして漏《も》れ聞こえてくるのだから。

自分でメイシーを選んだはずのジョセフが心移りをしたということは、ついにメイシーに嫌気が差したのだろう。

そして、こうして噂になっているということは当然メイシーもジョセフの心移りを知っているということだ。

メイシーも奪われる側の気持ちがわかっただろうか。

だとしても、彼女なら文句を言いながらもなんやかやと強く生きていきそうだ。

二人とも周囲に文句を言うばかりで自分自身を省《かえり》みないところがそっくりだし、なにもしないジョセフととにかく行動を起こしまくるメイシーでバランスもとれていると思うから、熟年の夫婦くらいになれば案外うまくいくのではないかとも思う。

まあ噂なんてあてにならないし、実際はうまくやっているのかもしれないけれど。

そんな話を耳にしながら会場の中を歩いていくと、ちらほらとこちらに視線が向けられていることに気がついた。

ジョセフとメイシーのことで、私の反応を期待されているのかと思ったけれど、そのような感じでもない。

私だけでなく、ユアン様にまでちらちらと視線が向いているからだ。

なにが起きているのかわからないながらひとまず主催者に挨拶《あいさつ》を済ませると、それを待っていたかのようなサンドラ様とリーナ様一派に囲まれる。

一体なにごとかと身構えると、リーナ様とサンドラ様は、なぜかユアン様に少々トゲのある目を向けた。

「ユアン様？　本日は少々ロゼ様をお借りしてもよろしいかしら」

「いつもロゼ様を独り占めにしていらっしゃるのですもの、今日くらいはかまいませんわよね？」

口々に言われ、ユアン様は面食らった様子ながらも頷いた。

「そうですね。ロゼも気兼ねなく話せる友人たちと過ごす時間が必要ですし」

「では、ロゼ様は私たちと一緒に来ていただきますわね」

「ユアン様はまた後ほど」

にっこりと微笑んだ二人に見送られ、ユアン様は苦笑しながら男性陣の中へまざっていった。

十分な距離ができるや否や、リーナ様とサンドラ様がばっと詰め寄ってくる。

「ロゼ様！　どういうことですの？　ご承知の上での婚約だったのですか？」

「リーナ様、落ち着いて。まだただの噂ですし、事実と決まったわけでもないのですから。ロゼ様も驚かれてますわよ」

「だって！　ユアン様に隠し子だなんて！」

「え」

ジョセフの火遊びどころではない。

二人のやりとりに思わず声を漏《も》らすと、サンドラ様が遠慮《えんりょ》がちに教えてくれた。

「隠し子というのはただの無責任な噂なのですけれど、どうやらユアン様が町を幼い子どもと歩いていたそうなんですの。それも、たいそうかわいがっていらっしゃる様子で」

あ。それ私。

とは言えるわけもない。

やはりドレスを買いに行った時に見られていたのだろう。

「まるでロゼ様を見ている時のような優しい目だったというではありませんか」

「あー……、そうでしたか」

少々気恥ずかしいのだけれど、同じ人物だから仕方がない。

どこまで知られているか情報が足りず、曖昧に返すしかない私に、サンドラ様は目を丸くした。

「あら？　ロゼ様、ご存じでしたの？」

「いいえ、そんな噂が広まっていることは初めて知りましたけれど、その事実は知っております」

「では隠し子と言うわけではないのですね！　危うくユアン様を問い詰めてしまうところでしたわ。はしたなく騒いでしまいまして、申し訳ありません」

ほっとしたようなサンドラ様とリーナ様だったけれど、そんな会話に割り込む声があった。

「まだわかりませんわ。だとしたらその子どもは一体誰なのです？　クラディス公爵家のご親戚にそれくらいの子どもはいなかったはずですもの。私たちを騙《だま》そうとしているのではありませんか？」

落ち着いていながらも硬い声に振り返ると、落ち着いた灰色のドレスを着た年配のご婦人。確か、トリス夫人だったか。

リリアナの店のお披露目《ひろめ》パーティで、声高ではなかったものの、アンダルソン伯爵夫人に同調していた人だ。

「ごきげんようトリス夫人。騙《だま》す、とはどういうことでしょうか」

「最初に断っておきますけれど、噂を広めたのは私ではありませんわ。ただ私もこの目で見たのです。その子どもはたいそうロゼ様に似ていらしたわ。ですからユアン様ではなく、ロゼ様の隠し子なのではなくて？」

その言葉に、リーナ様とサンドラ様一派はみな驚いたように目を見開いた。

ああ。

いつかこんなことになるのではないかと思っていた。

大勢の前であまりに似ていると指摘されてしまえば、ごまかすのは難しい。

血族はみな貴族であり、どこかで誰かとは繋がっているのだから、ルーシェのような誰かの名前を騙《かた》ってもすぐにそうではないとバレてしまう。

けれど私は、どう返すべきか一つも言葉が浮かばなかった。

考えてあった言い訳は、どれも効果がなさそうに思えて頭の隅に追いやる。否定しなければ。なにか言わなければ。そう思うのに、口が自由に動かない。

リーナ様は自身も戸惑っている様子ながらも、そんな私を庇うように前に立った。

「ロゼ様はそのような方ではありませんわ！　そもそもまだ十七歳です。子どもなんて」

「早ければ十歳でも子どもを生《な》すことはできましてよ。見かけた子は十歳には満たないように見えましたから、辻褄《つじつま》は合いますでしょう？」

「それは言いがかりがすぎますわ、トリス夫人」

サンドラ様も落ち着いた声音で間に立ってくれたけれど、トリス夫人が引く様子はない。

「ではロゼ様が遠い領地にいらした間、どのように過ごされていたのかご存じの方はいらっしゃるの？　お会いになった方は？」

誰もが顔を見合わせ、言葉に詰まったように静まると、勝ち誇るように夫人は私を斜めに眺める。

しかしリーナ様はきっと表情を改め、別方向から反論を展開した。

「ロゼ様はユアン様の隣に立たれるだけで顔を赤らめていらっしゃるんですのよ？　そ

のような方にどうやって子どもがおできになると？」

「キスは結婚式にするものだと大真面目におっしゃるような方ですのよ？」

サンドラ様も追随してくれた結果、周囲が「確かに」と納得した空気になるのには少々複雑だったけど、私を信じようとし、声を上げてくれる二人の存在が心からありがたい。

トリス夫人は黙り込んだけれど、まだ納得がいっていないようで、しびれを切らしたように私に糾弾の目を向けた。

「どうなのです？　ロゼ様もなにかおっしゃったらいかがですか？」

「誓って、私の隠し子ではありません」

やっとのことでそれだけを返すも、夫人の目は疑念に満ちている。

「では、一体どこの子だとおっしゃるのです？」

答えに窮《きゅう》した時だった。

「私の子ですよ」

久しぶりすぎる、けれど忘れもしない。

それはリンゼンハイム伯爵——我が父の声だった。

「やあやあ淑女のみなさん、お久しぶりですな。なんとも賑《にぎ》やかでよろしいことだ」

爆弾発言をかましておきながら、平然と挨拶《あいさつ》をしはじめる、この根性。

被っていたハットを取り、ステッキとともに手に持つと、髭の生えた口元を鷹揚《おうよう》に微笑ませた。

「いや、皆様をお騒がせしてしまって申し訳ない。ユアン様は私の娘と遊んでくださっていただけなのですよ」

「……ということは、リンゼンハイム伯爵の隠し子なのですか？」

「いえいえ、領地で育ちましたのでご紹介する機会に恵まれませんでしたが、私と亡くなった妻との子ですよ。もし片親が違っていれば、そこまで似ないのではありませんかな」

確かに私に似ていたとはトリス夫人が自ら言ったことだ。

トリス夫人が計算するように頭を巡らせている様子が傍目《はため》からもわかる。

母が亡くなったのは七年前だから、ありえなくはない、と結論づけたのだろう。どこか不審げな様子ながらも、しぶしぶ引き下がる姿勢を見せた。

「ではなぜやましいこともないのに隠していらっしゃったのですか？」

「妻はとても体が弱く、ロゼが生まれた時も無事に育つだろうかと危ぶまれ、大変な気苦労がありましたので……」

悲しげな顔で言葉を濁《にご》したのを、『三女も無事育つかわからなかったため、その存在を公にしていなかった』と読み取ったのだろう。

トリス夫人は申し訳なさげに口を閉じた。

「ただご覧いただいた通り、いまは王都に来られるくらいには元気でおりますよ。やはり領地の空気がよかったのでしょうね」

ここまで父は嘘をついていない。語りすぎず、言外に匂わせて勝手に解釈させているだけだ。

ダメ押しでにこりと笑みを向ければ、トリス夫人はため息を一つ。

「リンゼンハイム伯爵もロゼ様も、失礼な疑いをかけまして、申し訳ありませんでした。ただ、リンゼンハイム伯爵。大事なお嬢様方を次から次へ領地にやって、放っておきすぎだと思いますわよ」

素直に謝るだけなのは癪《しゃく》にさわるのか、夫人はついでといわんばかりに苦言を呈する。

「ええ、そのことは反省しています。いくら仕事があったとはいえ、親としてできたことはもっとあっただろうにと、いまは思いますよ」

父の存外まともな答えを聞くと、トリス夫人は一礼して立ち去った。

ほっと一息つくと、サンドラ様とリーナ様が私に向き直った。

「リンゼンハイム伯爵、ロゼ様。このような場で騒ぎ立ててしまい、申し訳ありませんでした」

「私も、あまりに衝撃的でしたのでロゼ様に確認しなければと勇んでしまいました」

「いえいえ、お騒がせしてしまうような状況を作ってしまった私の不徳の致すところです。それにロゼのためを思ってくれたがゆえのことだとわかりますから。娘にこのような友人ができたことを、親として嬉しく思うばかりですよ」

父がまともなことを言っている。きちんとした父親に見える。

「では、久しぶりに親子水入らずで話したいこともおありでしょうし、私たちはこのあたりで失礼いたしますわ」

そうしてリーナ様たちが去っていった後、騒ぎが聞こえたのか、入れ替わるようにユアン様が戻ってきた。

「リンゼンハイム伯爵！　戻っていらしたのですね」

「おお、ユアン殿。この度は婚約に至るにも、直接お話もできないまま手紙のやりとりとなり失礼いたしました」

「いえ。お約束通り、迅速に許可をいただき感謝しかありません」

そんな会話を周囲に聞こえるよう一通り続けた後、私たち三人はさりげなく周囲から距離を取った。

「リンゼンハイム伯爵。先ほどはうまく収めていただき、ありがとうございました。私が駆けつけるのが間に合わず」

「ユアン様、父への気遣いなど不要です。そもそも私がこんな体質で苦労をしている原因の半分は、お父様がお姉様をあのように育てたせいでもあるのですから」

憤る私に、父はしれっと口髭をしごいた。

「親はなくとも子は育つと言うだろう？」

「その放置、無関心のせいだと申し上げているのです。うまいことを言った風にごまかさないでください」

「子どもがどう育つかは親にもわからんからな」

「なにもしていない人に言われたくありません」

「ロゼ、まあ落ち着け。鼻息荒いところを婿《むこ》殿に見られているぞ」

「かまいません」

きっぱりと答えれば、父が「おや」というように眉尻を上げる。

「どんなロゼでも幻滅するなんてことはありませんので、お気遣いなく」

ユアン様がにっこりと笑みを向けると、父はつまらなそうに口を閉じた。その隣で被弾した私も頬を赤らめ言葉をなくす。

「ところでリンゼンハイム伯爵。しばらくはお屋敷にいらっしゃるのですか？」

「いや、そう思っていたのですがね。いまさら私の出番もないようですな」

もしかして。先ほど父が反省していると言ったのは本心だったのだろうか。

「そんなことはありませんよ。伯爵が帰ってきてくだされば、ロゼの負担も減りますし。

この機に長年のわだかまりを解かれてはいかがですか」

「本心では私なんぞ邪魔だと思っていらっしゃるのでしょうに」

父がちらりと目を向ければ、ユアン様はにこりと笑う。

「いえ？　いまのうちならまだ」

「『まだ』とは。相変わらず正直がすぎますな。まあ、二、三日は滞在いたしますよ。改めてクラディス公爵夫妻にもご挨拶《あいさつ》に伺わねばなりませんし」

そうして父は久しぶりの社交の場で挨拶《あいさつ》回りをするためにその場を去っていった。

それとは入れ違いに、背後に人の立つ気配がして振り返る。

「ごきげんよう。相変わらずのお父様で苦労しているわね、ロゼ。お久しぶりだわ」

そう言って笑みを浮かべたのは、父よりも少し若いくらいのご婦人だった。

人の顔と名前はかなり覚えがいいほうだけれど、記憶にない。

名を尋ねようと口を開きかけると、婦人は気がついたようにコロコロと笑った。

「ああ、ごめんなさいね。幼い頃のあなたを知っていたものだから、つい気安く声をかけてしまったわ。私はイライザ＝ファシール。あなたのお母様の、友人よ」

「母の……？」

明るくさっぱりとした印象の目の前の女性と、おっとりとしていた母は正反対の印象で、友人という言葉はなんだか意外な気がした。

それにファシールといえば確か伯爵家だけれど、母と繋がりがあったとは聞いたことがない。母と一緒に暮らしていたのは幼い頃だけだから、私が知らなくても当然ではあるけれど。

「十年以上前に隣国に渡ってしまったから、覚えていないのも無理はないわ。あなたに最後に会ったのも、まだ五歳とか、それくらいの頃だったのではないかしら」

そう言って、ファシール伯爵夫人はちらりとユアン様に目を向けた。

「せっかくだから中庭の花を愛《め》でながらお母様のことをお話しできればと思うのですが、彼女をお借りしてもよろしいかしら？」

「ええ、もちろん」

ユアン様がいつものように笑みを返すと、ファシール伯爵夫人は私に促《うなが》すような目線を送り、連れ立って中庭へ向かった。大ぶりな花が咲き誇る中庭を歩き、東屋《あずまや》に座る。

「あの小さかった子が、本当に大きくなったわね」

そう言って向かいに座り、まじまじと私を見た。

「もうすぐ十八になります」

「そう。それではあのように子どもの姿になってしまって、大変な苦労をしていることでしょうね。あなたのお母様はもともと病弱で寝てばかりだったからやりすごせていたようだけれど、あなたはそうはいかないものね」

そう言われて、私は一瞬息が止まった。

「なんの話を……」

唐突な話に、頭がついていけない。冷や汗が背中を流れる。

それになぜそこに母が出てくるのだろうか。

「先ほどの子どもの話。あれは、ロゼのことでしょう？　あなたのお母様もそうだったの。彼女の場合は何年かに一度、疲れやストレスが溜まると子どもの姿に変わっていたそうよ。なんでも、時折そんな体質をもって生まれる血筋なのだとか」

「……そんな話、初めて聞きました」

知らなかった。他に同じ悩みを持った人がいたということも、母がそうであったことも。

驚きで頭が回らない。

「子どもの頃に離れたきり、ロクに会えなかったものね。他に知っていたのはお付きの侍女だけだったのではないかしら。リンゼンハイム伯爵にも押し隠していたようよ」

母付きの侍女は、母が亡くなった時に屋敷を離れた。

母はいつも部屋に閉じこもって寝てばかりいたから、他の使用人たちに知られることもなかったのだろう。

「あの……、血筋とおっしゃいましたが、なぜこんな体質があるのでしょうか」

「さあ、そこまでは知らないわ。古い時代の魔法や呪いの名残《なごり》かもしれないわね」

魔法や呪いなんて、物語の中でしか聞いたことがない。昔話や伝承にはそんなものも残っているけれど、具体的な使い方について記載されたものは見たことがない。

そんな私の考えがわかったのか、ファシール伯爵夫人は「あるのよ」と私をまっすぐに見た。

「いまではその力が失われているけれど、確かに昔はそういった力があったようなの。隣国にはきちんとした文献も残っているのよ」

そんな話は初めて聞いた。なぜ私だけがこんなことになるのかとずっと疑問だったけれど、そういう可能性があるのだとしたら少しは納得がいく。ただ――

「だとしたら、魔法なんてものではなく呪いですね」

「あら、どうして？」

「疲れやストレスで痒《かゆ》くなった挙句に子どもの姿に変えられ、大変な状況がさらに悪化して追い詰められるのですから」

「そう？　私にはむしろ、おまじないのように思えるわ。追い詰められた子孫を守るためのね。子どもの姿になれば、仕事からも責任からも逃れ、自由でいられるでしょう？」

これまで悪い面にしか目を向けていなかったけれど、言われてみれば、ルーシェとしてユアン様と気楽で楽しい時間を過ごすことができたのは確かだ。

心の中で、なにも考えていなかった子どもの頃に戻りたい、と思うことだってあった。

もしかしたら、そうした内なる願いに反応したのかもしれない。

「ただ、ね。彼女はいつも悩んでいたわ。子どもたちにこの体質が出てしまったらどうしよう、って。ロゼ、あなたを領地へやったのも、ストレスをかけてしまわないようにと考えた結果だったのよ。彼女にとっては、とても苦渋の決断だったの」

「え……？　母は――」

「子どもの稚拙《ちせつ》な嘘なんて、母親が見抜けないわけがないわ。ロゼが人の邪魔をするような子ではないことも、リリアナが聡明なロゼを煙たがっていることも知っていたのだから」

母はリリアナの本性をわかっていたのか。

気づいていたら私を一人領地へ追いやるはずがないと思っていたから、そんな風に考えたことはなかった。

「母親として一緒にいられず、ロゼを守れない。リリアナを導こうにもままならない。そんな状態なら、トルハインツの広い空の下で暮らしたほうが、ロゼは伸びやかに過ごせる。ストレス漬けにして自分のような体質にならないようにと、そんな風に考えたのよ」

私はずっと誤解していた。いや。本当はわかっていたのかもしれない。

ひねくれることがなかったのも、母のことを嫌いにならなかったのも、母が確かに自分を大事に思ってくれていることがわかっていたから。子どもの私には母の心の内なんてわからなかったけれど、それでも感じ取るものはあったのだ。

「その体質を引き継いでいることがわかっていたら、あなたたちはお互いに理解者になれたのにね。あなたにとっても、助けになったことでしょうに。残念だったわ」

失われた時間、早くに失われた命がいまさらながらに惜しく感じる。

けれど。

「いいえ。母のおかげで私は、領地で自由にのびのびと、ストレスとは無縁に育ちました。母はそれを見届けて、安心して旅立てたのだから、それでいいのだと思います」

「そうね……。結局ロゼに自分と同じ苦労をさせているだなんて知ったら、彼女は自分を責めていたでしょう。彼女は母親として、子どもたちを心から愛していたから」

わかったつもりでいても、子どもには親の思いなど一生わからないものなのかもしれない。

それから私はファシール伯爵夫人と別れ、ユアン様とともに馬車に乗った。

馬車から見える景色はいつもと変わらないのに、その色合いはどこか柔らかに見える。

それは、なぜだか胸の中のぽっかりと欠けたものが満たされたように感じているからだろうか。

「会えてよかったね」

なにかあったのだと悟ったのだろう。ユアン様は柔らかな笑みを浮かべた。

「――はい。私の話、聞いてくださいますか？」

「うん。聞かせて？」

まだ言葉にならないもやもやとしたものや、少しばかりの後悔もある。

けれど、こうして私を丸ごと受け入れてくれる人がいることを、心から幸せに思った。

父は言葉通り数日の間屋敷にいたものの、結婚式には帰ると言ってまた出かけてしまった。

父には恨《うら》みつらみもあれど、おかげで今後は堂々と子どもの姿で外を出歩くことができるようになった。

これまで、子どもの姿になってしまったらどうしようと考えることもストレスに拍車をかけていたから、少し気が楽になった気がする。

けれど、それでもやはり根本的な問題は解決していない。

そのことを思い知ったのは、よりにもよって結婚式当日のことだった。

そう。恐れていた事態が起きたのだ。

結婚式はリンゼンハイム伯爵家で執《と》り行うことになっていて、準備のため朝早くに駆けつけたユアン様に、私は情けなく眉尻を下げていた。

「ユアンさま。どうしましょう」

朝目覚めた私は、子どもの姿だった。

昨夜は緊張のあまり眠れず、だんだんと痒《かゆ》みが出てさらに焦り、結局こうなってしまった。

よりにもよって結婚式の日に子どもの姿になってしまうなんて、やっぱり呪いではないのだろうか。

しかし起きてしまったことを嘆《なげ》いても仕方ないし、これまでだって早ければ半日で戻ることもあった。絶望するにはまだ早い。

とはいえ、元の姿でなければ花嫁衣装に着替えられないし、そこから髪型に化粧にと身だしなみを整えるだけでもかなりの時間がかかる。

「すぐになんとかしなくては」

「これまでに一番戻りが早かったのはどんな時？」

「ユアンさまやエリーゼさまと話すと、普通にしているより早く戻ります。けど、いまはたぶん焦っているし、緊張しているし、とても落ち着いて話なんてできる気がしません」

「うーん。領地にいた頃のように過ごしてみる？　走り回るとか、素振りをするとか」

結婚式当日に走り回り、素振りをする花嫁とか。

奇行がすぎるけれど、そんなことも言ってはいられない。

走り回るのは以前試したことがあったから、まずは部屋の中で素振りをすることにした。

クローゼットからかつてユアン様にもらった木剣を出して握ると、小さな手には少し持ちにくい。

一振りすると重みがあるものの、どこかスッキリするのを感じる。やはり体を動かすって気持ちいい。

ユアン様も付き合ってくれて、隣で剣を振りながら端的にアドバイスをくれる。

「切っ先はもう少し下げて。顎を引いて」

ユアン様の剣は無駄がなくて綺麗だ。

言われた通りに、そしてユアン様のように体を動かそうと集中していると、雑念が振り払われ没頭していく。

その感覚は久しぶりだった。

領地でユアン様と剣の稽古《けいこ》に熱中していた頃は、こんな風に我が家で一緒に過ごすようになるなんて思いもしなかったし、ましてや結婚なんて思ってもみなかった。

けれどユアン様との出会いは、私の中に少なくないものを根付かせていた。

下品だと貶《けな》されがちなこのストロベリーブロンドを好きになれたのも、ユアン様の言葉があったから。野生児だの完璧だのと評価をころころ変えられても、本質を見てくれる人はいるのだと腐らずにいられた。

野山を走り回るばかりだった私が剣という魅力的で夢中になれるものを知ったのも、ユアン様の剣を振るう姿がかっこよかったから。

ユアン様の存在は、根深くずっと私の中にあった。

そしていまは、こうして厄介な私を呆れるでもなくそばで支えてくれる。ユアン様がいてくれたら、大抵のことはなんとかなってしまうような気がする。

そんな思いが通じたのか、ユアン様が口を開いた。

「もしこの先、このことが人々に知られて追われるようなことになっても、どこか遠い、誰も知らないところへ行って二人で暮らせばいい。前にも言ったように、子どもたちに剣を教えたり、畑仕事をしたり、どうとでもやっていける。むしろ楽しそうだろう？　これでも足腰は鍛えているからね。大抵のことはできるよ」

「そんなこと、ユアンさまにさせられません……と言いたいのですが。本当にいいのですか？」

「言っただろう？　ロゼがいればどこでもいい。だから一人でどこかへ消えようなんて思わないように。逃げても私はどこまででも追いかけるから」

「……はい」

素直に、そう言えた。

そんな私に、ユアン様は振り向く。

「やっと、甘えてくれるようになったね」

「ユアンさまがわたしを甘やかすからです。もう離れられそうにありません」

もう私は、どんなに強がってもユアン様を失うことはできない。みっともなくても、しがみついてしまうだろう。

これが悲劇のヒロインならば、愛する相手を巻き込まないように自分の想いを隠して引き下がるだろうけれど、私はどうにか二人で生きていく道はないかと探したい。

大変な思いをさせてしまうなら、その分は別のかたちで返したい。

いつかユアン様が言ってくれたように、そうして二人支え合って生きていきたいのだ。

自分がこんな風に誰かを深く愛するだなんて、思いもしなかった。

決められた結婚に従って、それなりの人生を歩むのだと思っていた。

ユアン様に出会えたから、いまの私がある。

「それは光栄だね」

ユアン様はにっこりと笑みを浮かべる。目論見《もくろみ》通り、といった顔だ。

私はユアン様にひょいっと抱き上げられ、腕の中にすっぽりと包まれた。

「ユアンさま。わたし、いま、汗をかいていますから」

「気にならないよ」

　ユアン様は汗一つかいていない。

「なんならこのまま結婚式を挙げてしまおうか？」

「嫌です！　幻の三女としてユアンさまと結婚なんて」

「私はロゼがどんな姿でもかまわないよ」

「やっぱりロリ……」

「だから違うと言ってるだろう？」

　笑いながら、ユアン様は私をどさりとソファに下ろした。

　覆い被さるように頭の横に手を突かれると、逃げ場もない。

「言ってることとやってることが一致していません！」

「どんな姿でも私にとってロゼはロゼだと証明しなければ、わかってもらえないかと思ってね」

「いえでもやっぱり、それは……！」

　ぎゅっと目をつぶり、体を固くする。

と。思ってもいないことが起きた。

「きゃははははは‼　ちょっ、ゆあ、ユアンさま！　待って、なにを……！」

唐突に脇腹をこしょこしょとくすぐられたのだ。

私はあまりのくすぐったさに逃れようと必死にもがいたけれど、ユアン様の手が執拗に迫ってきてくすぐられ続ける。

「ま、まって、ユアンさま！　お腹、弱いんですってば」

「うん、知ってる」

だから。なんであれこれバレているのだろう。

「な、なんで、いきなり⁉」

「いや。煩悩《ぼんのう》をふきとばそうと」

「ちょ！　それ！　いやははははは‼」

「本当に脇腹が弱いんだね。なんだか楽しくなってきた」

「ゆ、ユアンさま、待ってくださいってば、もう、もう、いやーあっはっはっは！」

ユアン様はまったくもってその手を緩《ゆる》めてくれず、私は笑い転げた。

お腹がよじれて痛い。

目の端には涙まで滲《にじ》んできた。

「も、もう、ダメ……！」

息も絶え絶えにそう呟《つぶや》いた時だった。

唐突に私の体は元の姿へ戻り、慌てる間もなくユアン様がすぐさま上着をかけてくれた。

「も、戻りました……！」

「うん。やっぱり笑うのが一番のストレス解消だね。緊張もほぐれるし」

嘘みたいだ。これまであんなに悩んできたのに、こんな、あっさりと……

「ユアン様、すごいです」

「ロゼのことを観察、分析する能力においては他の誰にも引けを取らない自信があるよ」

「ふふ。私よりも私のことを知ってくださっていますものね」

「ロゼ。その隙だらけの格好のまま私に微笑みかけるのは結婚式が終わってからにしてくれないかな？　あと少しなのに我慢ができなくなる」

はっと気がついて、慌てて前をかきあわせる。

「すみません、すぐに着替えます！」

「私も準備を進めよう。式で会うのを楽しみにしているよ」

そう言っていったん別れた私たちは、結婚式を執《と》り行う広間で、再び向き合った。

広間に並ぶ人たちの中に、リーナ様やサンドラ様の姿を見つけたけれど、周りを見回す余裕もない。

白いタキシード姿のユアン様は、神々しいほどに綺麗だ。

思わず見惚《みと》れる私にダメ押しで微笑みが向けられ、あまりの幸せに泣きそうになった。

せっかくの化粧が崩れてしまわないようこらえながら、二人並んで宣誓書に署名をする。

厳かな空気が流れる中、立会人の声が朗々と響いた。

「では、これにて二人の結婚は成されました。これが互いに望んだことである証明として、証人の前でキスを」

その言葉を合図に、ユアン様の顔を見上げる。

そこには、こぼれんばかりの笑顔。自然と、私の顔にも笑みが浮かんだ。

その瞬間、優しいキスが唇に下りてきて。ほんの一瞬で離れたそれは笑みを象《かたど》った。

「私を選んでくれてありがとう。これからも、嫌だと断られてもロゼを甘やかし続けるよ」

「それでは一人で立てなくなってしまいます。――ほどほどにしてください」

いまだってユアン様に会えないと寂しくてたまらないのに、依存までしてしまいたくない。

「いいじゃないか。二人でできることは二人でやればいい。すべて一人で抱え込む必要なんてないんだよ。支え合うために結婚したのだから」

「それなら。私もユアン様を甘やかせるように頑張ります」

「そう？　ではお手並み拝見といこうか」

そう言うが早いか、私の目の前に暗い影が下りた。

先ほどよりも深い口づけに私は驚き、思わず一歩下がりかける。

けれどぐいっと腰を引き寄せられ、わずかにあった距離さえもなくなって、気づけばくるりと体の向きを変えられていた。

「こんなかわいいロゼの顔をみんなに見せるわけにはいかないからね。とはいえ、ここまで我慢してきたものだから、私もすぐには止まれない」

「そん……、ユアン様！」

慌てて開いた口は再びユアン様によってふさがれた。

その胸をぎゅうぎゅうと押してもびくともしなくて、そもそも力なんて入らなくて。

くたりと抵抗を失った私を、ユアン様がしっかりと抱き留める。

「おっと。本当にまずいところだった。さて、続きはもう少しだけ我慢するとしようかな」

——そうしてください。

答える力もなく、私は真っ赤な顔を隠すので精一杯だった。

それから。

子どもの姿に変わってしまうことはほとんどなくなった。

なにもかもを一人でやらねばならないと、知らず自分を追い詰めていたせいでストレスを溜め込んでいたのだといまではわかる。それで子どもの頃に戻りたいと思ったことも確かだから、ファシール伯爵夫人が言っていたように、私を守るための魔法だったのかもしれない。

けれどいまは、子どもの頃に戻りたいなんて思わない。

いまが一番幸せだから。

ただ、どんなに時を重ねても、私がユアン様にドキドキしなくなる日なんてこないんじゃないかという気がする。

ごく稀《まれ》にこんなこともあるから。

「ユアンさま！　ユアンさま！　お願いです、この後店に出かけなければならないのです。思い切りくすぐってください！」

「それなら私が行こう。ロゼは家でゆっくり休んでいるといいよ」

「そんなわけにはまいりません！　ユアンさまも今日はクラディス家に行かねばならないと」

「用事なんて些末《さまつ》なことだよ。言っただろう？　ロゼが子どもの姿になるのは、体が休めと言っている合図なんだって」

こうしてユアン様が家のことや店のことも一緒にやってくれるから、私がストレスを感じることはほとんどない。

だから、いまこんな姿になっているのは、昨日ユアン様が――。いや、思い返すのはやめておこう。

「でも、城にも行かねばなりませんし……。あ。シンシアさまにくすぐってもらおう」

「私がやる。彼女がロゼを見る目は邪《よこしま》すぎて油断ならない」

「そんなことはありま……いやあるかもしれませんが、ただ正直に言えば、エリーゼさまやシンシアさまにも試してもらいましたけど、ユアンさまとは全然違うんですよね。なんというか、ユアンさまは触れられるだけでくすぐったいというか。どうしてなんでしょうね」

そう首をかしげると、ユアン様はなぜかため息を吐き出した。

「え……、なんですか」

「どうしてロゼは出かけなければならない時に限って、そんなかわいいことを言うかなあ。いつまでも学習しないね」

「え。ええ？」

「今日は早く帰っておいで。待ってるから」

その言葉に頬が熱くなりながらも、家に帰れば好きな人に会えるということが嬉しくてならない。

「――はい」

私はもう、一人になんて戻れはしないだろう。

ユアン様にすっかり甘やかされきってしまったから。

番外編　在りし日の出会い

剣の師が住むトルハインツは王都からはるか遠い。

年に何度か訪れるユアン以外に、足を踏み入れたことのある貴族はほとんどいないに違いない。

王都ではとかく田舎は敬遠されるが、臭いだの汚いだの、来たこともないのによく勝手なことを言うなと思う。

実際のトルハインツは長閑《のどか》で、空気が澄んでいて、とても過ごしやすいのに。

稽古《けいこ》場が改装されるため、一人野原で木剣を振りながら、ユアンはそれを実感する。

無心で剣を振っていると、遠くに子どもたちのはしゃぐ声が聞こえた。

「今日はここでピクニックにしよう！」

野原の真ん中、つまりはユアンがいる場所から顔が見えるくらい近くまで来てそう言ったのは、ストロベリーブロンドの少女だった。

確か、あの子は以前からこの辺りでよく見かけていた。キュロットを穿《は》いて少年たちと一緒に野原を駆け回り、木登りをし、活発な上にあの髪色が特徴的だったから、よく覚えている。

少女が布を取り出すと、同じ年頃の少年少女たちが広げるのを手伝う。

少女は手にしていたバスケットを広げた布の真ん中に置き、皿に野菜やパンを綺麗に盛り付けはじめる。

その慣れているのだろう手際の良さよりもユアンの目を引いたのは、その少女がどこからどう見ても町の子どもには見えなかったことだ。

これまでは遠巻きにしか見たことがなかったから気づかなかったが、その肌は丁寧に磨かれていることがわかるし、髪も艶《つや》やかで手入れが行き届いている。

白いシャツにキュロットという出で立ちだが、それもピンとアイロンがかけられているし、生地の質もいい。

天真爛漫《てんしんらんまん》に口を開けて笑う、その動作は無造作に見えるのに、その皿を配る手つきも座った時の身のこなしも他の子とは違う。

裕福な商人の子かとも思ったが、おそらく貴族の令嬢だろう。

「んー、うまい！　やっぱロゼんとこのパンは最高だわ！」

「野菜もさー、なんかシャキッとしてるよな。うちの畑で採れたやつなのに、なんでこんなに違うんだか」

「ああ、それぞれの野菜によって下ごしらえにコツがあるらしいわよ」

自慢するようでもなく、たださらりと受けた少女に、少年が感心したような息を漏《も》らす。

「さすがリンゼンハイム家のシェフはすげえな。ただのサラダなのにこんなにうまいなんて」

その言葉で少女の正体を悟った。

彼女は領主であるリンゼンハイム伯爵家の娘だ。

確か、姉にひどいことをして領地へ追い出されたと社交界では噂になっていた。

ただ身内の恥でもあるようなそんな話を、その姉という少女が嬉々《きき》として触れ回っているところを見るに、姉にこそ後ろ暗いものがありそうだと思っていたのだが。

いまも好き勝手に暴れ回っていて困る、と吹聴《ふいちょう》されていた通り、確かに自由にしているようではある。

ただ、ロゼと呼ばれた少女は貴族の身分を笠に着て少年たちを従えているようでもないし、むしろさりげない気遣いもあり、人を振り回すようには見えない。

社交界で見た姉は周りを味方につけなければ安心できないというように、他者を貶《おとし》め、さも自らが高尚な人間であるように見せたがるような必死さがあったから、案外事実は妹を煙たがった姉が理由をつけて追い出したというところなのかもしれない。

そんなことを考えながら思わず見ていると、それに気がついたようにロゼが立ち上がり、近づいてきた。

「おにいさんが先にいたのに、いきなりピクニックなんてはじめてごめんなさい」

「ああ、いや。野原は誰のものでもないから」

「おにいさんが剣を振る姿があまりに格好よかったから、もっと見ていたいなと思ったのですが。お邪魔でしたよね」

格好いいという言葉は聞き慣れていた。だがロゼの言ったそれは、聞き慣れたものとは違う。

上っ面ではない。ただ見た目だけに陶酔しているのでもない。ロゼが言った『格好いい』は、ユアンが剣を振る姿に対してだ。

だからかもしれない。珍しく、素直に言葉が出た。

「ありがとう」

「いつもここで練習していらっしゃるのですか？」

「いや……」

あまり話を続けたくはなかった。名を尋ねられでもしたら、公爵家の息子がと騒がれて面倒だ。

だがロゼはただユアンの答えに「そうですか……」と残念そうに肩を落とす。

その様子に、思わず告げていた。

「いつもではないよ。だが稽古場《けいこ》の改修が終わるまでは、ここで稽古《けいこ》をすると思う」

「本当ですか？　ではまた、邪魔にならないように見ていてもいいでしょうか」

キラキラとした目で見られて、言葉に詰まった。

「……先ほども言ったように、野原に来るなとは誰にも言えない」

挙句、冷たく聞こえるようなことを言ってしまったが、それでもロゼは嬉しそうに顔を輝かせた。

「ありがとうございます！　あ、これよかったら食べてください」

そう言って手にした紙の包みを渡された。

柔らかな重みからするとパンか、それに具を挟んだものか。

「ありがとう、いただくよ」

断ろうとしたのに、口は勝手にそう答えていた。

彼女にはなんの思惑もないことがわかっているのに、頑《かたく》なな態度をとる自分のほうが子どものようだと思ったから。

包みを受け取ると、用は済んだとばかりにロゼはあっさり背を向け、子どもたちの輪へ戻っていった。

それからはユアンなど気にすることなく、少年たちと笑い、大きな口を開けてパンにかぶりついた。

結局、名を聞かれることはなかった。

本当にユアン自身には興味もないのだろう。

ユアンは知らず笑っていた。

容姿や生まれ以外にも、自分に価値があるのだと初めて知ったから。


その翌日。

師匠とともに野原で掛かり稽古《けいこ》をしていると、思った通りロゼは一人でやってきた。

ユアンがひたすら剣を振り下ろすのを、ロゼは木の陰に隠れるようにしてじっと見ている。

逆に気になって仕方がない。

そういうところはまだ子どもだ。

苦笑が漏《も》れそうになるのをこらえながらなんとか集中を保ち、次の稽古《けいこ》まで少しの休憩となった。

ちらりと木陰《こかげ》に目を向けると、同じく集中を解いたように、ほーっと息をつきぼんやりしている。

自分の容姿ではなく剣技に見惚《みと》れてもらったのは初めてのことで、なんだか背中がむず痒《がゆ》い。

その後も、ロゼはユアンの顔などまったく見ておらず、ひたすらに剣だけを見ていた。何年後かに会ってもユアンの顔など覚えていないことだろう。そう思うほどに、剣とその動きだけを見ていた。

そんな日が三日続くと、これまでただ少し離れて見ているだけだったロゼが、休憩中の師匠に歩み寄った。

「わたしにも剣を教えていただけないでしょうか？」

意を決したように、そして懇願《こんがん》するような目を一身に浴びた師匠は、困惑に眉根を寄せた。

「あなたはリンゼンハイム家のロゼ様でしょう。そのような方に、父兄《ふけい》の許可なく剣などお教えするわけにはいきません。私が叱られてしまいますので、ご勘弁ください」

「では、許可を取ってまいります」

「いえ！　そういうことではなく……何卒ご容赦《ようしゃ》ください」

困りきった顔の師匠に、ロゼは肩を落としながらも一つ礼をした。

「わかりました。無理を言って申し訳ありません」

珍しい子だ、とユアンは思った。

自分の立場が師匠を困らせていることを悟り、要求を取り下げたのだ。

貴族にありがちな傍若無人《ぼうじゃくぶじん》な振る舞いもなく、権力で従わせようとすることもなく、なにより師匠に敬意を払っている。

師匠がほっとしたように稽古《けいこ》を再開すると、ロゼは名残《なごり》惜しげな目を残しながらもその日は帰っていった。

もうこの野原には現れないかもしれない。

そう思ったのだが、彼女の剣への熱は、そう簡単に冷めるものではなかったらしい。

ロゼは翌日も変わらず、木陰《こかげ》からユアンと師匠の立ち合いに熱い目を向けていた。

より遠ざかっているのは、弟子入りを断った相手に見られていると気づけば、師匠が気まずい思いをするとわかっているからだろう。

たぶん、バレずにこっそり見ているつもりに違いない。

騎士団長を務めていた師匠がそんな視線に気づかないわけはなく、やや居心地悪そうに、しかしそれを悟られぬよう黙々と稽古《けいこ》を続けた。

熱く、けれどどこか寂しげなその眼差しに耐え切れなくなったのはユアンのほうだった。

翌日もそっと現れたロゼに、ユアンは自ら歩み寄っていった。

それに気づいたロゼははっとしてきょろきょろと周りを見回し、逃げ出すか迷ったようだったが、結局眉尻を下げ、肩をしょぼんと下げ、ユアンが近づいてくるのを木の陰から出て待った。

「これ。よかったら使って。もう私には小さくて使えないものだから」

ユアンが子どもの頃に使っていた木剣を師匠の家に置きっぱなしにしていたことを思い出し、昨日のうちに引っ張り出しておいたのだ。

ロゼは木剣とユアンとを交互に見ると、ぱっと顔を輝かせた。

「ありがとうございます！」

ロゼは早速感触を確かめるように握る。

「持ち方はこう。左手の位置はここだよ」

教えたのはただそれだけなのに、ロゼが試しにぶんと剣を振ると、予想外にいい音がした。

そのことに自分でもびっくりしたのか、キラキラとした目をユアンに向ける。

思わず苦笑するとロゼは嬉しそうに笑い、夢中で素振りをはじめた。

そうしてロゼは木陰《こかげ》を出て、少し離れた場所から見様見真似《みようみまね》で剣を振るようになった。

勘がいいのだろう。それとも野山を駆け回って体力と筋力があるからなのか、上達が早かった。

直接教えなくとも、ユアンの動きを見て自らの動きを修正していく。

なによりユアンが驚いたのは、ロゼが飽きる様子も見せずそんな日々が続いたことだ。

その一心な様子に、ただの憧れや表面的な格好よさに惹《ひ》かれていたのではなく、本当に剣が好きなのだとわかる。

ロゼはユアンの想像や理解が及ぶような、薄っぺらい人間ではない。

そのことが身に沁《し》みてわかり、興味を持った。

どんな子なのだろう。

どんな風に育ち、どんな風に考えてきたのだろう。

ロゼからいろいろな話を聞いてみたくなった。もっと知りたくなった。

けれどロゼはただただ剣に夢中だったから、話す暇はほとんどなかった。

ある日、ロゼは日が暮れるまで夢中になって剣を振っていた。どうしても思った通りにいかないらしい。

用事があった師匠はすでに帰ってしまっていて、ロゼを一人にするわけにもいかず、またそんな姿を見ていたくて、ユアンも一緒に剣を振って待っていた。

空が暗く翳《かげ》りはじめ、さすがにそろそろ帰らせなければと声をかけると、ロゼはうまくできなかったと悔しそうに顔を歪《ゆが》め、ため息を一つついた。

ロゼを屋敷まで送りながら、いろいろと話を聞いた。

思った通り、ロゼが領地に住んでいるのは姉に追い出されたからだった。

だがロゼはそれらを声高に広めるでもなく、文句を言うでもなく、荒《すさ》んで過ごすでもない。

ただ笑って自由に過ごしていた。

でもそれは、ただ能天気なのではない。

ロゼは自分が持っているものを知っている。だからこそ師匠にしつこく食い下がらず一歩引いた。

ただわがままに、自分のありたいように振る舞っているのではなく、そうして人に迷惑をかけず、自分が持っているものの中で自由を楽しんでいるのだ。

「王都に戻りたいとは思わないの？」

「いまが楽しすぎて、そんなことは微塵《みじん》も考えたことはありませんね」

どんな経緯でここに来たかなど忘れたかのようにさっぱりとしたロゼに、ユアンは涙が出るほどに笑った。

きょとんとするロゼに、ユアンは涙を拭って笑いを収める。

「いや、ごめんね。ロゼのことを笑ったのではないんだ。自分で自分をがんじがらめにしていたんだなって気がついて、そんな自分に笑っていたんだよ」

貴族だから。公爵家の人間だから。

こうあるべきという姿に囚《とら》われた日々は窮屈《きゅうくつ》で、息苦しかった。

周囲に迷惑をかけないため、そうして自らを律《りっ》してきたけれど、それは必ずしも必要なことではない。そうではない生き方でもいいのだと気づかされたのだ。

「あ、もう月が出ていますね。禍々《まがまが》しい赤だなあ」

ぽつりとロゼが呟《つぶや》き、ユアンも東の空を振り返った。

「そう？　静かに燃えるような輝きで、とても綺麗だと思うけどね」

意外そうにロゼが振り向くと、一つに束ねたストロベリーブロンドがさらりと靡《なび》いた。

「その髪はあの月と同じ色だね。瞳も、暮れたばかりの透き通るような空と一緒だ。暗くなってもなお輝こうとしているような色で、家族と離れて暮らしていても明るく笑っているロゼによく似合っているよ」

ロゼは目を丸くしたものの、ユアンにからかいの色がないことを見て取ったのか、髪をひと房手に取り、まじまじと眺めた。

「そんな風に言われたのは初めてです」

「私もこんなことは初めて言ったよ。でも、これからは思ったことを素直に言いたいと思ったから。私も私のままに生きてみようと思ってね」

「そこで毒舌じゃなくて他人を褒《ほ》める言葉が出てくるところが、すでにおにいさんらしいです」

そう言われて、ユアンは腹の底から笑った。

それから数日後、ロゼは姿を見せなくなった。どうやら姉に代わってロゼが跡継ぎになることになり、王都へ戻ったものらしい。

ユアンもその年の稽古《けいこ》を終えて王都へ戻ると、『毒舌』『腹黒』と社交界での評価が変わり、手のひらを返すその様が痛快だった。

それから数年の時が経ち、王都で再会したロゼは目を見張るほど美しく成長していた。

『完璧な淑女』の仮面を被ってはいたものの、まっすぐな目はあの頃のままだった。けれど彼女自身はなにも変わっていない。ただ生きやすいように、周りに合わせて見せている、そのしなやかさは見事だった。

そうして目を引かれるうち、気づけば心まで惹かれていた。

だがすでに婚約者がいたから、気安く声をかけることはできない。

近づけば、もっとその心が欲しいと願ってしまうのを止められそうになかった。

そんなある日のパーティで、子どもの頃のロゼにそっくりな少女を見かけた。思わず声をかけると、ぶっきらぼうなその様子がおかしくて、ついついかまってしまった。

それからというもの、ルーシェというロゼそっくりの少女とお茶を飲みながら、他愛もないお喋りをするようになった。

そのうちルーシェは「従姉《いとこ》のロゼから聞いたのですけど」という前置きで様々な話をするようになった。

相変わらずロゼは周囲に振り回されながらも、腐ることなくまっすぐに生きているらしい。

だがそうして話を聞いていると、ルーシェがロゼに見えて仕方なかった。

ある日、話し疲れて眠ってしまったルーシェに、そっと声をかけた。

「時間だよ、ロゼ」

「……ん……、もう？」

「もう少し寝かせてあげたいところなんだけどね。ロゼはいつも頑張りすぎだから」

「……そんなことは……ありません」

ユアンは思わず笑みがこぼれ、口元を押さえた。

やはりロゼじゃないか。

なにがどうなっているのかはわからない。けれど腑《ふ》に落ちるばかりだ。

「よかった。もう少ししたら、必ずロゼを奪いに行くから。それまで待ってて」

数ヶ月後。その宣言は、違《たが》うことなく実行されたのだった。

書き下ろし番外編

君との日々を幾年も

『次はナーガの丘に行こう』

初めてのデートに向かう馬車の中での提案をロゼは快諾してくれたが、晴れて婚約者となったユアンが改めてピクニックへ誘うと、一瞬嬉しそうな顔をしたものの、はっとしたように顔を赤らめ、しどろもどろになった。

ピクニックに行けるのは嬉しいものの、その立場にまだ慣れず、どう振る舞っていいかわからない、というところか。

とにかくかわいい。

こんなロゼを見られるのもいまのうちだろうと、ユアンはにこにことその様子を見守っていたのだが、ロゼはそれを優しさととったらしい。そっとユアンの様子をうかがうように顔を上げると、意を決したように一つ頷き、『楽しみにしています』と返事してくれた。

ユアンはそんなロゼを思い返しながら、広々としたナーガの丘の真ん中に立ち、思い切り息を吸い込む。懐かしい匂いがした。

丘の東側には森が広がり、西にはなだらかな山の斜面、南を下っていけば町が広がっている。北には馬車で抜けてきた街道がある。

二人を降ろすと、付き添いの侍女や御者たちは馬車とともに少し離れたところに移動した。

完全に二人きりというわけではないが、双方の親に許しを得たいまは、なにも言わなくともそんな配慮をしてもらえる。

隣に立ったロゼも大きく息を吸い込み、ゆっくりと吐き出した。

「ああ、ここに立つだけで気持ちがすっきりとします。連れてきてくださって、ありがとうございました」

その顔は馬車での緊張した様子とは違って、柔らかな笑みが浮かんでいる。

「ロゼのそんな顔が見られてよかった」

つい正直にそんなことを言ってしまうと、ロゼは恥ずかしそうに顔をうつむけて「早速ですが、お昼にしましょう」と荷物から敷物を取り出した。

ユアンも反対側を持って敷物をふかふかの草の上に広げると、ロゼが真ん中にバスケットを置き、向かい合うようにして座った。

「お口に合うといいのですが」

ロゼがぱかりと開けたバスケットの中には、チーズや野菜を挟んだパンと果物などが並んでいた。

「このパンはロゼとトルハインツで出会った時にもらったものと似ているね」

王都でよく食べられているのは白パンだが、その手にあるパンは焼き目だけでなく断面も茶色く、香ばしい匂いがする。

ロゼはそういえばそんなこともあったっけ、と思い出しているのがありありとわかる顔をしながら、ユアンに一つ手渡してくれる。

「こうしてチーズなどを挟んで食べるにはこのパンがよく合うので」

一口かじるとパンの食感はやや硬めで、具を挟んでいてもくったりしないし、チーズが酸味のあるパンによく合っている。

「すごく美味《おい》しいよ。いくらでも食べられてしまいそうだね」

「よかった……。トルハインツで作ってくれていたシェフにレシピを教えてもらって作ったんです」

「作った？　ロゼが作ってくれたの？」

「はい。その、シェフが作ったほうが美味《おい》しいとは思うのですが、ユアン様にはいつもしてもらっているばかりでしたので、自分でなにかしたくて」

その葛藤《かっとう》がいじらしい。

これまでユアンにうるさくつきまとってきた令嬢たちは、これみよがしに『あなたのためを思って』と好意という名目の行為や物を押しつけてきた。

そこに『相手の迷惑になるかもしれない』という思考などなかったのだろうなと思えるほど押しつけがましく、見返りがあるのは当然という顔でユアンの反応を待つ様子に心底から辟易《へきえき》としていた。

だがロゼはいつでも相手のことを考えて行動しようとする。そんな人に社交界で出会うことはまずない。

「ロゼが作った料理を食べられるなんて、嬉しいよ。ありがとう」

いつも逃げ腰だったロゼが、この日のためにあれこれ考え、行動してくれたのだ。

その上、シェフが作ったのと違いがわからないくらいに美味《おい》しい。何度も練習してたのかもしれない。

そうしてユアンに向き合ってくれるようになったことがなにより嬉しい。ユアンを見てくれるようになったことが嬉しい。

同じ社交界にいても、『ロゼ』には親しく話しかけることもできず、『ロゼ』としてユアンに目を向けてもらうこともできなかったから。

ロゼはほっとしたように自分もパンを手に取り、ぱくりと食べた。

「私も久しぶりに食べました。以前はこれが当たり前だったのに、変な感じです」

そうしてトルハインツを懐かしむように微笑んだ。

ロゼが姉のリリアナに振り回されることがなければ、自由で自分らしくいられたであろう日々を奪われることはなかった。

けれどリリアナがいたからこそ、トルハインツでの日々があったのも確かだ。

ユアンがロゼに出会ったのも、王都で恋を自覚したのも。

だからといってロゼを翻弄したリリアナに感謝する気にはならないし、もし当人と会うことがあったらロゼの分まで文句を言ってやりたいと思うが。

最後の一口まで味わって食べ、食後の果物も二人で平らげると、ユアンは敷物の上にごろりと寝転がった。

「ああ、お腹《おい》がいっぱいだ」

空気は美味しいし、鳥のさえずりは耳に心地よく、邪魔する者は誰もいない。

食後に寝転がるなんて、と口うるさく言う従者も近くにいないので、ロゼもユアンと同じようにころりと横になった。

「ずっとこうしてのんびりしたいと思っていました。今日は、夢のようです」

王都に来てから、教育に家のこと、事業と常に忙しかったロゼは、ピクニックに来る暇もなかったのだろう。

「私も。夢のようだよ」

隣にロゼがいる。

ユアンに心を許し、ほぐれたような笑みを見せてくれる。

一緒に寝転び、空を見上げてくれる。

やっとそんな日をともに過ごすことができるようになったいまを、ユアンは噛みしめた。

不意に、ころりと横を向いたロゼと目が合う。

ロゼは我に返ったようにがばりと体を起こし、「あ、その」とどぎまぎするように言い淀《よど》んだ。

「そうだ！　かくれんぼしましょう！」

唐突な申し出に一瞬きょとんとしてから、ユアンはにっと笑った。

「いいね。私は探す側でいいかな？」

「はい。身を隠せる場所も限られているので、百数える間にユアン様が見つける、というルールでどうでしょう」

「なるほど。それなら勝負になるね」

ナーガの丘はただひたすら草むらが広がっているだけで、ところどころ丈の高い草が密集して生えている場所か、東の森くらいしか隠れるところは見当たらないから、時間があれば確実に探し出せてしまう。

「私は二百数える間に隠れることにします。百の間に辿り着けないような場所に隠れたらズルになりますから」

絶妙なルールだ。きっとトルハインツにいた頃もそうして遊んでいたのだろう。

真剣勝負に目をきらきらさせるロゼに、ユアンは笑った。

「これは楽しそうだね」

「では早速、ユアン様はそこで目を閉じて数を数えていてくださいね」

「わかった。ではいくよ。一、二、三――」

寝転がったまま目を閉じると、たっと駆け出す軽い足音がする。

攪乱《かくらん》しているのか、草を踏むがさがさという音がユアンの周りをぐるりと移動し、やがて風が草を揺らす音と聞き分けがつかなくなった。

さすが慣れている。これは探しがいがありそうだ。

ユアンは笑いながらきっちり二百を数えると、ぱっと目を開けた。

空の眩しさに一瞬くらりとして、ゆっくりと体を起こす。

「隠れられたかな？　探しに行くよ」

聞こえるように声を張り上げ宣言すると、立ち上がってぐるりと辺りを見回した。

これで見つかるほど簡単だとは思っていなかったが、痕跡すら見当たらないのはさすがだ。

先ほどと同じ速さになるよう、一、二、三、と大きな声で数えながら、とにかく歩き出す。

ロゼなら草むらに猫のように体を丸めて潜《ひそ》んでいるかもしれない。

見つけた時を想像するだけで楽しい。

注意深く辺りに目を配りながら、森へと向かった。

「八十二、八十三――」

やっと森へと足を踏み入れたが、もう残りは二十もない。

森の中だとしたら、木の陰か、それとも――

そう考えた時、背後でばさり、と物音がしてつられるように顔を向けた。

そこには先ほどまでロゼが着ていた服が枝から垂れ下がっていて。

「え？」

思わず見上げると、そこには「あ」と口を開けたまま木の上から服に手を伸ばすロゼの姿があった。

ただし、着ていた服を抱えるのにも苦労しそうなほど、縮んだ体で。

「こ、これは、その――――！」

「服さえ落ちてこなければ、私は気づかないで通り過ぎていたし、ロゼの勝ちだったのにね。なんでこんなところで小さくなっちゃうかなあ」

「それは、木に登ったのはいいものの、ユアンさまの足音が聞こえたら、はっと気がついてしまって。その、ユアンさまが上を向いたら、み、見えてしまうなって」

いまも枝の上に座ったまま、もう片方の手で必死に服の裾で足を覆うようにしている。

なるほど。乙女の由々しき事態だ。

それで一気に恥ずかしくなり、子どもの姿になってしまったということか。

ユアンはなるべく直視しないよう気をつけつつ、ロゼに手を伸ばした。

「一人でも下りられるんだろうけど、服が絡まって危なそうだし、この手に掴まって」

これだけ恥ずかしがっている中では断られるかと思ったのだが、ややしてユアンの指先に小さくふっくらとした指が触れた。

いつものロゼの細く長い指も愛しいけれど、このもみじのような手も愛らしい。

どちらのロゼも、ロゼだから。

その小さな手をしっかりと握ると、ふわりと軽い体が降ってきて、ユアンはしっかりとその体を抱き留めた。

「おかえり、ロゼ。三百数える間の小さな冒険だったね」

「ほんの出来心でしたのに、こんな終わりを迎えるだなんて。ぐうぅ……」

顔を覆った手の間から、悔しそうなうめきが漏《も》れてくる。

まったくもってロゼは素直でかわいい。

声を上げて笑うと、ユアンはロゼを抱えたまま敷物のところまで戻った。

「さて。ストレスを解消するために昼寝でもしようか」

「眠れる気がしません……」

「まあまあ、今日はせっかく休みなんだし、のんびりしようよ」

そう笑えば、ロゼは気持ちを切り替えるように息を吐き出すと、ぱたんと敷物の上に寝転がった。

「こうなったら時間いっぱいまで、思いっきりのびのびしてやります！」

ユアンは再び声を上げて笑って、空を見上げた。

今日という日はやっと二人の都合の合間を縫って見つけた貴重な一日だ。

けれどこうして何度も何日も、そしていつかは毎日一緒に過ごすようになったら、なんでもない時間になるのだろうか。

特別ではなくなって、他愛もない日々になったとしても。

その一分一秒が、穏やかで、楽しくて、心が沸き立つものなのだろう。

ロゼと一緒ならば。

その日々が心から楽しみでならない。

だからロゼが少しでも穏やかに過ごせる日々が増えるように、問題を解決していかなければ。

ユアンは改めてそう胸に誓い、ロゼの隣で目をつむった。

鍛えすぎて婚約破棄された結果、
氷の公爵閣下の妻になったけど実は溺愛されているようです
原作：佐崎 咲
漫画：あまさかえで

本書は、2022年5月当社より単行本として刊行されたものに書き下ろしを加えて文庫化したものです。


この作品に対する皆様のご意見・ご感想をお待ちしております。

おハガキ・お手紙は以下の宛先にお送りください。

【宛先】

〒150-6019 東京都渋谷区恵比寿4-20-3 恵比寿ｶﾞｰﾃﾞﾝﾌﾟﾚｲｽﾀﾜｰ 19F
（株）アルファポリス　書籍感想係

メールフォームでのご意見・ご感想は右のＱＲコードから、
あるいは以下のワードで検索をかけてください。

アルファポリス　書籍の感想　検索

ご感想はこちらから

レジーナ文庫

子《こ》ども扱《あつか》いしないでください！

〜幼女化《ようじょか》しちゃった完璧淑女《かんぺきしゅくじょ》は、騎士団長《きしだんちょう》に甘《あま》やかされる〜

佐崎《ささき》 咲《さき》

2025年3月20日初版発行

文庫編集－斧木悠子・森 順子
編集長－倉持真理
発行者－梶本雄介
発行所－株式会社アルファポリス
〒150-6019 東京都渋谷区恵比寿4-20-3 恵比寿ｶﾞｰﾃﾞﾝﾌﾟﾚｲｽﾀﾜｰ19階
TEL 03-6277-1601（営業）　03-6277-1602（編集）
URL https://www.alphapolis.co.jp/
発売元－株式会社星雲社（共同出版社・流通責任出版社）
〒112-0005 東京都文京区水道1-3-30
TEL 03-3868-3275
装丁・本文イラスト－Tobi
装丁デザイン－AFTERGLOW
（レーベルフォーマットデザイン－ansyyqdesign）
印刷－中央精版印刷株式会社

価格はカバーに表示されてあります。

落丁乱丁の場合はアルファポリスまでご連絡ください。

送料は小社負担でお取り替えします。


ISBN978-4-434-35455-7 C0193